Stefanie Ross

Mord am Meer

SoKo Küste

Nordseekrimi

Über dieses Buch

Der erste Fall für die SoKo Küste
Hauptkommissar Mikkel Tvorsen freut sich nach einem nervenaufreibenden Undercovereinsatz in Berlin auf einen ruhigen Posten als Leiter des kleinen Polizeireviers in Büsum.
Doch mit der ersehnten Ruhe an der Nordsee ist es schon vor Dienstbeginn vorbei, als ein Surfer in einem Strandkorb ermordet wird. Schnell wird klar, dass der Mord keine Einzeltat war.
Mit seiner Kollegin Rieke Brandt, die sich selbst schon auf seinem Posten gesehen hatte, muss er in einem Fall ermitteln, der ihn und seine Mannschaft an ihre Grenzen bringt und Rieke zudem mit ihrer Vergangenheit konfrontiert.
Als sie dem Mörder zu nahe kommen, schlägt dieser zurück: Unliebsame Zeugen werden ausgeschaltet und die Ermittler geraten selbst in sein Visier.

Über die Autorin

In Lübeck geboren und in Norddeutschland aufgewachsen, zog es die Autorin bereits während der Schulzeit nach Amerika. Später unternahm sie ausgedehnte Reisen durch die USA, Kanada und Mexiko sowie Skandinavien und Südeuropa – per Auto und Motorrad. Nach dem Studium der Betriebswirtschaftslehre folgten leitende Positionen bei Banken in Frankfurt und Hamburg.
Wenn sie nicht schreibt, fährt sie Motorrad, liest und liebt es, Zeit am Meer zu verbringen – egal welches. Sie lebt mit ihrem Mann und einem Sohn in der Nähe der Ostsee, mag (und benötigt ausreichend) Kaffee, sammelt und schätzt Whisky (Single Malt only!) und liebt ihre zwei Meerschweinchen, die fest zur Familie gehören.

Stefanie Ross

Mord am Meer

SoKo Küste

Nordseekrimi

Lektorat & Korrektorat:
Susanne Meier (www.text-zauber.de), Miriam Süden
ISBN 13 979-8356436277
Coverdesign: Wolkenart – Marie-Katharina Wölk, www.wolkenart.com unter Verwendung von: Bildmaterial
©Shutterstock.com ©Shutterstock.com (gyn9037, VO IMAGES, mapman, Alex Stemmers)

Stefanie Ross
c/o Literarische Agentur Kossack GbR, Cäcilienstr. 14, 22301 Hamburg
E-Mail: mail@stefanieross.de
Weitere Informationen: http://www.stefanieross.de
Stand: 01. Oktober 2022

Sollte Ihnen beim Lesen ein Fehler aufgefallen sein, schreiben Sie mir bitte eine E-Mail und ich werde ihn schnellstmöglich beheben. Vielen Dank!

Personenverzeichnis

Kieler LKA

Carl von Hornleben, Chef
Thea Wölke, seine Assistentin

Büsumer Polizei

Mikkel Tvorsen

Rieke Brandt
Sönke Mellwig
Heiko Carlsen
Tobi Helmers

Kapitel 1

Vor 2 Jahren, Sylt, Ellenbogen

Später würden die Touristen diesen Surfspot überschwemmen, doch morgens um halb sechs gehörten die Nordsee und die Wellen ihm alleine. Björn stoppte den Range Rover, den er seiner diesjährigen Gönnerin verdankte, vor der Hütte, in der die Ausrüstung lagerte. Sein Job als Surflehrer brachte ihm in den Sommermonaten genug Geld ein, um den Winter in wärmeren Ländern verbringen zu können, doch der Preis war manchmal hoch. Da gab es die nervigen Möchtegern-Aussteiger, die arroganten Geldsäcke und die gnadenlos unsportlichen Typen, die sich kaum aufs normale Board gewuchtet bekamen und dennoch vom Kiten träumten.

Björn stieg aus, atmete tief durch, genoss die salzige Luft und überprüfte den Wind. Stark, aber stetig aus einer Richtung. Perfektere Bedingungen gab es kaum. Gut, es könnte ein paar Grad wärmer sein, aber man konnte eben nicht alles haben und der Shorty aus Neopren würde reichen. Eilig ging er los, um sich umzuziehen und sein Brett zu holen. Heute war ihm danach, mit dem klassischen Surfboard und passendem Segel über die Nordsee zu rasen. Kiten konnte er später noch.

Keine fünf Minuten später war er bereit, es mit den Elementen aufzunehmen.

»Hallo!«

Erschrocken wirbelte er herum. So viel dazu, dass er den Morgen alleine genießen konnte. Er schaffte es gerade mal eben so, seinen Unmut nicht zu deutlich zu zeigen, als er erkannte, wer ihn gerufen hatte. Was sollte das denn?

Ungeduldig wartete er, bis der Störenfried ihn erreicht hatte.

»Du, um diese Zeit hier? Was kann ich für dich tun?«

»Nichts. Ich bin hier, um dir einen Gefallen zu tun.«

Verwirrt blinzelte er. So gut kannten sie sich schließlich auch nicht. Ehe er eine sinnvolle Frage formuliert hatte, raste etwas silbrig Glitzerndes auf ihn zu. Ein scharfer Schmerz am Hals durchzuckte ihn. Warme Flüssigkeit rann seine Brust herab. Er verstand nicht, was geschah, plötzlich lag er auf dem Rücken und starrte in den Himmel, der sich verdunkelte und sich in eine undurchdringliche Schwärze verwandelte. In einem letzten Augenblick begriff er, dass er starb.

Vor 1 Jahr, Fehmarn, Nähe Brücke

Thies sah sich ungeduldig um. Wo steckte sie denn? Im Sommer blieb es zwar lange hell, doch heute trübten dunkle Wolken den Himmel, der vor wenigen Stunden noch strahlend blau gewesen war. An eine Taschenlampe hatte er nicht gedacht. Damit blieb ihm nur sein Handy mit der entsprechenden App und einer Reichweite, die gerade groß genug war, um die eigenen Füße zu erkennen.

Der Strand war hier nicht übermäßig breit, sodass er sie kaum verfehlen konnte. Ihre Nachricht hatte zu verführerisch geklungen, sodass er seine Pläne sofort geändert hatte. Mit seinen Kumpels abhängen konnte er schließlich jeden Tag.

Die Touristen kamen und gingen im Sommer, doch einige besuchten die Insel in der Ostsee jedes Jahr wieder. Die Frau war ihm sofort aufgefallen. Sie hatte Klasse und Rasse. Er lachte über sein gedankliches Wortspiel. Wenn er so weitermachte, wurde er noch zum Dichter!

Plötzlich hörte er ein leises Knirschen. Jemand kam durch die Dünen zum Strand. Endlich! Ob die Kondome, die er sicherheitshalber eingesteckt hatte, zum Einsatz kommen würden? Er hatte voller Optimismus gleich seine drei letzten Überzieher in der Tasche seiner Shorts verstaut. Am liebsten wäre es ihm natürlich, sie würden auf die Gummidinger verzichten, aber Hauptsache, er kam überhaupt zum Zug. Doch welchen Grund sollte sie sonst haben, sich hier um diese Zeit mit ihm zu treffen? Wenige hundert Meter entfernt brannten Lagerfeuer. Die Surfer und Camper saßen dort noch zusammen. Doch dieser kleine Strand in direkter Nähe der Brücke, die beinahe drohend neben ihm aufragte, war menschenleer.

Was war denn nun? Eben hatte er doch noch was gehört? Wo blieb sie denn?

Da, nun hörte er es deutlich. Schritte näherten sich. Dazu kam jedoch ein leises Knirschen oder Quietschen, das ihn irritierte.

Langsam ging er auf den Durchgang zwischen den Dünen zu. Ein Licht blitzte auf. Im Schein der Taschenlampe erkannte er, dass nicht die Frau, auf die er so sehnsüchtig gewartet hatte, vor ihm stand.

»Was machst du denn hier?«

»Ich tue dir einen Gefallen.«

»Was?«

Metall, von dem das Licht reflektierte und es in ein helles Weiß tauchte, flog durch die Luft und beschrieb dabei einen perfekten Bogen. Ein stechender scharfer Schmerz nahm ihm den Atem. Atem? Er bekam keine Luft mehr! Rot! Alles war rot, dabei war es viel zu dunkel, um Farben zu erkennen. Für einen Moment begriff er mit überraschender Klarheit, was geschehen war, dann gab es nichts mehr.

1 Jahr später, Kiel, Polizeizentrum

Mikkel Tvorsen warf einen flüchtigen Blick in den Spiegel und verzog den Mund. Nachdem er sich zwei Jahre lang mit dunkelbraun gefärbten Haaren in der Berliner Drogenszene bewegt hatte, war das helle Blond immer noch ungewohnt. Er betrachtete seine Hände. Einigermaßen sauber. So gut es ging, hatte er die Ölreste entfernt. Natürlich musste sich sein Cabrio ausgerechnet vor einem wichtigen Termin dazu entschließen, ein Schweigegelübde abzulegen, was dann auch hieß, dass der Anlasser keinen Ton von sich gab. Zum Glück hatte er den Fehler recht schnell gefunden, es aber trotzdem bereits auf eine stattliche Verspätung von dreißig Minuten gebracht, da nach der Fehlersuche auch noch die Reparatur angesagt gewesen war.

Er trocknete sich die Hände ab und verließ den Waschraum. Es würde ihm kaum Pluspunkte bringen, wenn er jetzt den Flur entlangsprintete, daher ging er lediglich etwas schneller.

Thea Wölke, die Sekretärin des Polizeichefs, sah ihm lächelnd entgegen. »Pünktlichkeit haben sie dir in Berlin schon mal nicht beigebracht.«

Innerlich atmete Mikkel auf. Er hatte mit einem deutlicheren Anschiss gerechnet. Vielleicht machte es sich nun bezahlt, dass er Thea – und auch ihren Chef – seit Jahren gut kannte. Seitdem er ein kleiner Junge gewesen war, um genau zu sein. »Eigentlich schon, aber du weißt ja, wie die Frauen sind. Hedwig hat heute mal wieder ihre Launen ausgelebt.«

Ihre blauen Augen funkelten vergnügt, als sie sich eine blonde Haarsträhne hinters Ohr klemmte. »Mensch, sag bloß, die alte Kiste fährt noch?«

Die Bezeichnung für sein geliebtes Saab Cabrio tat ihm weh. Er presste sich eine Hand auf die Herzgegend. »Aua. Sie ist ein wertvoller und sehr sensibler Oldtimer.«

»Wertvoll bezweifele ich und sensibel ist vermutlich ein anderes Wort für unzuverlässig.«

»Ich wollte dich eigentlich gerade fragen, ob du immer jünger wirst, und dir sagen, dass du toll aussiehst, aber das überlege ich mir noch mal.«

Nun stand Thea auf, kam um ihren Schreibtisch herum und umarmte ihn. »Willkommen zu Hause, Mikkel. Du kannst dir gar nicht vorstellen, wie froh wir sind, dass du den Ausflug heil überstanden hast.«

Mikkel drückte sie fest an sich. »Ist Carl sehr sauer, dass ich zu spät komme?«

»Nö, nur dass du gleich weiter willst. Er hätte sich so sehr gewünscht, dass du hier in Kiel bleibst.«

»Nee, lass mal. Kiel ist zwar gefühlt ein Dorf, aber mir im Moment noch zu viel Stadt.«

»Na dann.« Sie wich etwas zurück und musterte ihn prüfend. »Ich würde dir die Komplimente ja gerne zurückgeben, aber du bist zu hager und die Falten um deine Augen gefallen mir auch nicht. Vielleicht ist deine Idee doch nicht so dumm, wie Carl denkt.«

Damit hatte sie ihm dann überaus subtil verraten, was ihn erwartete.

Ein Lächeln zeigte sich in ihren Mundwinkeln. »Wenn ihr

euch nicht die Köpfe einschlagt, lade ich euch heute Abend zu meinen berühmten Kohlrouladen ein. Aber dann bist du bitte pünktlich!«

Mikkel versprach dies hoch und heilig. Da er lediglich zwei Kilometer innerhalb des Kieler Vorortes Kronshagen zurücklegen musste, war er zuversichtlich, dies auch halten zu können – selbst wenn Hedwig wieder herumzickte.

Carl empfing ihn mit einem Kopfschütteln, das Mikkel nicht deuten konnte. Dann stand der Mann, der irgendwo zwischen Ersatzvater und gutem Onkel angesiedelt war, auf, kam hinter seinem wuchtigen Schreibtisch hervor und schlug ihm zur Begrüßung kräftig auf die Schulter. »Pünktlichkeit ist eine Tugend!«

»Ich weiß und es tut mir leid. Hedwig …«

»Dass du das Ding immer noch hegst und pflegst …«

Mikkel sah an Carl vorbei aus dem Fenster. »Ich bin froh, dass es noch einige wenige Fixpunkte in meinem Leben gibt. Hedwig gehört dazu, und natürlich du und Thea. Vielen Dank, dass du dir die Zeit für mich nimmst und auch dafür, dass du mich wegen der Wartezeit leben lässt.«

»Reiner Eigennutz, denn ohne dich bekomme ich keine Kohlrouladen. Wenn Thea mich einlädt, bekocht sie mich neuerdings äußerst gesund. Ein Albtraum.«

Mikkel verzichtete auf einen Kommentar, denn Carl hatte im Bauchbereich deutlich zugelegt und er ahnte, dass dies der Grund für Theas Menügestaltung war.

»So, dann setz dich mal und erklär mir, was du an der Nordsee willst.«

Damit war der private Teil wohl vorbei. Mikkel nahm auf dem Stuhl Platz, der immer noch fürchterlich unbequem war. »Ich möchte einfach klassische Polizeiarbeit machen.« Er zögerte kurz. »Und etwas zur Ruhe kommen, mich wiederfinden. Der Deal lautete, dass ich mir nach erfolgreichem Abschluss des Auftrages die Dienststelle aussuchen kann. Büsum ist es.«

Carl sah ihn durchdringend an. »Das MEK baut Teams auf, die Zugriff und Ermittlung kombinieren. Wäre das nicht was?«

»Nein.« Mikkel erwiderte den forschenden Blick ruhig und gelassen.

»Gut. Also Büsum.« Er nahm eine dünne Akte in die Hand. »Du weißt, wie klein der Laden ist?«

»Ja, aber das macht mir nichts aus. Ich fahre auch Streife und helfe verirrten Touristen.«

»Tja, mein Lieber. Da hast du das Kleingedruckte nicht genau genug gelesen. Du kommst nach Büsum, aber als Leiter der dortigen Dienststelle. Und mit deiner Qualifikation kannst du davon ausgehen, dass die Kripo in Heide heilfroh sein wird, dir Fälle zu überlassen, die eigentlich in ihre Zuständigkeit fallen würden.«

Einen Moment lang hatte Mikkel das Gefühl, der Boden schwankte unter ihm. »Aber …«

»Kein Aber! Kennst du nicht den Spruch: Sei vorsichtig, was du dir wünschst, es könnte in Erfüllung gehen, aber anders, als du wolltest.«

»Ich bestelle bei Thea für heute Abend ein vegetarisches Menü!«, fiel ihm nur ein.

»Da sie die Dinger heute Morgen schon vorbereitet hat,

kommt dein Wunsch zu spät.« Die Selbstgefälligkeit war ihm förmlich ins Gesicht geschrieben. Carl schob ihm einen Ordner zu. »Und das hier solltest du dir mal ansehen und im Hinterkopf behalten. Das sind zwei ungeklärte Mordfälle, beide Tatausführungen sind sehr ähnlich. Es gab jedoch nichts, außer einer äußerst vagen Spur, die nach Büsum führt. Dabei handelt es sich lediglich um ein zur Tatzeit am Tatort eingeloggtes Prepaid-Handy, das man niemanden zuordnen konnte und das einmal in Büsum geortet wurde, ehe es für immer verstummte. Viel Spaß, Mikkel.«

Mit einem geknurrten Fluch nahm Mikkel die Akte. Das nannte sich dann wohl sauber ausmanövriert. Doch andererseits – was sollte ihn in Büsum schon groß erwarten?

Kapitel 2

Büsum, eine Woche später

Halb sieben Uhr morgens und der Tag konnte weg. Rieke Brandt starrte auf die Mail. So wenige Sätze in diesem verdammten Behördendeutsch zerstörten mal eben ihre Pläne, ach was, ihre komplette Zukunft. Sie war absolut sicher gewesen, dass ihr die Revierleitung übertragen werden würde. Die Fakten sprachen für sich: Sie hatte den Laden die letzten Monate seit Konrads Pensionierung geschmissen und sich keinen einzigen Fehler erlaubt – jedenfalls keinen, der irgendwo offiziell festgehalten worden war. Was wollten die hohen Herren in Kiel denn noch?

»Moin Rieke, willst du wieder das schöne Wetter ausnutzen und früh Feierabend machen?«, wurde sie unerwartet angesprochen. Sie hatte nicht einmal gemerkt, dass Sönke den Wachraum betreten hatte. Durch seine Worte fühlte sie sich unangenehm durchschaut, denn sie hatte tatsächlich vorgehabt, pünktlich nach acht Stunden Feierabend zu machen und den Rest des Tages zu genießen.

Sie knurrte etwas Unverständliches. »Irgendwelche Vorkommnisse heute Nacht?«

»Liegt alles auf deinem Schreibtisch. Was ist denn dir für eine Laus über die Leber gelaufen?«

»Wir bekommen einen neuen Chef.«

Nun hatte sie seine ungeteilte Aufmerksamkeit. Er trat an ihren Schreibtisch und hockte sich auf die Kante. »So'n Schiet.

Ich dachte, das würdest du werden.«

»Falsch gedacht«, schnappte sie.

»Und wieso?«

»Woher soll ich das wissen?«

»Hey, ich habe die Entscheidung nicht getroffen, also mach mich nicht an. Ich hole mir mal einen Kaffee und du fragst bei Konrad nach. Wenn einer weiß, was da läuft, dann er. Und wach wird er sowieso schon sein.«

Er war weg, ehe sie reagieren konnte. Tief durchatmend sah sie dem Mittfünfziger nach. Sönke Mellwig war ein gemütlicher Typ, solange ihm niemand quer kam. Dann konnte er trotz seines beachtlichen Gewichts sehr schnell und sehr böse reagieren. Von seinen blonden Haaren war nur noch ein schmaler grauer Kranz übrig, der die Glatze einrahmte. Er gehörte ebenso zum Inventar der kleinen Polizeistation wie die uralten Büromöbel, die niemals ausgetauscht worden waren. Doch sein Tipp war gut. Konrad, der ehemalige Revierleiter, verfügte über beste Verbindungen nach Kiel.

Ihr Handy klingelte und zeigte die Nummer von Konrad an. Das war dann bestimmt kein Zufall. »Wenn du mich vorwarnen wolltest, kommst du zu spät. Ich habe es gerade gelesen und prompt Sönke angefahren, der ja nun echt nichts dafür kann. Was soll das denn?«

Sie hörte zunächst nur einen typischen Atemzug, der ihr verriet, dass Konrad sich bereits seine Morgenzigarette gönnte. In stressigen Zeiten hatte er gequalmt ohne Ende, doch ansonsten hielt er strikt sein Ritual ein: eine morgens, eine mittags und eine vorm Schlafengehen.

»Tja, mich hat's auch überrascht. Bisher weiß ich nur, dass

das von ganz oben aus Kiel kommt. Dieser Mikkel Tvorsen hat da jemanden, der ihm offensichtlich jeden Wunsch erfüllt. Interessant ist, dass er schon Kriminalhauptkommissar ist, obwohl er dafür eigentlich zu jung ist. Dazu passt, dass Heide euch wohl zukünftig so'n büschen Kripokram abtreten soll. Tut mir leid, Rieke. Ich rate dir, erst einmal abzuwarten. Am Ende hält er es hier vielleicht gar nicht aus. Und du kennst ja meinen Lieblingsspruch.«

Rieke verdrehte die Augen. Jetzt würde sie sich wieder »dat löpt sich allens torecht« anhören müssen. Und da kam der Satz auch schon. Rieke überflog die Mail noch einmal und blieb nun an dem letzten Satz hängen. Wenn das nicht der ideale Empfang für den neuen Kollegen war. Da bat die Sekretärin von ihrem obersten Chef sie doch ernsthaft, sich um eine Übernachtungsmöglichkeit zu kümmern. Es war Hochsaison! Da konnte der Typ froh sein, wenn er einen dieser neuen Schlafstrandkörbe bekam. Oder ein abgewracktes Zimmer weit, weit von Büsum entfernt, vorzugsweise auf einem vergammelten Bauernhof. Sie hätte da zwar eine Unterkunft für ihn, dachte aber nicht im Traum daran, ihm die zur Verfügung zu stellen.

Rieke verabschiedete sich von Konrad, versprach, sich später noch mal zu melden, und antwortete dann auf die Mail mit dem knappen Satz, dass ihr leider keine passende Übernachtungsmöglichkeit einfiel.

Sönke kehrte mit einem Becher Kaffee zurück. »Das sollte deiner sein, aber du musst los. Da soll 'nen Toter in einem der Schlafstrandkörbe liegen. Jedenfalls, wenn ich das hysterische Gesabbel richtig verstanden habe.«

Einen Moment gestattete sie sich den verführerischen

Gedanken, dass es sich dabei um ihren zukünftigen Chef handelte – sofern denn dort wirklich eine Leiche lag. Vermutlich war's nur ein Penner, der zu viel getrunken hatte. Seufzend stand sie auf. »Wer ist denn schon vor Ort?«

»Tobi ist auf dem Weg dorthin.«

»Gut, ich fahre los. Wenn's was Ernstes ist, kommst du nach, sobald Heiko eingetroffen ist.«

Verdutzt sah Sönke sie an. »Wäre das denn nicht was für die Kripo aus Heide?«

Rieke dachte an das Gespräch mit Konrad. »Willkommen in den neuen Zeiten«, sagte sie ohne weitere Erklärung, stand auf und eilte zu ihrem Dienstwagen.

Wann hatte sie eigentlich zum letzten Mal das mobile Blaulicht aufs Dach geklemmt? Sie konnte sich nicht daran erinnern, doch nun war es so weit.

Die Fahrtzeit zu ihrem Ziel betrug theoretisch nur wenige Minuten, doch das letzte Stück hatte es in sich, da sie über den Deich und für die Allgemeinheit gesperrte Wege fahren musste. Sie entdeckte Tobis Streifenwagen auf dem regulären Parkplatz und zögerte kurz. Doch als sie Tobi Helmers und eine Passantin bei den Strandkörben stehen sah, entschied sie sich dafür, direkt bis zum möglichen Fundort zu fahren. Irgendetwas an der Körperhaltung ihres uniformierten Kollegen alarmierte sie. Einige frühe Spaziergänger waren an der Familienlagune schon unterwegs, die meisten mit einem Hund im Schlepptau. Rieke würde nie verstehen, was die Touristen an der künstlichen Bucht fanden. Das Ding hatte mit der echten Nordsee so viel zu tun wie ihre bequemen Sneakers mit einem Paar Pumps von Jimmy Choo.

Einige Meter von ihrem Ziel entfernt stoppte sie und stieg aus. Tobi eilte ihr entgegen. Ihr junger Kollege war sichtlich aufgeregt.

»Das ist vielleicht ein Schiet. Ruf mal in Heide an.«

»Später. Was ist denn eigentlich los?«

Von Tobis normalerweise sonnengebräunter Gesichtsfarbe war nur noch ein käsiger Rest übriggeblieben. Seine kurzen dunkelblonden Haare, die er sonst stets sorgfältig mit Geld in Form brachte, waren zerzaust. Er stellte sich gerader hin. »Mann, etwa Mitte zwanzig bis Mitte dreißig, sieht nach Fremdverschulden aus. Durchgeschnittene Kehle, wenn du mich fragst. Und eine ordentliche Sauerei. So viel ist mal sicher.«

Das klang nicht gut. »Dann hol mal das Absperrband aus dem Kofferraum. Was ist mit der Frau?«

»Die hat ihn gefunden und ist ordentlich durch den Wind.«

»Braucht sie einen Arzt?«

»Ich glaube nicht. Kann ich an deinen Kofferraum ran? Ich möchte nicht bis zu meinem laufen.«

»Klar. Was ist mit den anderen Strandkörben?«

»Die pennen wohl noch alle.«

Rieke atmete tief durch. »Na dann. Legen wir mal los. Ich verschaffe mir rasch einen Überblick und alarmiere dann die Spusi und Mediziner aus Heide.«

Tobi blinzelte irritiert. »Hast du nicht die Kripo vergessen?«

»Nee. Soweit ich weiß, übernehmen wir neuerdings deren Aufgaben mit, wenn's unsere Region betrifft.«

»Aha, seit wann denn?«

»Seit heute Morgen.«

Sie ließ ihn einfach stehen und ging zu dem Strandkorb, der für Übernachtungen an Gäste vermietet wurde. Das Ding erinnerte sie an eine überdimensionierte Pilotenkanzel, doch die Teile erfreuten sich bei Touristen ziemlicher Beliebtheit. Das war dann etwas, das sie ebenfalls nicht verstand. Direkt am Meer zu schlafen, war bestimmt eine schöne Sache, aber auf diesem Grünstreifen mit Blick auf die künstliche Lagune? Wieder einmal ermahnte sie sich, dass die auswärtigen Besucher Geld in die Stadtkasse spülten. Als ihr bewusst wurde, dass sie den unvermeidlichen Anblick nur hinauszögerte, atmete sie tief durch. Böser Fehler, den metallischen Geruch nach Blut erkannte sie sofort. Bisher war sie lediglich auf Unfallopfer getroffen, das würde dann jetzt eine neue Erfahrung werden.

Sie nickte der Frau zu, die sich ein paar Meter entfernt im Schneidersitz niedergelassen hatte, und spähte um den Strandkorb herum. Der Anblick war noch schlimmer als erwartet. Überall Blut, dazu eine verzerrte Miene, die sie bestimmt nie vergessen würde. Dennoch begann ihr Polizistengehirn schon zu arbeiten und registrierte ein paar Details. Der Täter musste sehr nah an sein Opfer herangekommen sein und in Anbetracht des tiefen Schnittes eine extrem scharfe Waffe verwendet haben. Abwehrverletzungen sah sie keine, das hieß dann wohl, dass der Mann seinen Mörder gekannt und oder für harmlos gehalten hatte. Vielleicht war er auch im Schlaf überrascht worden. Die Waffe war nirgends zu sehen. Sie blickte zu der Lagune und seufzte. Sollte der Täter das Messer dort versenkt haben, würden sie es wohl nie finden.

Kapitel 3

Rieke war es gewohnt, dass sich die Kollegen aus Heide viel Zeit ließen, aber dieses Mal wurde sie überrascht. Schon nach dreißig Minuten waren in weiße Overalls gekleidete Spurensicherer am Werk. Auch die forensischen Mediziner hatten die erste Untersuchung bereits abgeschlossen und bereiteten die Leiche zum Abtransport vor.

Tobi hatte mit den Touristen gesprochen, die durch den Trubel recht unsanft in ihren Schlafstrandkörben geweckt worden waren, aber bisher nichts erfahren. Rieke wartete darauf, dass die Verwalterin eintraf, die für die Vermietung und den gesamten organisatorischen Kram rund um diese Übernachtungsstätte zuständig war. Sie verzog den Mund, als ihr bewusst wurde, dass sie schon wie ein Protokoll dachte. Hoffentlich hatten sie wenigstens den Namen des Opfers, wenn die Dame eingetroffen war.

In diesem Moment rief einer der Spurensicherer ihren Namen. Sie wollte schon zu ihm eilen, als das typische Geräusch eines kaputten Auspuffes sie davon abhielt. Das durfte doch nicht wahr sein! Ein Tourist kämpfte sich mit einem uralten Saab durch die ganzen Dienstfahrzeuge und umkurvte einfach Tobi, der ihn aufhalten wollte. Erst wenige Meter vor ihr hielt er an und stieg aus. Rieke überlegte bereits, gegen welche Paragrafen der Straßenverkehrsordnung der Fahrer verstoßen hatte, und addierte die Beträge auf. Da kam eine ordentliche Summe zusammen.

»Sekunde noch«, rief sie dem Beamten zu, der etwas entdeckt hatte.

Der Fahrer des Saab sah zwar ganz nett aus, wobei das eigentlich untertrieben war, denn er war durchaus attraktiv. Braungebrannt, hellblonde Haare, dazu eine gewisse Härte, die durch seine kantigen Gesichtszüge und die blauen Augen betont wurde.

»Was genau haben Sie denn an den Absperrungen nicht verstanden?«, fuhr Rieke ihn an.

»Moin, ich bin Mikkel. Du musst Rieke sein. Ich hätte mir den Einstieg zwar anders vorgestellt, aber nun ja, den formellen Mist erledigen wir eben später. Sag mir bitte nur, dass wir keinen jungen, gut aussehenden Mann mit durchgeschnittener Kehle als Opfer haben.«

Rieke öffnete den Mund, brachte aber keinen vernünftigen Satz hervor. Ihr erster Gedanke war, dass sie den Täter vor sich hatte, denn ihr Gegenüber verfügte eindeutig über Kenntnisse, die er ohne Besichtigung des Tatorts nicht haben konnte, dann verknüpfte sie den Namen »Mikkel« mit der Mail, die ihr den Morgen versaut hatte.

»Hauptkommissar Tvorsen?«, brachte sie schließlich hervor und ihr gelang es immerhin, den Namen wie eine Frage zu formulieren.

»Richtig. Seid ihr hier so formell unterwegs?«

»Nee, eigentlich nicht. Ich war nur überrascht — und kurz davor, dir Handschellen zu verpassen, da du anscheinend Täterwissen hast.«

Ein amüsiertes Lächeln zeigte sich, verflog jedoch sofort. »So ein verdammter Mist. Ich erkläre dir später, wieso ich das vermutet habe. Lass uns erst mal sehen, was wir hier haben.

Die Akten und Fotos sind ja nett, aber ich möchte selbst ein Gefühl für die Umstände bekommen.«

»Dann komm mit. Die Spusi scheint gerade was gefunden zu haben.« Auf den paar Metern erzählte sie ihm das Wenige, das sie bisher wussten.

Nils, der Beamte der Spurensicherung, hielt ihnen einen der typischen, durchsichtigen Beweismittelbeutel entgegen, in dem sich eine abgegriffene Brieftasche befand. »Geld ist noch drin, zweihundertfünfzig Euro, den Ausweis habe ich fotografiert und dir schon zugeschickt. Foto und Gesicht des Opfers stimmen überein, das müsste Eric Teelsen gewesen sein. Damit habt ihr wenigstens den Namen. Das Teil lag zwischen den Matratzenteilen eingeklemmt, darum will ich es mir im Labor noch genauer ansehen. Das hier habe ich auch noch gefunden. Da sind einige Prints drauf, darum gebe ich euch …« Er verstummte mitten im Satz und sah Mikkel an. »Sorry, wer bist du denn eigentlich?«

Wieder zeigte sich kurz das Lächeln, das aus einem gut aussehenden einen sehr attraktiven Mann machte. »Mikkel Tvorsen, neuer Revierleiter in Büsum, eigentlich erst in drei Tagen, aber anscheinend nun schon etwas früher im Dienst.«

Dass er darauf verzichtete, seinen Dienstgrad zu nennen, gefiel Rieke, dabei war sie weiterhin entschlossen, ihn nicht zu mögen.

»Ach, das ist ja ein Ding. Und ein netter Einstieg. Ich bin Nils und auf meinen Job kommst du bestimmt selbst.«

Mikkel brummte eine Zustimmung und hockte sich neben der Leiche hin, die gerade in den Sarg gehoben werden sollte. Ohne Aufforderung warteten die beiden Männer in den dunklen Anzügen. »Keine Abwehrverletzungen, nur ein gezielter Schnitt. Genau wie …« Er richtete sich wieder auf. »Hat jemand was gehört?«

Rieke schüttelte den Kopf. »Tobi hat die Namen der anderen Gäste aufgenommen und genau das bereits vorab gefragt. Bisher Fehlanzeige.«

»Merkwürdig. Aber okay. Ihr könnt ihn mitnehmen. Danke fürs Warten.« Mikkel sah wieder Nils an. »Du meintest, du hättest noch was?«

»Ja, stimmt. Das hier.« Er hob eine kleine Tüte auf, die Rieke nicht bemerkt hatte. Sie erkannte die Plastikkarte mit dem Emblem sofort. »Die gehört zum Hotel am Hafen. Können wir die haben?«

»Nee. Sagte ich doch schon. Da sind auf der Oberfläche ein paar Fingerabdrücke.«

Sie wollte protestieren, doch Mikkel kam ihr zuvor. »Kein Ding. Schick mir die Daten des Opfers bitte auch. Damit müsste ich im Hotel weiterkommen.« Er reichte Nils eine Visitenkarte mit seinen Kontaktdaten.

Rieke erstarrte innerlich. »Ich?«, wiederholte sie scharf und merkte selbst, dass der Tonfall in Anbetracht des Ortes und der anwesenden Kollegen nicht angebracht war.

Mikkel runzelte die Stirn. »Wir. Du kannst mich gerne begleiten. Im Moment bin ich für jede ortskundige Hilfe dankbar.«

Das klang einsichtig und in die Schranken weisend zugleich. Das konnte ja lustig werden.

Ihr neuer Vorgesetzter sah sich langsam um und wandte sich dann wieder an Nils. »Wenn ich es richtig einschätze, stehen wir euch hier nur im Weg rum.« Er wartete ein Nicken ab. »Wann kann ich mit ersten Ergebnissen rechnen?«

»Leider wird das meiste mindestens vierundzwanzig Stunden dauern. Mir ist schon klar, dass der Fall oberste Priorität hat, aber viele Analysen brauchen eine gewisse Zeit. Und ich habe auch verstanden, dass wir in erster Linie an dich berichten.«

»Richtig. Ich weiß noch nicht genau, wie das Team letztlich aussehen wird, aber ich kann dir schon verraten, dass das hier eine riesige Schweinerei ist.«

Rieke hätte damit gerechnet, dass Nils nachfragte, stattdessen rieb er sich fahrig über die Stirn. »Das ist mir schon klar, denn ich war vor einiger Zeit in Lübeck eingesetzt und mich erinnert dies so sehr an Fehmarn, dass ich schon an ein Déjà-vu oder Copy-and-paste dachte. Ich bin dann mal heilfroh, dass du auch Bescheid weißt, und du kannst ganz sicher sein, dass ich alles mit Hochdruck auswerte und mir nicht der noch so kleinste Fitzel entgehen wird.«

Mikkel berührte den Kollegen kurz an der Schulter, wandte sich dann ab und ging zu seinem Wagen.

Einen Moment lang wusste Rieke nicht, was sie tun sollte, dann lief sie ihm hinterher.

»Fehmarn? Du kanntest den anderen Fall?«

Unwillig runzelte Mikkel die Stirn. »Geht's noch lauter? Möchtest du vielleicht noch im Lokalblatt inserieren, dass wir es mit einer Serie zu tun haben? Dann erfahren nicht nur sämtliche Touristen, sondern auch der Täter, was wir bereits wissen.«

Er hatte zwar leise, aber nicht minder deutlich gesprochen.

Zu ihrem Entsetzen spürte Rieke, dass sie rot anlief. Er gab ihr keine Gelegenheit zu einer Entschuldigung.

»Ich rede kurz mit den Kollegen in Uniform. Wir treffen uns danach im Revier.«

Wütend sah sie ihm nach, dabei galt ihr Ärger in erster Linie ihr selbst. Doch im Moment war sie nicht bereit, das einzusehen. Rasch überprüfte sie, ob sich Zivilisten in der Nähe befunden hatten, die ihre unvorsichtige Frage mitangehört hatten. Nein. Fehlanzeige. Also hatte es auch keinen Grund für den Anschiss gegeben!

Kapitel 4

Mikkel stellte Hedwig auf dem Parkplatz ab, der laut dem Schild für Dienstfahrzeuge vorgesehen war. Irgendwie passte das ja schließlich. Er umfasste das Lenkrad kurz fester, ehe er ausstieg. Er wollte mit den Ermittlungen loslegen und sich nicht um nervigen organisatorischen Mist kümmern, von dem er jetzt schon ahnte, dass der ihm jede Menge Ärger einbringen würde. Der erste Eindruck von seinen zukünftigen Mitarbeitern war reichlich durchwachsen. Dazu kam noch seine ungeklärte Wohnsituation. Der Weg von Kiel nach Büsum war mit gut neunzig Minuten Fahrtzeit zu weit, um ihn jeden Tag zweimal zu fahren. Seufzend stieg er aus und betrat heute zum zweiten Mal das Gebäude. Bei seinem ersten Besuch war er sofort wieder gefahren, nachdem er von dem vermutlichen Tötungsdelikt gehört hatte. Es hatte nur für eine kurze Vorstellung gereicht, daher nickte er nun Heiko erneut grüßend zu. Der schlaksige Mittvierziger musterte ihn ausgesprochen neugierig aus braunen Augen, die perfekt zu seinen Haaren in der gleichen Farbe passten.

Rieke entdeckte er in einem der beiden Zimmer, die von dem großen Wachraum abgingen. Sie starrte auf den Monitor und tat, als ob sie ihn nicht bemerkt hatte. Das konnte ja noch lustig werden. Mikkel kannte die letzten Statistiken des Reviers und wusste genau, mit welcher Art Verbrechen sie sich beschäftigt – oder eher nicht beschäftigt hatte. Weiterleitung und Einstellung waren die Schlagwörter, die ihm zu ihrer Arbeitsweise einfielen.

Ein Streifenwagen stoppte neben Hedwig und wenig später betraten Sönke und Tobi das Revier.

Beide musterten Mikkel abwartend, dann blickte Tobi aus dem Fenster, wo es absolut nichts zu sehen gab.

Sönke kratzte sich am Kinn. »Wir sind mit der Aufnahme der Personalien und den ersten Aussagen durch und haben die Absperrung den Kollegen aus Heide überlassen«, erklärte er. Seine Mundwinkel bogen sich leicht nach oben. »Um ehrlich zu sein, wollten wir erst mal unseren neuen Chef kennenlernen und erfahren, was es damit auf sich hat, dass wir nun Aufgaben aus Heide übernehmen sollen.«

»Das verstehe ich«, erwiderte Mikkel und unterdrückte ein Gähnen. »Gibt's hier Kaffee? Dann setzen wir uns kurz zusammen.«

Heiko nickte. »Pflanzt euch schon mal hin. Ich hole Becher.«

Rieke machte immer noch keine Anstalten, aufzustehen. Mikkels Ärger wuchs. »Ich helfe dir.«

Das Angebot brachte ihm schon mal ein anerkennendes Nicken von Heiko ein. Wenig später hatten sie sich Plätze im Wachraum gesucht, der letztlich nichts anderes als ein Großraumbüro mit vier Schreibtischen und einem Tresen war. Selbst Rieke lehnte sich neben Heiko gegen die Schreibtischkante.

Mikkel hob grüßend seinen Becher und entschied sich, die Angelegenheit kurz und schmerzlos hinter sich zu bringen.

»Also dann. Meinen Namen kennt ihr ja mittlerweile. Mikkel Tvorsen. Mein Vater war Däne und ich stamme aus Norddeutschland, war aber eine ganze Zeit woanders im Einsatz.

Ich halte nicht viel von überflüssigen Formalitäten, daher geht das unter Kollegen übliche ›Du‹ für mich in Ordnung. Und wo wir gerade beim Thema ›Formalitäten‹ sind: Ich halte auch nichts davon, dass wir unsere Ausbildung dafür nutzen, Zettel in Ordnern abzuheften oder meinetwegen Dateien im PC zu speichern und Straftaten zu verwalten. Falls ihr das als Vorwurf auffasst, so hakt es einfach ab, denn die Vergangenheit kann man nicht mehr ändern.« Mikkel wartete auf eine Reaktion, doch es kam keine. »In Kiel ist man der Meinung, dass ein Kriminalhauptkommissar fürs Abheften zu hoch bezahlt ist, und wenn ihr ehrlich seid, ist bestimmt keiner von euch deswegen Polizist geworden. Deshalb die Idee, dass wir Fälle, für die bisher die Kripo in Heide zuständig war, selbst übernehmen. Dabei geht's nicht nur darum, dass die Kollegen dort total überlastet sind, sondern ihr habt gegenüber der Kripo in Heide einen Vorteil, den wir nutzen können: Ihr kennt den Ort und die Leute. Es hätte zwar nicht gleich mit 'ner Leiche anfangen müssen, aber das ist nun mal so.«

»Was ist das für ein anderer Mord, den du erwähnt hast?«, fragte Rieke.

Mikkel sah durchs Fenster, dass eine ältere Frau auf das Revier zusteuerte. »Das werde ich euch natürlich erklären, aber bestimmt nicht hier, wo jeden Moment jemand reinplatzen kann und Dinge mitbekommt, die nicht für ihn bestimmt sind. Habt ihr einen Besprechungsraum?«

Rieke und Heiko lieferten sich ein Blickduell, schließlich gab die Polizistin es verloren. »Nein. Den haben wir zum Büro umfunktioniert. Damit nicht nur Konrad eins hat.«

Mikkel sah zu den beiden Räumen hinüber, deren Türen

offen standen. Rieke hatte seit dem Weggang des ehemaligen Revierleiters offenbar das größere Zimmer genutzt. Nun, dann wäre sie von seinen nächsten Anweisungen vermutlich begeistert. »Was ist mit einem Aufenthaltsraum? Wo esst ihr in Ruhe oder lehnt euch mal zurück?«

Sönke deutete auf eine geschlossene Tür. »Dafür nutzen wir Männer die Umkleide und Rieke hat ja ihr Büro.«

»Wie gemütlich«, entfuhr es Mikkel und erntete immerhin von den Polizisten ein leises Lachen. »Dann regeln wir das als Erstes: Rieke zieht zurück an einen der Schreibtische hier draußen. Ich nehme das kleine Büro und aus dem größeren Raum machen wir einen Ort, an dem wir uns zusammensetzen können oder ihr auch mal eine vernünftige Pause einlegen könnt.«

Wenn Blicke töten könnten, hätten die Kollegen nun einen zweiten Mordfall zu untersuchen, wobei er das Opfer und Rieke die Täterin gewesen wäre. Die Polizistin wandte sich abrupt ab und ging in ihr ehemaliges Büro.

Die ältere Dame hatte nun den Tresen erreicht und wurde von Heiko freundlich begrüßt.

Mikkel wandte sich an Sönke. »Ist hier mittags viel los?«

»Nö, wir könnten da eigentlich ganz gut dichtmachen.«

»Wunderbar. Dann machen wir genau das nachher von zwölf bis eins und ich bringe euch auf den neuesten Stand. Mögt ihr ein paar Fischbrötchen zum Einstand?«

»Die gehen immer. Aber dann gebe ich dir mal 'ne Adresse, wo du keinen Fraß für Touris, sondern was Ordentliches bekommst.«

Das war doch mal ein Anfang. Mikkel bedankte sich

lächelnd und bezog das kleine Büro, indem er sein Handy neben der Tastatur platzierte. Zehn Minuten später hatte er mit Thea telefoniert, die ihm helfen würde, in Rekordzeit an das entsprechende Mobiliar für den Besprechungsraum zu gelangen. Immerhin funktionierte sein Zugang zur IT der Polizei bereits und er konnte sich auch die digitale Akte des Mordfalls ansehen, die allerdings noch gähnend leer war. Er wollte gerade die ersten Einträge machen, als sein Handy einen Anruf von Carl anzeigte.

»Du bist also schon im Dienst«, begrüßte er ihn.

»Da war Thea ja fleißig.«

»Stimmt. Ich habe zwei Namen für dich.«

»Ach? Etwa von Tatverdächtigen?«

»Sehr witzig. Wenn du deine Mitarbeiter schon kennengelernt hast, wirst du wissen, dass du alleine nicht weiterkommst. Einen Mord, oder in diesem Fall eine ganze Serie, klärt man im Team auf, nicht als Einzelgänger. Ich schicke dir gleich zwei Kontakte zu. Der erste, Tjark Johanson, überlegt, eine Ferienwohnung anzubieten. Fahr mal vorbei, ob das was für dich wäre und ob er dich aufnehmen würde. Eigentlich war er nur meine erste Wahl als externer Berater für dich, aber da du noch keine Bleibe hast, schlagen wir da vielleicht zwei Fliegen mit einer Klappe.«

»Was?«

»Ich bin noch nicht fertig! Dann ist da noch Annika Johanson, seine Schwägerin. Die ist meine zweite Wahl als externe Beraterin. Sieh zu, dass du dir beide angelst. Das Budget dafür hast du, nutze es.«

Mikkel atmete tief durch. »Du meinst das mit den Externen

ernst.«

»Ja. Und mach dir mal eins klar: Normalerweise müsste ich eine SoKo an die Fälle setzen, doch mein Bauchgefühl sagt mir, dass die nichts erreichen würde. Ihr könnt den Mörder nur überführen, wenn ihr anders vorgeht. Sonst hätten die Kollegen auf Fehmarn oder Sylt schon längst Erfolg gehabt.«

»Das muss ich erst mal sacken lassen.«

»Tu das und dann tust du das, was ich gesagt habe. Dafür kommt in einer Stunde ein ganzer Trupp und richtet euren Besprechungsraum ein. Ich hoffe, du weißt das zu schätzen.«

Die Verbindung wurde getrennt.

Ratlos starrte Mikkel auf das Handy. Dann entschied er sich dafür, mit dem Naheliegendsten anzufangen, und ging ins Nachbarbüro zu Rieke. »Kannst du bitte das Büro freimachen?«

»Meinst du das ernst? So ein Beschaffungsprozess dauert doch Wochen! Ich dachte, ich hätte …«

»Tja, falsch gedacht. Hast du Zugriff auf die Akte und die sonstigen Datenbanken aus Heide?«

»Nein, wieso sollte ich?«

»Hast du es denn überprüft?«

»Ähm, nein.«

»Dann tu das bitte, sobald du umgezogen bist. Bitte beeil dich, ich möchte zum Hotel.« Er ignorierte, dass Rieke offenbar etwas einwenden wollte, und drehte sich zu den anderen Polizisten um, die aufmerksam zugehört hatten. »Das gilt für euch alle. Wir arbeiten grundsätzlich gemeinsam an den Fällen. Überprüft, ob ihr Zugriff auf die Akte habt. Eigentlich sollten eure Profile entsprechend angepasst worden sein.«

Kapitel 5

Rieke verbarg so gut wie möglich, dass sie kurz vorm Platzen war. Zu Fuß wären sie keine zehn Minuten unterwegs gewesen, aber nein, der Herr hatte ja mit seinem Wagen fahren wollen. Wobei das altersschwache Teil eher den Ausdruck Schrottkiste gerechtfertigt hätte. Allerdings war das immer noch besser, als wenn er ihr auch noch den Dienstwagen wegnehmen würde! Die Fahrtzeit betrug vielleicht ein paar Minuten weniger, allerdings würde die Ersparnis von der Parkplatzsuche wieder aufgefressen werden. Außerdem hatte ihr kurzes Gespräch gezeigt, dass sie beide die gleichen Abfragen in den Datenbanken durchgeführt hatten. Sah so etwa eine Zusammenarbeit aus?

Wenig später musste sie zugeben, dass sie sich doppelt geirrt hatte. Mikkel hielt direkt vor dem Eingang und zeigte einem Angestellten lediglich seinen Polizeiausweis. Als sie die Klappbox auf der Rückbank bemerkte, dachte sie zum ersten Mal daran, dass sie vielleicht Dinge sicherstellen würden, die man besser im Wagen transportierte. Ihre Stimmung hob sich dadurch jedoch nicht. Das hätte ihr vorher einfallen sollen!

Rieke hätte sofort zugegeben, dass ihr die Inneneinrichtung des Hotels gefiel. Sie hätte sie als rustikal mit einem maritimen Touch bezeichnet. Die Wände waren entweder in verschiedenen Rottönen geklinkert oder mit Holz verkleidet. Alles wirkte offen und freundlich. Sie hielt Mikkel zurück, als er auf die Rezeption zusteuerte. »Ich kenne die Hotelangestellte am

Empfang. Marlene ist eine frühere Freundin. Vielleicht sollte ich sie fragen.«

»Sicher.«

»Und, ähm … was ist eigentlich mit den Angehörigen?«

»Eine Streifenbesatzung aus Kiel informiert die Eltern, die wohnen dort. Je nach dem, was die Kollegen sagen, kann es erforderlich sein, dass ich … Ich meine, dass wir oder jemand von uns auch noch mit ihnen redet.«

»Von uns? Denkst du an unsere Kollegen in Uniform?«

Mikkel wich ihrem Blick eindeutig aus. »Nein, es ist noch nichts spruchreif, aber vielleicht bekommen wir noch personelle Verstärkung.«

»Aus Heide? Und wo sollen die dann sitzen?«

»Ist alles noch nicht spruchreif«, wiederholte er. »Eins nach dem anderen. Dann frag mal deine Marlene nach unserem Opfer.«

Wenn es nach ihr ging, konnte er in der Zwischenzeit draußen am Hafen spazieren gehen, aber den Gefallen tat er ihr natürlich nicht. Immerhin hielt er ein wenig Abstand zu ihr.

Marlene Rahlsen sah ihr lächelnd entgegen. Das dunkelblaue Kostüm mit der weißen Bluse wurde durch ein buntes Halstuch aufgelockert, dennoch war Rieke froh, dass ihr solche Kleidung in ihrem Job erspart blieb. »Moin Marlene. Hast du ein paar Minuten?«

»Moin Rieke. Eigentlich …« Marlenes Blick huschte zu Mikkel.

»Keine Angst, das ist kein Gast, der gehört zu mir.«

»Na gut, dann leg los.«

»Es könnte etwas dauern. Hast du jemanden, der dich ein

paar Minuten vertreten kann? Ich würde lieber in einer ruhigen Ecke ungestört mit dir reden.«

Marlene seufzte und fummelte an ihrem langen blonden Zopf herum, der ihr bis auf die Schulter reichte. »Mein Chef wird nicht begeistert sein.«

Allmählich reichte es Rieke. »Du, Marlene, ich bin nicht zum Spaß, sondern offiziell hier. Wenn es deinem Chef lieber ist, lasse ich zwei Streifenwagen vorfahren und wir führen bei euren Gästen Befragungen durch uniformierte Kollegen durch. Es ist deine Entscheidung, wie wir vorgehen.«

Marlene riss ihre blauen Augen weit auf. »Was ist denn passiert? Ich dachte … Sekunde. Nehmt da hinten schon mal Platz. Möchtet ihr einen Kaffee oder ein Wasser?«

Rieke und Mikkel lehnten ab und gingen zu den Cocktailsesseln, auf die Marlene gedeutet hatte.

»Die Drohung war nicht schlecht«, lobte Mikkel sie.

»Schöner Mist, dass die notwendig war. So kenne ich Marlene eigentlich gar nicht.«

Als Marlene zu ihnen kam, war Rieke nicht sicher, ob das Lächeln ihrer alten Schulfreundin entschuldigend oder professionell war. Sie setzte sich und sah dann Mikkel an. »Wir kennen uns noch gar nicht. Marlene Rahlsen. Ich bin die Empfangschefin im Hotel, also für alles rund um die Ankunft der Gäste zuständig und auch ansonsten so eine Art Troubleshooter.«

»Mikkel Tvorsen, Polizei Büsum«, erwiderte Riekes neuer Chef lediglich und zeigte kurz seinen Ausweis vor.

Rieke rief auf ihrem Smartphone das Bild des Opfers auf, das sie aus den Daten des Einwohnermeldeamtes hatte.

»Kennst du diesen Mann? Ist der bei euch Gast?«

Marlene nahm das Handy und sah nur flüchtig aufs Display. »Na klar, das ist Eric.« Sie legte das Smartphone auf den Tisch und rollte mit den Augen. »Jetzt sagt nicht, dass eine der älteren Damen ihn angezeigt hat! Also dazu kann ich euch leider überhaupt nichts sagen.«

»Was meinst du mit ›älteren Damen‹?«

»Na, die Tussis, mit denen er sich … Ich meine, die er begleitet hat. Ich fand das zwar etwas anrüchig, aber letztlich eine Win-win-Situation und es geht mich ja auch nichts an. Ich habe keine Ahnung, wie und was genau Eric und die Damen vereinbart haben. Da muss ich passen. Fragt ihn am besten selbst.«

»Wenn ich dich richtig verstehe, begleitet er gerade einen Gast aus eurem Hotel. Wir brauchen ihren Namen und ihre Zimmernummer.«

Abwehrend hob Marlene beide Hände. »Vergiss es, Rieke. So etwas kann ich euch nicht einfach sagen, außerdem hätte ich das eben schon gar nicht erwähnen sollen. Mensch, ich kann doch unsere Gäste nicht in die Pfanne hauen!«

Und warum hatte sie das dann getan? Rieke verkniff sich die sarkastische Nachfrage. »Doch, kannst du, es geht hier um eine Mordermittlung. Wen hat er begleitet?«

Marlene starrte sie einen Moment stumm an, öffnete den Mund und schloss ihn wieder, ohne etwas gesagt zu haben. Sie war kreidebleich geworden. »Ist er tot? Und wieso kümmerst du dich darum? Das ist ja schon ein bisschen mehr als so'n Fahrraddiebstahl und müsste doch von Heide aus bearbeitet werden.«

Nun war es Rieke, die einen Moment völlig verdattert schwieg. Mit so einer Frage hatte sie nicht gerechnet.

»Sie kennen also Eric Teelsen«, übernahm Mikkel das Gespräch. »Woher? Und was können Sie uns über ihn sagen, außer dass er sich von älteren Damen aushalten ließ.«

Marlenes Blick irrte umher, als ob sie jemanden suchen würde. »Ich … Also, er gehört zu einer Clique von Surfern, mit denen ich auch ab und an abhänge. Eric ist einfach …« Sie zuckte mit der Schulter. »Eric eben. Total witzig, lieb, tut niemandem etwas. Ich kann mir nicht vorstellen, dass den jemand nicht mag. Er arbeitet im Sommer hier und versucht im Winter möglichst lange im Süden zu sein. Er ist toll auf dem Brett und immer gut drauf. Man muss ihn einfach gernhaben.«

Rieke übernahm nach einem fragenden Blick Richtung Mikkel wieder und verbarg ihren Ärger über die abfälligen Worte in ihre Richtung. »Wo hat er gewohnt?«

»Er hat in der Stadt ein kleines Zimmer gehabt, aber da hat er eigentlich nur seine Sachen abgestellt und gepennt. Er war sonst in seinem Bus am Strand oder hier im Hotel.«

»Wo steht der Bus und wie lautet die genaue Adresse?«

Marlene rieb sich über die Nase. »Keine Ahnung, es ist das Haus, wo unten der Fahrradverleih drin ist. Und der Bus … Irgendwo am Strand.«

»Letzte Frage. Allerdings nur für heute. Welchen Gast hat er zuletzt begleitet?«

»Katharina von Wotersen. Sie ist beim Langschläferfrühstück. Ihr erkennt sie sofort, kleidet sich wie zwanzig, ist aber sechzig. Mindestens.« Marlene stand auf. »War's das? Ich müsste mal an die frische Luft. Eric ist … Ich meine war …«

»Gehen Sie nur«, stimmte Mikkel zu.

Rieke wartete, bis sie außer Hörweite war. »Also die Reaktion war irgendwie komisch.«

Mikkel nickte knapp. »Merk dir, was dir aufgefallen ist. Notiere es dir sonst kurz, ehe wir weitermachen. Am Ende ist das vielleicht ein wichtiges Puzzleteil. Arbeitet sie eigentlich schon lange hier im Hotel?«

»Ja, ewig. Das heißt, seit der Eröffnung vor einem Jahr ganz sicher. Du denkst an Fehmarn? Das ist jetzt nicht dein Ernst!«

Mikkel blinzelte überrascht. »Nee. Daran habe ich nicht gedacht. Da bist du gerade drei bis vier Schritte weiter als ich.«

War das nun ein Lob oder eine Kritik? Rieke ging lieber nicht auf den Kommentar ein. »Ich meine, sie war vorher in Sankt Peter Ording in einem Hotel. Ich weiß noch, dass sie die Ostsee nicht mag, da bin ich ganz sicher. Ich kann mich mal umhören, wo genau sie gearbeitet hat.«

»Mach das mal. Weißt du, wo hier das Restaurant ist?«

»Klar. Folge mir unauffällig.«

Nun galt sein Lächeln erstmals ihr und das gefiel ihr.

Kapitel 6

»Sieht nett aus«, meinte Mikkel zu dem Restaurant, das ähnlich wie der Empfangsbereich gestaltet war. Nur wenige Tische waren besetzt und sie entdeckten nur eine Dame, die offenbar alleine frühstückte. Das Alter kam ungefähr hin, doch die Beschreibung entsprach nicht gerade dem, was Rieke nach Marlenes Worten erwartet hatte. Die Frau trug eine helle, weite Hose und dazu ein gelbes, ärmelloses Top.

Mikkel war offenbar zum gleichen Ergebnis gekommen, denn er ging auf sie zu. »Entschuldigen Sie die Störung beim Frühstück, aber sind Sie zufällig Katharina von Wotersen?«

»Das bin ich«, erwiderte sie, stellte ihre Kaffeetasse ab und sah Mikkel neugierig an. »Warum möchten Sie das wissen?«

Er zeigte ihr seinen Ausweis. »Mikkel Tvorsen, Polizei Büsum. Wir müssten kurz mit Ihnen reden.«

»Nanu. Sie werden ja kaum kommen, weil ich meinen Wagen falsch in der Tiefgarage abgestellt habe. Bitte nehmen Sie doch Platz. Möchten Sie einen Kaffee?«

Zu Riekes Erstaunen nahm er das Angebot an, sodass auch sie zögernd nickte. Frau von Wotersen signalisierte einer Kellnerin, die sie bereits aufmerksam beobachtet hatte, zu ihnen zu kommen. »Könnten Sie bitte für die beiden Herrschaften Kaffee und ein Gedeck bringen? Das geht auf mein Zimmer.«

»Kaffee reicht völlig«, wehrte Mikkel ab.

»Ach was, vielleicht überlegen Sie es sich ja noch. Das Bircher-Müsli und die Pancakes sind ein Traum.«

Sie wartete, bis die Kellnerin Tassen, Teller und Besteck auf dem Tisch drapiert und ihnen eingeschenkt hatte. »Verraten Sie mir nun, warum Sie hier sind?«

»Sie kennen Eric Teelsen?«, begann Mikkel, was Rieke nur recht war, denn ihr Gegenüber war eindeutig auf ihn fixiert.

»Da dies bereits wie eine Feststellung klingt, muss ich ja eigentlich nicht zustimmen. Was ist mit Eric?«

Mikkel ließ sie nicht aus den Augen. »Es tut mir wirklich leid, doch er wurde heute Morgen tot aufgefunden.«

Einen Moment erstarrte die Frau, dann schob sie ihren Teller ein Stück weg und trank einen Schluck Kaffee. Sie war unter ihrer Sonnenbräune deutlich blass geworden. »Was für ein Schock. Sie würden mich nicht besuchen, wenn er eines natürlichen Todes gestorben wäre. Was ist passiert?«

Jede Freundlichkeit war wie weggewischt. Rieke staunte über die Wandlung, nun wirkte sie wie eine knallharte Geschäftsfrau.

Gelassen erwiderte Mikkel den forschenden Blick. »Wir wissen bisher nur, dass er durch Fremdverschulden zu Tode gekommen ist. Mehr kann und möchte ich nicht sagen. Uns interessiert, wann Sie ihn zuletzt gesehen haben und alles, was Sie uns über ihn erzählen können.«

Frau von Wotersen wandte als Erste den Blick ab. »Verdächtigen Sie mich?«

Mikkel hob einen Mundwinkel zu einem flüchtigen, schiefen Grinsen. »Sollte ich das? Im Moment nicht.«

»Gut, denn sonst hätte ich meinen Anwalt aus Hamburg einfliegen lassen.«

Rieke zweifelte nicht daran, dass der Ausdruck »fliegen« wörtlich gemeint war. Es kam zu einer Pause, die sich schier endlos ausdehnte. Rieke interpretierte Mikkels warnenden Blick jedoch richtig und schwieg.

Schließlich lehnte sich Frau von Wotersen mit einem traurigen Lächeln zurück. »Wir haben uns gestern gegen achtzehn Uhr getrennt. Über die Gestaltung des gestrigen Abends hatten wir sehr unterschiedliche Vorstellungen. Mich zog es zu einer Massage und einem gemütlichen Abend auf meinem Zimmer, ihn zu einer Verabredung, auf die er sich sehr gefreut hatte. Ich weiß nur, dass es um ein Treffen am Strand ging und um jemanden, den er wohl schon länger umworben hatte. Es ist unfassbar, dass dieser lebenslustige junge Mann nicht mehr unter uns weilt. Mir ist es ein Rätsel, wer ihm etwas angetan haben könnte. Er war allgemein beliebt, zu jedem freundlich und schien keine Sorgen und keine Boshaftigkeit zu kennen.«

»Darf ich fragen, in welcher Beziehung Sie zu ihm standen?«, fragte Mikkel mit sanfter Stimme und griff nach seiner Tasse.

»Beziehung? Nun, Geschäftsbeziehung wäre das richtige Wort. Ich mag es, Zeit alleine zu verbringen, sehne mich aber manchmal auch nach Gesellschaft. Eric und ich hatten eine für beide Seiten vorteilhafte Übereinkunft. Er brachte mir die Grundzüge des Surfens bei, unterhielt mich, zeigte mir Orte abseits des Tourismus, begleitete mich zum Essen und ich entschädigte ihn finanziell für die Zeit. Und ehe Sie die nächste Frage stellen und es peinlich wird: Mehr war da nicht. Vor meiner Zimmertür endete sein Service.«

Mikkel räusperte sich und lächelte verlegen. »Er hatte aber eine Karte zu Ihrem Zimmer.«

»Das ist richtig. Aber nur aus praktischen Gründen.«

»Wie haben Sie sich denn kennengelernt?«

»Er sprach mich an, als ich alleine auf dem Deich unterwegs war. Ich war gerade den zweiten Tag hier und überlegte, wieder abzureisen. Zu viel Gras und zu wenig Strand. Eric zeigte mir eine andere Seite der Nordseeküste, die mich überzeugte.« Ihr Lächeln war nun abwesend, vielleicht erinnerte sie sich an schöne Momente mit ihrem bezahlten Begleiter. Riekes Bauchgefühl sagte ihr, dass die Frau ehrlich war, trotzdem störte sie der Gedanke an eine bezahlte Beziehung. Sie wandte den Blick rasch ab, als Frau von Wotersen sie direkt ansah. Bisher hatte sie sich eher auf Mikkel konzentriert und Rieke hatte nicht damit gerechnet, dass sich dies so plötzlich ändern könnte.

Mit einem sehr leisen Schnauben trank Erics Begleiterin einen Schluck Kaffee. »Ich sehe Ihnen an, was Sie denken. Es geht mich ja nichts an, ob es für Ihren Beruf von Vorteil ist, dass man Ihnen Ihre Meinung förmlich von der Stirn ablesen kann, doch in diesem Fall sollten Sie vielleicht mal die Perspektive wechseln. Haben Sie einen Partner?«

»Ähm, im Moment nicht«, antwortete Rieke und ärgerte sich sofort darüber, dass sie die Frage nicht ignoriert hatte.

»Nun, statistisch gesehen entwickeln sich die meisten Partnerschaften im Beruf oder in der Freizeit. In meiner Firma bin ich die Chefin und damit hat sich der Punkt erledigt. Mein Freundeskreis besteht nur aus glücklichen Paaren. Damit bleiben mir Apps wie Tinder oder Institutionen wie Parship. Für mich lohnt sich der Aufwand nicht, jemanden kennenzulernen, etwas von sich aufzugeben, dieser ganze Tanz um einen eigentlich Fremden herum, nur, um nicht alleine sein zu müssen. Wenn mein Wasserhahn tropft, bezahle ich einen Klempner für die Reparatur, in diesem Fall habe ich Eric dafür entlohnt, mir Gesellschaft zu leisten. Für mich macht das keinen Unterschied.«

Rieke wusste nicht, was sie dazu sagen sollte. Im Prinzip hatte sie gerade einen Einblick in das Gefühlsleben der Frau bekommen, der gleichermaßen erschreckend und nachvollziehbar war. Damit hatte sie nicht gerechnet und noch eins wurde ihr bewusst: Als Täterin schied Frau von Wotersen definitiv aus. Es fehlte das Motiv, denn sie hatte durch Erics Tod nur verloren und war wieder einsam. So etwas wie enttäuschte Liebe schloss sie aus, denn dafür wirkte ihr Gegenüber viel zu entsetzt und betroffen.

Mikkel beugte sich etwas vor. »Könnten Sie uns eine Liste mit den Personen erstellen, mit denen Eric in Ihrer gemeinsamen Zeit Kontakt hatte? Im Übrigen möchte ich es nachholen, Ihnen zu Ihrem Verlust zu kondolieren – wie auch immer Ihre Beziehung war, sie hatten eine. Es tut mir sehr leid, dass Ihr Urlaub nun einen so bitteren Beigeschmack hat.«

Für einen Moment zeigte sich ein feuchter Schimmer in ihren Augen. »Ich danke Ihnen. Und die Liste erstelle ich sehr gerne. Teilweise kenne ich nur die Vornamen, aber das Mädel von der Rezeption wird Ihnen weiterhelfen können. Es war unverkennbar, dass sie Eric gut kannte und was sie von unserer gemeinsamen Zeit hielt.«

»Sie meinen Marlene?«

»Ja.«

Mikkel stand auf und legte eine Visitenkarte auf den Tisch. »Sie finden hier meine Handynummer und meine Mail-Adresse. Sollte Ihnen noch irgendetwas und sei es ein noch so unwichtig erscheinendes Detail über Erics gestrige Verabredung einfallen, so melden Sie sich bitte.«

»Natürlich. Sehr gerne. Ich werde alles tun, um Sie bei der Suche nach dem Täter zu unterstützen.«

»Danke. Ich werde Ihnen im Laufe des Tages ein Protokoll zukommen lassen, in dem die wichtigsten Aussagen über den gestrigen Abend zusammengefasst sind, es wäre nett, wenn Sie dies unterschrieben zurücksenden würden. Diese lästige Formalität kann ich Ihnen leider nicht ersparen.«

»Betrachten Sie das als erledigt.«

Nachdem sie sich verabschiedet hatten, wartete Rieke, bis sie außer Hörweite waren. »Wieso hast du nicht wenigstens ihre Kontaktdaten aufgenommen?«

Mikkel runzelte die Stirn. »Warum sollte ich? Damit hätte ich jede Gesprächsatmosphäre zerstört. Die kannst du dir jetzt von deiner Marlene holen. Da sind diese ganzen Meldevorschriften in deutschen Hotels wenigstens mal zu was gut. Und bitte sie auch darum, uns eine Liste mit sämtlichen Bekannten des Opfers zukommen zu lassen. Außerdem möchte ich eine Auswertung des elektronischen Schlosses von Frau von Wotersens Zimmer haben. Sieh mal zu, ob sie die Daten ohne Beschluss rausrückt. Danach fahren wir weiter in die Wohnung von Eric.«

Kapitel 7

Mikkel hielt direkt auf dem Fußweg vor dem Haus, in dem sich Erics Wohnung befand. Er hatte nicht vor, seine Zeit mit der Suche nach einem Parkplatz zu verschwenden, und stieg aus. Die Bäckerei, die genau gegenüber von ihrem Ziel lag, brachte ihn dazu, seinen Plan noch einmal zu ändern. Er steuerte die andere Straßenseite an.

»Eric wohnte hier«, rief Rieke ihm nach und wies auf die Tür.

Mikkel verzichtete auf eine Antwort. Sie würde schon noch selbst darauf kommen, was er vorhatte. Bisher wusste er nicht, was er von seiner neuen Partnerin halten sollte. Teilweise wirkte sie unerfahren, dann wieder recht routiniert. Fakt war, dass sie auf seinen Posten scharf gewesen war. Das war in Summe ein denkbar ungünstiger Start und er fühlte sich nicht wohl dabei, sie in einer gefährlichen Situation an seiner Seite zu haben. Ganz im Gegenteil, sie wäre eher eine zusätzliche Belastung. Andererseits war Büsum nicht Kabul oder Berlin und die Wahrscheinlichkeit eher gering, dass es richtig brenzlig wurde.

Mikkel betrat den Laden, nickte der Verkäuferin freundlich zu und hielt ihr seinen Ausweis hin. »Ich nehme auch ganz bestimmt noch etwas von diesem herrlichen Kuchen mit, doch zunächst muss ich Ihnen offiziell ein paar Fragen stellen.«

Die grauhaarige Frau in den Sechzigern lächelte ihn an. »Na, denn man to, junger Mann«, forderte sie ihn auf Plattdeutsch auf.

Mittlerweile war Rieke ihm gefolgt. »Kennen Sie Eric Teelsen, der dort drüben wohnt?«, begann er.

»Aber sicher. Er bevorzugt Schokoladencroissants und Sonnenblumenbrötchen. Hat er was ausgefressen?«

»Nein.«

Mikkel musste sich keine ausweichende Erklärung überlegen. Die Verkäuferin schlug sich die Hand vor den Mund. »Oh nein, sagen Sie nicht, dass Eric der Tote aus der Lagune ist! Er ist so ein höflicher, freundlicher Mensch, immer gut gelaunt, immer ein Lächeln auf den Lippen. Das darf doch nicht wahr sein! Wir sehen immer den Tatort, also mein Mann und ich. Daher möchten Sie nun bestimmt wissen, was mir aufgefallen ist und wann ich ihn zuletzt gesehen habe.«

Schock und Aufregung schienen sich die Waage zu halten.

»Ganz genau.«

»Das war gestern Abend, als ich den Laden um kurz nach sechs abgeschlossen habe. Vielleicht war es auch schon halb sieben. Da verließ er das Haus und hatte sich ganz schön schnieke gemacht. Die Haare gegelt und sogar ein Hemd statt der bunten T-Shirts angehabt. Ich habe ihn noch aufgezogen, ob er eine neue Flamme hat. Und er meinte so etwas wie ›Was lange währt, wird endlich gut‹. Er hatte sich so gefreut.«

»Haben Sie eine Idee, wer die Frau war?«, mischte sich Rieke ein und kam ihm damit zuvor.

»Leider nicht. Ich habe mich noch etwas gewundert, denn eigentlich rannten ihm die Mädels die Bude ein und er hatte es nicht nötig, sich ins Zeug zu legen. So jedenfalls mein Eindruck. Ich habe ihn öfters am Strand gesehen, wenn ich mit meinem Hund und meinem Mann dort spazieren gegangen bin. Er hatte eigentlich immer ein gut aussehendes Mädel am

Arm. Manchmal längere Zeit die gleiche, dann wieder eine andere.«

»Wo gehen Sie denn immer spazieren?«, hakte Mikkel nach.

»Na, drüben bei den Surfern.«

Rieke sah ihn rasch an. »Ich weiß, wo das ist. Wir können da nachher hinfahren.«

»Gut. Und ist Ihnen sonst noch etwas aufgefallen?«

Einen Moment schwieg die Verkäuferin, dann kam sie hinter dem Tresen hervor und trat an die Scheibe. »Im Sommer fange ich immer früh an, so gegen sechs Uhr. Als ich hier vorne gefegt habe, kam drüben eine Dame raus. Die habe ich vorher noch nie gesehen und sie fiel mir auf, weil sie sehr elegant gekleidet war und eine große Sonnenbrille trug, obwohl es noch bewölkt war. Dazu hatte sie noch so ein Ding auf dem Kopf, was die Jüngeren tragen. Das passte so gar nicht zu ihrer hellen Hose und dem weißen Top, die schon eher zu ihrem Alter passten, das ich so grob auf Mitte fünfzig bis sechzig schätzen würde. Und lange Haare hatte sie, so eine richtige Mähne, die wurde nun ja durch das Ding richtig plattgedrückt.«

»Ein Baseball-Cap?«, fragte Rieke.

»Ja, ganz genau. Das war dunkel. Ich würde sagen schwarz oder dunkelblau.«

Die Beschreibung könnte auf Frau von Wotersen passen. Hatte Mikkel sich dermaßen in ihr getäuscht?

»Wie groß war die Frau? Und wie würden Sie ihre Figur bezeichnen?«, übernahm Rieke erneut die Fragen.

»Nun, nicht so groß, aber auch nicht richtig klein. Aber sie schleppte schon ordentlich was mit sich herum. Politisch korrekt würde man wohl ›füllig‹ sagen.«

Gedanklich strich Mikkel Erics Begleiterin wieder. Die Beschreibung passte nicht.

»Ach ja, und einen Rucksack hatte sie auch dabei. Der passte nun wiederum zu ihrem Cappy, aber nicht zum Rest.«

Rieke hatte die Augen verengt. »Könnte es sein, dass die nicht passenden Sachen, also Cap und Rucksack, Eric gehört haben?«

Mit offenem Mund sah die Verkäuferin sie an. »Jetzt, wo Sie es sagen …«

Mikkel legte einen Zwanzig-Euro-Schein auf den Tresen. »Bitte stellen Sie mir ein nettes Paket zusammen. Wir kommen gleich wieder und holen es ab.«

Er wartete keine Zustimmung ab, sondern sprintete mit Rieke zusammen aus dem Laden. Sie hatten Glück, die Tür des Mehrfamilienhauses war nur eingeschnappt, sodass Mikkel sie aufdrücken konnte.

»Dritter Stock, Dachgeschoss«, rief Rieke ihm zu, die sich kurz die Klingelschilder angesehen hatte. Mikkel jagte die Treppe hoch, obwohl er wusste, dass es eigentlich keinen Grund zur Eile gab. Die Frau war schon längst weg. Doch wer war sie und was hatte sie gewollt? Der Beschreibung nach konnte sie kaum diejenige sein, mit der Eric sich verabredet hatte. Es sei denn, er hätte sich gleichzeitig zwei älteren Frauen als bezahlter Begleiter angedient. Doch hätte er sich dann so auf das Date gefreut?

Die Tür zu Erics Wohnung war nur angelehnt. Nach Luft schnappend erreichte mit reichlicher Verspätung nun auch Rieke ihr Ziel.

»Spurensicherung?«, brachte sie zwischen keuchenden

Atemzügen hervor.

»Ja, aber ich sehe mich drinnen einmal um.«

»Wir!«, forderte sie sofort.

Mikkel nickte. Wenn sie den möglichen Tatort schon kontaminierten, dann eben richtig. Das kleine Apartment war überraschend ordentlich und sauber. Auf den ersten Blick gab es keine Auffälligkeiten. Auf einer Holzkiste, die als Kommode diente, lagen einige Geldscheine.

Fragend sah Rieke ihn an. »Das sind siebzig Euro, die hätte ein normaler Einbrecher mitgenommen. Glaubst du, die Frau war hier drin?«

»Ja. Und ich schätze, sie hat etwas mitgenommen, das in den Rucksack passte.« Mikkels Blick fiel auf ein Kabel neben dem Sofa. »Da vorne. Sieh mal. Ich wette, auf dem Tisch stand ein Notebook. Oder er hat dort gelegen und das Ding genutzt.«

Rieke hockte sich hin. »Ha, das ist ein Ladegerät von Apple. Ich mag die nicht, aber damit haben wir vielleicht noch eine Chance, seine Daten einzusehen, wenn wir Zugriff auf seine Cloud bekommen.«

»Tja, wenn.«

Rieke sah zu ihm hoch. »Sein Handy fehlte am Tatort. Wetten, dass das ein iPhone war?«

»Da halte ich nicht gegen. Also haben wir den Täter und vermutlich eine unbekannte Frau, die beide was dagegen haben, dass wir uns Erics elektronische Geräte genauer ansehen.«

»Ob die Frau die Mörderin ist? Nach deiner Logik wäre sie dann eine Serienkillerin.«

An diesem Punkt war er auch schon angelangt und wusste

nicht weiter. »Ich kann mir irgendwie nicht vorstellen, dass Eric mit der Frau die Nacht in dem Strandkorb verbracht hat.«

Rieke kratzte sich am Kopf. »Stimmt. Leider. Es hilft nichts, wir müssen uns durchfragen, das heißt mit sämtlichen Gästen in den Strandkörben und allen Bekannten von Eric reden. Und das werden wir zu zweit nicht schaffen. Wir wären Wochen unterwegs.«

Mikkel dachte an Carls Mail und sein ungelöstes Übernachtungsproblem. »Halt mal hier die Stellung und weise die Spusi ein. Sie sollen nach DNA und Fingerabdrücken suchen, aber ich möchte, dass du genau hinsiehst, ob dir noch etwas anderes auffällt.«

»Und was machst du?«

»Ich hole den Kuchen ab und kümmere mich um ein paar organisatorische Dinge.« Er sah auf die Uhr. »In zwei Stunden treffen wir uns im Revier und ziehen uns zur Mittagszeit kurz ins Besprechungszimmer zurück. Dann machen wir eine Bestandsaufnahme und überlegen uns das weitere Vorgehen.«

»Wir haben doch noch gar kein Besprechungszimmer.«

»Dann schon.«

Ihre ratlose Miene gefiel ihm.

Kapitel 8

Da es aussah, als ob die Sonne sich gegen die Wolken durchgesetzt hatte, öffnete Mikkel das Verdeck von Hedwig. Obwohl er schon etliche Male an der Hydraulik herumgebastelt hatte, die aus einer Kombination von uralter Elektrik, Ölleitungen und einer komplizierten Kinematik bestand, war es immer wieder spannend, ob sich sein geliebtes Cabrio offen fahren ließ oder er sich nach einem bedrohlichen Brummen darauf beschränken musste, die Fenster herunterzulassen. Heute hatte Hedwig ein Einsehen mit ihm.

Das Navi führte ihn zunächst Richtung St. Peter Ording. Mikkel genoss den Fahrtwind und für einen Moment fühlte es sich fast wie Ferien an. Der Mord, der Job – alles wurde von der warmen Luft förmlich weggeblasen. Die Landschaft war gradlinig, hart an der Grenze zur Eintönigkeit. Links der Deich, eine grüne Erhebung mit einzelnen weißen Punkten, rechts und geradeaus flaches Land so weit man blicken konnte. Ab und an ein paar windschiefe Bäume am Feldrand, das war's dann auch. Landwirtschaft und Tourismus. Das waren die beiden Einnahmequellen in dieser im Prinzip recht öden Gegend.

Fast hätte er die Abbiegung Richtung Klein Wöhrde übersehen. In einem abenteuerlichen Fahrmanöver bekam er gerade noch die Kurve und musste prompt scharf bremsen, weil ein Trecker vor ihm auf die Straße rollte. Dass der Fahrer von seinem unerwarteten Richtungswechsel überrascht worden war, konnte er ihm nicht verdenken.

»Sorry«, brüllte er ihm über den Motorenlärm hinweg zu.

Zum Überholen war die Straße zu eng, doch er hatte Zeit und ließ Hedwig einfach langsam hinter dem Trecker herrollen. Er kam an einem kleinen Hafen vorbei, in dem ein roter Krabbenkutter lag, und an einer Pension, an der ein Schild im Vorgarten jedoch »besetzt« verkündete. Der Trecker bog ab, doch Mikkel behielt das langsame Tempo bei. Ein Hund, fast so groß wie ein Pony, trottete die Straße entlang. Der kleine Ort, nicht viel mehr als eine Ansammlung einiger Häuser, schien wie aus einer anderen Welt zu sein. Zwei Frauen saßen vor einem kleinen Kiosk auf einer Bank und sahen ihm neugierig nach. Keine fünfzehn Minuten von Büsum entfernt, war es hier ruhig und idyllisch, keine Spur von dem Touristentrubel. Sein Navi führte ihn zu einem Weidegatter.

Ratlos stieg er aus. Vor ihm gab es nur noch Schafe, den Deich und ein Haus, das direkt an der Erhebung lag. Ob das sein Ziel war? Er überprüfte die Ortsangabe und ging die letzten Meter zu Fuß.

Das Namensschild neben der Klingel beruhigte ihn. »Johanson«. Hier war er richtig. Er drückte auf den messingfarbenen Knopf, doch nichts geschah. Kein Geräusch war zu hören. Verdammt. Carl hatte doch geschrieben »Fahr einfach vorbei«. Eine Handynummer, um ein Treffen abzustimmen, wäre sinnvoller gewesen.

Das Geräusch einer Säge ertönte hinter dem Haus. Mikkel ging ums Gebäude herum und stieß auf eine Terrasse, die mit unzähligen Blumenkübeln in ein buntes Farbenmeer verwandelt worden war. Ein Mann mit kurzen hellblonden Haaren hantierte mit einem armdicken Balken und einer Kreissäge herum. Mikkel wartete, bis das schrille Kreischen verstummte.

»Moin«, rief er dann.

Der Mann nickte ihm zu, musterte ihn aus grauen Augen prüfend und wandte seine Aufmerksamkeit wieder dem Holz zu.

»Soll ich das festhalten?«, fragte Mikkel, ehe die Säge wieder angeworfen wurde.

Der Handwerker sah ihn prüfend an und brummte.

Das hieß dann wohl ja. Erst als vier gleich große Klötze auf dem Boden lagen, schaltete der Mann die Maschine endgültig aus.

»Bist du wegen des Zimmers hier?«

»Ja. Mikkel.«

»Tjark. Dann komm mit.«

Übermäßig viele Worte waren hier offenbar nicht gefordert. Mikkel folgte ihm durch die Terrassentür ins Innere und blieb überrascht stehen. Der Raum war renoviert und einfach grandios eingerichtet. Maritime Weiß- und Blautöne dominierten. Alles war gemütlich, ohne überladen zu wirken. Die Dekoartikel stammten nicht aus einem Touristenshop, sondern waren authentisch. Ein alter Rettungsring mit verblasster Aufschrift »Alte Liebe«. Eine alte Sturmlampe. Treibholz.

Tjark wartete an der Tür am Ende des Raumes.

»Es sieht toll aus«, lobte Mikkel und erntete lediglich ein Brummen.

Statt wie erwartet, die Treppe in den ersten Stock zu nutzen, führte Tjark ihn zu einem Anbau, der von einem großzügigen Windfang abging. »Wohnzimmer, Bad, Küchenecke, Schlafzimmer oben«, hörte Mikkel ihn sagen, doch er stand immer noch wie erstarrt im Flur.

Ein Foto dominierte den Bereich, das eine Berglandschaft in Afghanistan zeigte. Ein majestätisch aussehender Raubvogel zog in den ersten Sonnenstrahlen hoch am Himmel seine Kreise. Die Federn leuchteten wie Juwelen. Schlagartig hatte er den heißen Staub in der Nase, roch die orientalischen Gewürze, hörte das Lachen der Kinder in den abgelegenen Dörfern.

Tjark war zurückgekehrt und stand neben ihm. Mikkel räusperte sich und zeigte aufs Foto. »Das ist … das ist umwerfend. Woher hast du das Foto? Ich würde es auch sofort kaufen. Es fängt alles ein und noch so viel mehr. Vor allem sehe ich da eine Hoffnung für das Land, die ich schon längst verloren glaubte.«

»Ist selbst gemacht. Du warst da?«

»Ja, für die Polizei. Aufbau der … Ach, ist ja auch egal. Du auch?«

»Ja.«

Sie wechselten einen Blick, in dem vieles lag, das keiner von ihnen ansprechen würde. Mikkel räusperte sich erneut. »Ach ja, das Zimmer. Ich würde es gerne nehmen.«

»Willst du es nicht ansehen?«

»Nein. Es ist ein Dach überm Kopf und liegt perfekt. Was ich bisher gesehen habe, gefällt mir. Noch was anderes … Carl hat das doch alles hier eingefädelt, oder?« Tjark nickte. »Dann hat er auch gesagt, dass ich Hilfe brauchen könnte?« Wieder ein ruckartiges Senken des Kopfes.

Tjark zog sein Handy aus der Hosentasche. »Nika ist in fünf Minuten hier. Dann können wir reden. Tee oder Wasser?«

»Wasser wäre nett.«

»Sieh dir das Zimmer trotzdem mal an. Wir treffen uns dann draußen.«

Der Anbau war tatsächlich perfekt. Das Schlafzimmer war durch die Schrägen so niedrig, dass er sich den Kopf stoßen konnte, doch der Blick auf die Nordsee entschädigte dafür. Als er wieder herunterging, entdeckte er eine kleine Terrasse, die groß genug für einen Tisch und zwei Stühle war. Lebensbäume schirmten sie vom rückwärtigen Bereich des Hauses ab. Mikkel zwängte sich hindurch und stieß auf Tjark.

»So war das eigentlich nicht gedacht. Aber passt schon«, begrüßte er Mikkel.

»Danke. Wenn der Deich nicht wäre und ihr von hier aus die Nordsee sehen könntet, wäre das Haus noch genialer«, überlegte Mikkel laut.

»Wir haben den Balkon«, erwiderte Tjark.

Mikkel folgte seinem Blick und nickte.

Er wollte gerade nachfragen, wieso sie den Anbau vermieteten, da hörte er das Geräusch eines Motorrads. Wenig später betrat eine Frau mit schulterlangen braunen Haaren die Terrasse. Mikkel war aufgestanden und traute seinen Augen nicht. »Du bist Nika? Klar. Annika. Aber wieso Johanson?«

Annikas blaue Augen funkelten, als sie Mikkel kurzerhand umarmte. »Weil ich Tjarks Bruder geheiratet habe. Willkommen zurück im Norden, Mikkel.«

»Dann bist du nicht mehr beim BKA?«

»Nein, dann hätte ich zu viel reisen müssen. Ich bin nun freiberuflich unterwegs und gerade mit meinem letzten Projekt fertig. Erzähl mal, was du genau vorhast, dann können wir beurteilen, ob wir dir helfen können. Das Zimmer nimmst du doch, oder? Wehe nicht, das war mein letztes Projekt.«

Da Tjark nicht überrascht war, dass sie sich kannten, wusste er offenbar, dass Annika und er in Berlin bei seinen Ermittlungen gegen skrupellose Drogenhändler für einen kurzen Zeitraum zusammengearbeitet hatten. »Du hast den Anbau gemacht?«

»Na ja, nicht selbst, aber ich war so etwas wie die Bauleiterin und Innenarchitektin. Das Haus ist denkmalgeschützt, deswegen mussten wir in die Trickkiste greifen. Tjark und Silvia wollten ein Gästezimmer haben, hatten aber kein Zimmer mehr frei. Die Baugenehmigung haben wir mit der Auflage bekommen, es für die Vermietung zu nutzen. Das haben wir mit dir dann erreicht.«

Mikkel pfiff durch die Zähne. »Du hast ja neben deiner Karriere bei der Polizei einige gut verborgene Talente. Das Haus ist ein Traum. Aber wieso kennt ihr Carl?«

»Den kennen wir gar nicht«, gab Annika lächelnd zurück.

»Und wer hat das Ganze dann eingefädelt?«

»Freunde in Kiel«, erklärte Tjark, für den mit den wenigen Worten offenbar alles gesagt war.

Mikkel ließ das für den Moment auf sich beruhen und schilderte den beiden eine Kurzfassung über die ersten Opfer und alles, was er bisher über den Mord an Eric wusste.

Zunächst breitete sich Schweigen aus, dann rieb sich Tjark übers Kinn. »Wie können wir dich unterstützen?«

Mikkel hob die Hände. »Ich weiß es noch nicht, aber mein Bauchgefühl sagt mir, dass der Täter oder die Täterin in Büsum zu finden ist. Ohne Ortskenntnisse und ohne Draht zu den

Leuten kommt man da nicht weiter. In beiden Punkten seid ihr mir gegenüber klar im Vorteil.«

»Und deine Leute?«

»Tja, die werden mit ihren Aufgaben wachsen, aber im Moment wäre ich froh über deine Erfahrung, Annika.« Er lächelte Tjark zu. »Und deine.«

»Und was stellst du dir vor, dass wir tun sollen?«, fragte Tjark.

Mikkel verzog den Mund. »Keine Ahnung. Das wird sich hoffentlich finden.«

Tjarks Brummen konnte Mikkel nicht deuten, es mochte Zustimmung oder Unglauben gewesen sein. Doch dies entsprach der Wahrheit. Mikkels Gefühl sagte ihm, dass er die Hilfe der beiden brauchte, auch wenn er im Moment keine Idee hatte, wie sie vorgehen sollten. Zum Glück blieben ihm weitere Erklärungen erspart, denn Tjarks Frau Silvia betrat die Terrasse. Mikkel zuckte kurz zusammen, als sie sich als Journalistin vorstellte, war aber beruhigt, als sie ihm versicherte, nichts zu schreiben, ehe er es abgesegnet hatte.

Kapitel 9

Rieke stand mitten in dem Raum, den sie nicht wiedererkannte, und drehte sich einmal langsam im Kreis. Es war unglaublich. Sonst dauerte selbst die Anforderung von normalem Büromaterial eine gefühlte Ewigkeit und hier war innerhalb weniger Stunden ein hochmoderner Besprechungsraum entstanden. Ein schwarzer Tisch bot Platz genug für zehn Stühle, die nicht nur bequem aussahen, sondern es auch waren. An der Wand hing nicht nur ein Whiteboard, das darauf wartete, dass von einem Notebook aus Informationen dort eingeblendet wurden, sondern es war auch Platz genug für Notizen oder Zettel. Magnete, um Papiere dort zu befestigen, und dicke Stifte warteten auf ihren Einsatz.

Heiko kam herein und stieß einen schrillen Pfiff aus, während er eine Strähne seines braunen Haares zurückschob. »Das sieht ja nett aus«, kommentierte er den Anblick, fixierte dabei allerdings in erster Linie das Kuchenpaket, das noch unangetastet auf die Rückkehr von Mikkel wartete.

Rieke nickte und überlegte, ob sie bereits beginnen sollte, die bisherigen Informationen zu sortieren. Bisher hatte sie nicht besonders viel erreicht und jeden Moment konnte Mikkel zurückkehren.

Nun schielte auch Sönke über Heikos Schulter hinweg in den Raum. »Hey, das gefällt mir. Hier weht ja ein ordentlich frischer Wind. Finde ich richtig gut. Ich bin gespannt, was Mikkel uns gleich erzählen wird.«

Die Begeisterung ihres Kollegen missfiel Rieke. »Du siehst

dich wohl schon bei der Kripo, was? Vergiss es!«

Statt beleidigt zu reagieren, sah Sönke sie ruhig an. Seine geröteten Wangen verrieten allerdings seinen Ärger. »Du hast wohl vorhin nicht zugehört. Wir arbeiten gemeinsam. Hast du eigentlich schon deinen Schreibtisch geräumt?«

Die fiese Bemerkung hatte sie sich verdient, sodass sie diese stillschweigend schluckte.

»Wenn nichts mehr ist, würde ich gerne weiterarbeiten«, beschied sie ihren Kollegen, die prompt einen vielsagenden Blick wechselten, aber sie wenigstens alleine ließen.

Mit einem Seufzen nahm sie den blauen Stift und schrieb sämtliche Namen untereinander, die Marlene und Frau von Wotersen ihnen als Bekannte oder Freunde von Eric genannt hatten. Das war nicht viel, aber ein Anfang. Sie trat einen Schritt zurück, als die Liste fertig war und stöhnte. Das waren zwanzig Namen! Wie sollten sie die alle überprüfen und vernehmen?

Draußen ertönte lautes Motorengeräusch, das sie ablenkte. Sie ging zum Fenster und traute ihren Augen nicht. Mikkel parkte gerade mit seinem schrottreifen Saab direkt neben dem Streifenwagen. Dahinter stellte ein Mann mit kurz geschorenen blonden Haaren ein Ungetüm von Geländewagen ab, das passenderweise in einem Militärgrün lackiert war. Eine Frau mit schulterlangen braunen Haaren, die sie zum Zopf zusammengefasst hatte, stoppte ihre Enduro direkt daneben auf dem Fußweg und stieg ab. Waren die alle verrückt geworden? Sie unterdrückte den Impuls, ihnen Strafzettel zu verpassen, als Mikkel freundlich mit ihnen redete. Offenbar hatte er nichts gegen das ungewöhnliche Parkverhalten.

Mit einer prall gefüllten Tüte in der Hand betrat er wenig später den Besprechungsraum und sah sich zufrieden um. »Perfekt. So können wir arbeiten.« Er drehte sich zu Sönke um. »Schließ mal bitte die Tür ab, damit wir in der nächsten Stunde nicht gestört werden, und melde uns bei der Leitstelle ab. Für einen echten Notfall unterbrechen wir, sonst nicht.«

»Mache ich, Chef. Was ist denn da in der Tüte?«

»Fischbrötchen. Wie gewünscht bei der Adresse geholt, die du mir gegeben hast. Nehmt schon mal Platz. Ich hole Teller und bringe Kaffee und Wasser mit.«

Die Motorradfahrerin grüßte mit einem knappen »Moin«, legte ihren Helm auf den Tresen und folgte Mikkel. »Ich helfe dir.«

Sönke hatte den Kopf etwas schief gelegt und musterte den Mann, den Rieke nicht kannte. »Moin Tjark. Bist du die Verstärkung, die Mikkel angekündigt hat?«

»Mal sehen«, erwiderte Tjark.

»Und wer ist deine Begleiterin?«

Rieke verzog den Mund, denn die Unbekannte stand bereits wieder hinter Sönke und übernahm die Antwort selbst. »Annika Johanson, manche nennen mich Nika. Such dir was aus. In einem früheren Leben war ich Oberkommissarin beim BKA, jetzt Tjarks Schwägerin.«

»Netter Berufswechsel«, meinte Heiko und strahlte sie an.

Tobi versetzte ihm einen Rippenstoß. »Wenn sie Tjarks Schwägerin ist, ist sie verheiratet, und zwar mit einem seiner Brüder. Also pack deinen Charme wieder ein.«

Rieke rollte mit den Augen. »Entschuldige bitte den dämlichen Empfang. Manchmal sind sie wie Kleinkinder. Ich bin

Rieke, das sind Sönke, Tobi und Heiko.«

Mikkel trat mit einem Tablett voller Gläser und Becher zu ihnen. »Gut, dass ihr euch schon vorgestellt habt. Fischbrötchen und Kuchen sind zwar eine ungewöhnliche Kombination, aber das passt irgendwie zu diesem verrückten Tag. Kann ich euch beim Essen alles über die anderen Fälle erzählen oder verdirbt euch das den Appetit?«

»Mach mal, Chef«, sagte Tobi und niemand widersprach.

Rieke war überrascht, wie engagiert ihre Kollegen mitdiskutierten und wie ernst Mikkel jede Idee und jeden Einwurf nahm. Bisher hatten sie ihr immer den Eindruck vermittelt, dass sie zwar ihren Job machten, aber ohne besonderes Engagement. Obwohl es ihr immer noch in gewisser Weise widerstrebte, gefiel ihr die Vorstellung, in einem solchen Team anspruchsvolle Ermittlungen zu bearbeiten, wobei es ihr immer noch lieber gewesen wäre, wenn sie die Leitung gehabt hätte.

Als Mikkel von der Frau erzählte, die von der Bäckereiverkäuferin beobachtet worden war, runzelte Tjark die Stirn.

Auch Annika legte ihr Stück Kuchen, von dem sie gerade abbeißen wollte, zurück.

Mikkel sah sie ungläubig an. »Ihr meint, dass die Zeugin in Gefahr sein könnte? Sie hat die Frau doch gar nicht richtig beschreiben können.«

Tjark brummte etwas Unverständliches, stand auf und Annika folgte seinem Beispiel. »Wir sehen besser nach und geben ihr ein paar Tipps.«

Die beiden verließen eilig das Revier und wenig später jagten sie auf Annikas Enduro davon.

Sönke fluchte leise und umklammerte seinen Kugelschreiber so fest, dass die Fingerknöchel weiß hervortraten. »Ich verstehe, was sie meinen. Es reicht ja, wenn die Täterin glaubt, dass die Verkäuferin etwas gesehen hat und sie vielleicht wiedererkennen könnte. Normalerweise würde ich sagen, das passt eher in eine amerikanische Serie und nicht zu uns an die Nordsee, aber bei drei Morden sieht die Welt schon ganz anders aus.«

Mikkel starrte an die Wand. »Auf die Idee bin ich nicht gekommen. Wenn ihr was passiert ist, dann …«

Rieke stand auf. »Dann ist es ganz bestimmt nicht deine Schuld! Ich hätte auch drauf kommen können und letztlich ist immer nur der Täter oder die Täterin verantwortlich. Aber ich habe nun auch ein schlechtes Gefühl. Lass uns hinterherfahren.«

Sie rechnete damit, dass Mikkel ablehnte, doch stattdessen nickte er. »Wir waren ja auch so weit durch. Mehr habe ich im Moment nicht. Danke für eure Aufmerksamkeit und vor allem für eure Ideen. Ihr habt mir schon eindrucksvoll bewiesen, dass wir uns hinter der Kripo aus Heide nicht verstecken müssen.«

Die drei uniformierten Kollegen freuten sich über das Lob, doch Rieke hatte genug damit zu tun, das plötzliche schlechte Gefühl im Griff zu halten. Die Mischung aus Angst und Vorwürfen führte bei ihr zu akuter Übelkeit und das Fischbrötchen lag mit einem Mal wie Blei in ihrem Magen.

Mikkel hatte sich den Schlüssel des Streifenwagens vom Tresen geschnappt und jagte mit Blaulicht und Martinshorn durch die

Straßen von Büsum. Für die kurze Strecke brauchte er nur wenige Minuten.

Der Anblick, der sie bei der Bäckerei erwartete, war nicht dazu geeignet, sie zu beruhigen. Das Motorrad parkte auf dem Fußweg, Annika stand vor dem Fahrradverleih auf der anderen Straßenseite und sprach mit einem jungen Mann, Tjark hantierte am Schloss der Bäckerei herum.

Annika sprintete auf sie zu. »Die Bäckerei ist nie um diese Zeit zu. Wenn, dann eher am Nachmittag. Gesehen hat er nichts.«

»Hab's«, sagte Tjark und mit einem lauten Klacken sprang die Tür auf. Er steckte ein Messer weg, das vermutlich unters Waffengesetz fiel.

Mit dem Argument »Gefahr im Verzug« konnten sie ihr Vorgehen leicht rechtfertigen, doch dass nun sowohl Mikkel als auch Annika plötzlich Pistolen in der Hand hatten, verschlug Rieke den Atem.

Mikkel sah Rieke an. »Ich sag das nur sehr ungern, aber bitte gib Tjark deine Waffe. Dann sichert ihr den hinteren Bereich. Da vorne kommt ihr auf die Rückseite.« Er deutete auf einen schmalen Durchgang neben dem Gebäude.

»Aber, wieso …?«, begann sie, bekam den Satz jedoch nicht einmal gedanklich zu Ende, denn mit einem langen Schritt war Tjark bei ihr und hielt plötzlich ihre Waffe in der Hand, die er ihr so schnell aus dem Gürtelholster gezogen hatte, dass sie zu keiner Abwehrbewegung in der Lage gewesen war.

Mikkel nickte Annika zu und ging als Erster in den Verkaufsraum, während sie ihn perfekt absicherte. Da Tjark bereits losgerannt war, lief Rieke ihm hinterher. Sie konnte Mikkel später sagen, was sie davon hielt, dass er einem Zivilisten mehr zutraute als ihr – und das würde sie. Ausführlich und sehr laut.

Riekes Ärger verflog ein wenig, als sie beobachtete, wie professionell Tjark vorging. Er drückte die Hintertür, die nur angelehnt war, auf und schob sich mit vorgehaltener Waffe langsam ins Innere. So ungern sie es zugab, doch er hatte eindeutig mehr Erfahrung mit solchen Situationen als sie. »Sicher«, sagte er jeweils ruhig, nachdem er die beiden Räume durchsucht und dabei auch die Ecken und einen großen Schrank überprüft hatte.

»Vorne auch, aber … Nun, seht selbst«, rief Annika ihnen zu.

Der Tonfall warnte Rieke, dass ihr nicht gefallen würde, was sie dort erwartete. Tjark gab ihr die Waffe zurück. »Danke fürs Leihen.«

»Erfordert der Begriff ›leihen‹ nicht eine freiwillige Übergabe?«, fuhr sie ihn an.

Tjarks Mundwinkel hoben sich minimal, ehe er sich abwandte und den Verkaufsraum betrat.

Rieke reichte ein Blick, um zu sehen, dass sich ihre schlimmsten Befürchtungen bestätigt hatten. Die nette Verkäuferin lag hinter dem Tresen in einer Blutlache.

»Gleiches Vorgehen«, flüsterte sie, stolperte dann in einem großen Bogen um das Opfer herum zu Mikkel und berührte ihn am Arm. »Es ist nicht deine Schuld!«, sagte sie wesentlich lauter. »Ich rufe in Heide an, damit sie die Spurensicherung und die Mediziner herschicken.«

Mikkel nickte knapp und schien meilenweit entfernt.

Tjark durchbohrte ihn förmlich mit seinem Blick. »Sie hat

recht.«

Auch Annika nickte nun. »Ich rede draußen mit den Nachbarn und auch noch mal mit dem Typen vom Radverleih. Dabei könnte ich Hilfe gebrauchen. Rieke?«

»Ja, ich komme. Telefonieren kann ich auch draußen.«

Kapitel 10

Mikkel starrte aus dem Fenster und versuchte, seine Gedanken zu sortieren. Es war fast halb zehn abends und dennoch hatte er keine Lust, das Revier zu verlassen. Carl hatte ihn vor einer Stunde angerufen und besorgt gefragt, ob er sich in der Lage fühlte, weiterzumachen. Mit mehr Sicherheit, als er tatsächlich empfand, hatte er seinem obersten Vorgesetzten und väterlichen Freund dies bestätigt. Da Carl ihn verdammt gut kannte, würde er wissen, dass Mikkel den Fall nun extrem persönlich nahm. Egal wie oft man ihm sagte, dass er nicht am Tod der Frau Schuld war – er fühlte sich dafür verantwortlich. Das Mindeste, was er für die Verkäuferin noch tun konnte, war, ihren Mörder ins Gefängnis zu bringen. Leider hatte er bisher keinen einzigen Anhaltspunkt. Sie hatten bereits erstaunlich viele Befragungen bei den Mietern der Schlafstrandkörbe durchführen können, leider war trotz der Welle an Hilfsbereitschaft der Tenor, dass niemand etwas wusste und auch keine Auffälligkeiten bemerkt hatte. Morgen würden sie noch einmal nachfassen und dieses Mal eine Frau erwähnen, von der sie nur eine grobe Beschreibung hatten. Nach wie vor begriff er nicht, wie die ältere, füllige Besucherin, die von der Verkäuferin beobachtet worden war, zu der Verabredung von Eric passen sollte. Auch in der Akte zu dem Mord auf Fehmarn stand, dass das Opfer sich auf ein Date gefreut, sogar damit angegeben hatte. Mikkel konnte sich nicht vorstellen, dass die jungen, gut aussehenden Männer sich dermaßen für eine Frau in dem Alter interessiert hatten. Oder ließ er sich hier von Vorurteilen leiten?

Er hasste es einfach, dass er nichts tun konnte, weil er keinen Anhaltspunkt für weitere Ermittlungen hatte. Und daran würde sich auch am nächsten Morgen nichts geändert haben. Gut, sie konnten und würden noch mal gezielt nach einer Frau zwischen fünfzig und sechzig fragen, aber eigentlich versprach er sich davon nicht viel. Es widerstrebte ihm, zu gehen, aber hier zu sitzen, brachte ihn auch nicht weiter. Wie gut, dass er eine Tasche mit Übernachtungsklamotten eingesteckt hatte, so blieb ihm die Fahrt nach Kiel erspart und er konnte die erste Nacht direkt am Deich verbringen. Das war wenigstens ein kleiner Lichtblick. Mikkel stand auf und verließ sein Büro.

Überrascht blieb er stehen, als er Rieke entdeckte. Sie hatte die Füße auf den Schreibtisch gelegt und wischte konzentriert auf ihrem Handy herum. Nun, das konnte sie ebenso gut zu Hause. Er würde die Gelegenheit nutzen und sich bei ihr entschuldigen und sie dann nach Hause schicken. Die anderen Beamten waren längst gegangen und auch Tjark und Annika hatten sich schon vor langer Zeit verabschiedet. Allerdings hatten die beiden angekündigt, sich noch weiter umhören zu wollen.

Mikkel hockte sich neben Riekes Füße auf die Schreibtischkante und wartete, dass sie ihn zur Kenntnis nahm.

Als sie endlich mit dem Herumtippen auf dem Handy fertig war, redeten sie beide gleichzeitig los.

Lächelnd signalisierte sie ihm, dass sie ihm den Vortritt ließ.

»Ich wollte mich dafür entschuldigen oder dir zumindest erklären, warum ich dich gebeten habe, Tjark deine Waffe zu überlassen. Ich wusste, dass er bereits Erfahrung mit ähnlichen Einsätzen und scharfer Munition hatte. Das heißt nicht, dass ich an deinen Fähigkeiten zweifele, aber ich wollte kein Risiko eingehen. Und du weißt ja selbst, dass wir Polizisten unsere Pistolen zum Glück fast nur auf dem Schießstand nutzen.«

»Erst war ich stinksauer, aber als ich gesehen habe, wie professionell Tjark vorgegangen ist, konnte ich es akzeptieren.«

An ihrem PC erklang ein leises Pling. »Perfekt, dann kann ich dir zeigen, auf was ich gestoßen bin.« Sie beugte sich nach vorne und rief eine Mail auf, die eben gerade eingegangen war. »Ich bin seit Stunden alle Hashtags auf Insta durchgegangen, die mit Büsum in Verbindung stehen und dabei auf dieses Foto gestoßen. Ich habe die Touristin gebeten, uns das Original zu schicken und sich morgen kurz bei uns zu melden, damit wir protokollieren können, wann und wo das Bild aufgenommen wurde.«

Nun war Mikkel endgültig gespannt. Da hatte er mit der Einschätzung ihrer Tätigkeit ja gründlich daneben gelegen.

Nach einem Doppelklick erkannte er zunächst zwei Kinder, die Räder schoben. Dann entdeckte er, dass die Aufnahme direkt vor dem Radverleih entstanden war und im Hintergrund eine Frau beim Betreten der Bäckerei fotografiert worden war.

Rieke zoomte den Bereich bereits heran. »Viel ist es nicht, weil man sie nur von hinten sieht, aber ein Anfang. Das könnte doch gut die Tussi sein, die in Erics Wohnung herumgewühlt hat.«

Die Beschreibung der Figur und auch der eleganten Kleidung passte. Da sie nun kein Cap trug, konnte man ihre blonden Haare erkennen, die ihr lang auf den Rücken fielen.

»Ich könnte schwören, dass das eine Perücke ist, aber besser als nichts. Die Fotografin guckt noch ihre anderen Bilder durch. Vielleicht haben wir noch mehr Glück. Ich habe ihr gesagt, was uns interessiert. Ich weiß, dass das nicht üblich ist, aber was hätte ich tun sollen?«

Einfach alle Aufnahmen anfordern. Mikkel verkniff sich die Belehrung. »Ist ja nicht mehr zu ändern und vielleicht bringt es noch etwas. Die Idee, auf Instagram zu suchen, war jedenfalls großartig. Gut gemacht.«

»Danke.« Sie stand auf und reckte sich. »Machen wir Schluss für heute? Ich hasse es, aber wir werden wohl auf die Auswertungen der Forensiker warten müssen. Mehr fällt mir im Moment leider nicht ein, was wir machen können.«

Mikkel seufzte und nickte. »Du hättest nicht so lange bleiben müssen.«

»Ich war beschäftigt«, erwiderte sie schlicht. »Hast du denn eine Übernachtungsmöglichkeit?«

»Ja.« Rieke schien auf eine Erklärung zu warten, aber dazu hatte Mikkel keine Lust. »Schlaf morgen gerne aus. Der Revierbetrieb ist gesichert und du weißt, wie langsam das Labor arbeitet. Wir können froh sein, wenn wir gegen Mittag erste Ergebnisse haben.«

»Mal sehen.« Rieke tippte mit zwei Fingern auf dem Schreibtisch herum. »Ich kann mir vorstellen, was du von uns hältst, weil du dir ja bestimmt die Statistiken angesehen hast. Nachbarschaftsstreitereien, kleine Diebstähle, maximal ein Raub oder eine Körperverletzung. Aber ich will den Täter kriegen. Oder die Täterin. Ich habe im Moment keine Idee, wie alles zusammenpassen könnte, aber ich will, dass die Ermittlungen Erfolg haben! Mir gehen die Anblicke der Opfer nicht aus dem Kopf. Sie haben es einfach verdient, dass wir den Mörder finden.«

Mikkel nickte lediglich. Mit einer solchen Brandrede hatte er nicht gerechnet, andererseits kannte er seine Mitarbeiterin kaum und hatte seine Einschätzung im Laufe des Tages schon einige Male korrigieren müssen. Unerwartet lächelte sie und hielt ihm die Hand hin. »Noch mal ganz formell: Willkommen bei uns an Bord, Mikkel.«

»Danke«, sagte er und schlug ein.

Eine halbe Stunde später saß er auf seiner kleinen Terrasse und lauschte dem Klang der Wellen. An einer Tankstelle hatte er sich einen Sixpack Bier und eine völlig überteuerte Flasche Whisky gekauft. Er war kein großer Trinker, doch nach dem Tag hatte er sich ein Glas Bier oder auch etwas Stärkeres verdient.

Eine leise Stimme riss ihn aus seinen Gedanken. Das war eindeutig Silvia, die ihren Mann davon abhalten wollte, ihn anzusprechen. »Ihr stört nicht«, rief er ihnen durch die Hecke aus Lebensbäumen zu.

»Sag ich doch«, hörte er daraufhin Tjarks tiefe Stimme.

Sekunden später wackelten die Zweige und die beiden zwängten sich durch die Hecke.

Silvia sah sich um und schüttelte den Kopf. »Für drei ist es zu eng. Ich hole Mikkel eine Portion Eintopf und überlasse die Mörderjagd euch.«

»Das ist doch nicht nötig«, erwiderte Mikkel, sprach jedoch bereits mit Silvias Rücken.

»Annika und ihr Mann haben sich bei den Surfern umgehört. Sie gehören nicht fest dazu, aber so'n büschen, darum erfahren sie ganz andere Dinge, als wenn du offiziell nachfragst. Eric hatte ein Date mit seiner ›Traumfrau‹, die er zu lange nicht erkannt hatte. Das hat er am Vortag einem Kumpel gegenüber gesagt. Über die Vorstellung, dass es sich dabei um eine Frau im Alter seiner Mutter handeln könnte, hat sein Kumpel gelacht. Er ist sicher, dass es um jemanden aus Büsum oder der Umgebung ging und wollte noch mal nachdenken, ob ihm noch mehr einfällt.«

Mikkel schob Tjark ein Bier zu. »Das habe ich mir so oder so ähnlich gedacht und es ist großartig, dass du es bestätigst. Aber wie das nun zusammenpasst, verstehe ich nicht. Wir suchen also zwei Frauen: Eine Jüngere als seine Verabredung und eine Ältere als Tatverdächtige. Oder ist es doch die Jüngere gewesen?«

»Und es muss eine Verbindung zwischen beiden geben. Da kommt nicht viel infrage: Ich tippe auf Mutter und Tochter.«

Mikkel verschluckte sich an seinem Bier. »Du meinst, die Tochter lockt die Männer in die Falle und die Mutter killt sie? Das wäre … keine Ahnung. Mir fehlen die Worte.«

Kapitel 11

Als Mikkel am nächsten Morgen das Revier betrat, schilderte eine aufgeregte Touristin gerade Heiko, wo ihr angeblich das Fahrrad gestohlen worden war. Mit einer Engelsgeduld hörte der Polizist ihr zu.

Der Umkleideraum war leer, doch als er mit einem Becher Kaffee den Besprechungsraum betrat, traf er nicht nur Rieke, sondern auch Sönke und Tobi, die eigentlich die Nachmittagsschicht übernehmen sollten.

Die Begrüßung beschränkte sich auf ein kurzes »Moin« und allgemeines Nicken.

»Ihr könnt gerne Überstunden machen, aber bitte passt auf, dass ihr es nicht übertreibt. Damit meine ich eure Konzentrationsfähigkeit und eure Gesundheit und nicht die angesammelten Stunden, die ihr irgendwann wieder ausgleichen könnt.« Er grinste flüchtig. »Spätestens im Winter, wenn hier die Bürgersteige hochgeklappt werden.«

»Welch verlockende Aussichten«, gab Rieke zurück. »Ich habe heute Morgen mit Marlene gesprochen und sie offiziell nach einer älteren Frau in Verbindung mit Eric gefragt, sie wusste leider nichts. Inoffiziell habe ich sie noch ein wenig ausgefragt, wo sie vorher gearbeitet hat, das war St. Peter Ording. Die Ostsee mag sie nicht, da hat sie nie gewohnt, nur bei Sylt war sie ein wenig schwammig. Aber da habe ich nicht nachgehakt, das kann ich ja immer noch tun.«

»Schade, trotzdem gute Arbeit. Es wäre wohl zu einfach gewesen, wenn wir sie mit den anderen Tatorten hätten in Verbindung bringen können. Von Erics Surferkumpel wissen wir nun immerhin, dass wir zwei Frauen suchen. Eine jüngere, die er als Traumfrau bezeichnet hat, und dann eben die ältere, die bei uns auf dem Radar erschienen ist.«

»Wie passt denn das zusammen?«, fragte Sönke und starrte auf die Wand, auf der einige Namen notiert waren.

»Wenn wir das wüssten, könnten wir einen Haftbefehl beantragen«, erwiderte Rieke scharf und milderte ihre Antwort dann mit einem Lächeln. »Entschuldige, die Frage ist natürlich richtig und ich knabbere da auch schon dran.«

»Tjark meinte, dass es Mutter und Tochter sein könnten.«

Tobi verschluckte sich prompt an seinem Kaffee. »Du meinst zwei Psychotanten, von denen die eine die Opfer anlockt und die andere sie abmurkst?«

Mikkel prostete ihm mit seinem Becher zu. »So habe ich gestern Abend auch reagiert und es gibt ein gewichtiges Argument, dass gegen die These spricht.«

Rieke nickte sofort. »Der Tathergang! Stell dir vor, du hast ein Date mit deiner Traumfrau und dann kommt Mutti aus dem Gebüsch und will dir die Kehle durchschneiden. Da reagierst du ja irgendwie, machst eine Abwehrbewegung, schreist, weichst zurück. Irgendwas. Aber laut den Berichten waren alle Opfer völlig arglos und wurden überrascht.«

»Ein flotter Dreier?«, schlug Tobi vor und zuckte entschuldigend mit einer Schulter. »Sorry, aber … fiel mir so ein.«

»Ich glaube nicht, dass Eric dafür der Typ gewesen ist«, erwiderte Rieke. »Aber ausschließen würde ich es im Moment auch nicht. Wobei die Vorstellung echt gruselig ist: Da würde demnach Eric mit zwei Damen unterschiedlichen Alters, vielleicht sogar Mutter und Tochter, eine Mini-Orgie feiern, bis eine von ihnen das Messer rausholt?«

Sönke verzog das Gesicht, als ob er in eine Zitrone gebissen hätte. »Plötzlich klingt die Jagd nach Parksündern, um die Gemeindekasse zu füllen, irgendwie verführerisch. Das ist ja abartig. Aber mal eine praktische Frage: Würden das die Strandkorbnachbarn nicht hören?«

»Nicht, wenn sie selbst gerade … feiern. Also ihre Zweisamkeit.« Riekes Wangen färbten sich rot. »Aber ich glaube, das können wir ausschließen. Dafür sind diese Dinger auch irgendwie zu eng. Also, ich meine für drei Personen, die … Ihr wisst schon. Und ihr dürft nicht vergessen, dass die Schlafstrandkörbe auch ein Stück auseinanderstehen.«

Tobi rieb sich übers Kinn. »Ich habe gestern alle persönlichen Daten notiert und mit den anderen Touristen gesprochen. Wir sollten das aber noch mal vertiefen.«

Mikkel stimmte ihm zu. »Und zwar mit dem Bild, das Rieke ausgegraben hat, aber erst dann, wenn wir den Todeszeitpunkt wissen. Es kann doch nicht sein, dass niemand die Täterin oder den Täter gesehen hat. Vermutlich hat jemand was bemerkt und weiß nicht, dass es für uns wichtig ist. Außerdem habe ich mir überlegt, dass vielleicht auch andere Strandbesucher etwas gesehen haben könnten. Dort ist doch auch bei den regulären Strandkörben abends noch was los.«

»Gute Idee. Wir sollten da heute noch mal vorbeisehen.« Rieke musterte die Wand. »Da stehen aber so schon eine Menge Personen drauf, mit denen wir reden sollten. Kommen Tjark und Annika heute wieder?«

»Ja. Sie sind bereits unterwegs. Tjark redet mit Rasmus, der hat die Galerie am Hafen und soll wohl alle und jeden kennen. Wir haben die Hoffnung, dass er uns bei der älteren Frau weiterhelfen kann. Annika will nachher noch mal bei den Surfern nachhaken, aber die sind noch nicht wach.«

»Beneidenswert«, grummelte Sönke.

Rieke zwinkerte ihm zu. »Die stehen auch schon mal um 6 Uhr auf, wenn ordentliche Wellen angekündigt sind.« Sie wandte sich wieder der Wand zu. »Gefühlt haben wir dort bald ganz Büsum stehen: Die Anwohner bei der Bäckerei, die Gäste der Strandschlafkörbe, Erics riesiger Bekanntenkreis.« Nach einem Blick auf ihre Uhr stand sie auf. »Die Touristin, die ihre Kinder fotografiert hat, kommt jeden Moment. Hoffentlich ist auf einem der anderen Bilder noch mehr zu erkennen.«

***

Ohne die Beamten der Spurensicherung erkannte Mikkel den Tatort kaum wieder. Lediglich das rot-weiße Absperrband rund um den Schlafstrandkorb wies darauf hin, dass hier etwas geschehen war. Zwischen den normalen Strandkörben spielten Kinder, auf der Lagune trieben Stand-up-Paddler und einige Windsurfer.

Ihm war zuvor nicht aufgefallen, dass der Tatort in einer Art Nische in den Dünen lag. Das hatte dem Täter die Angelegenheit deutlich erleichtert und gleichzeitig die Wahrscheinlichkeit, dass jemand etwas mitbekommen hatte, minimiert.

Gedanklich strich er das Wort »Düne« und ersetzte es durch Sandanhäufung, denn wie alles an diesem Ort, war auch dies eine künstliche Gestaltungsmaßnahme. Er dachte an den

Strand hinter Tjarks Haus. Das war die richtige Nordsee! So kannte er das Meer von Sylt oder anderen Orten. Das hier war eine weichgespülte Version für Menschen, die es nicht besser kannten. Eine Familie mit zwei Kleinkindern eilte an ihm vorbei. Oder für Leute, denen die Nordsee aus verständlichen Gründen zu wild war. Was hatte Eric nur bewogen, sich hier zu verabreden? Viele Strandkörbe standen auf einer Rasenfläche. Die Surfer in der Lagune waren blutige Anfänger. Die Imbissbuden was für Touristen. Hier verirrte sich normalerweise kein Einheimischer her. Den letzten Satz sprach er laut aus.

Rieke nickte. »Ich verstehe es auch nicht. Es hätte so viele romantische Ecken gegeben. Das hier ist für Touristen oder eine ganz bestimmte Klientel. Eric muss doch hier wie ein Fremdkörper gewirkt haben.«

»Lass uns mal so ein Ding genauer ansehen.«

»Du meinst so einen Schlafkorb?«

»Ja, die stehen doch leer.«

Sie gingen auf den nächstgelegenen zu und bemerkten eine junge Frau in enger Jeans und weißem Top, die auf sie zulief.

»Moin. Habt ihr Interesse an unseren Schlafstrandkörben?«

Mikkel hielt ihr seinen Ausweis hin. »Ja, aber nicht als Kunde.«

»Prima, das ist ja noch besser. Ich sollte mich bei euch melden, hat meine Kollegin mir geschrieben. Ein cooler Typ namens Tobi braucht noch meine Aussage. Bist du das? Ich bin Helle. Helle Bergström.«

Mikkel verkniff sich ein Grinsen und ging auf die vertrauliche Anrede nicht weiter ein, denn ihr dänischer Akzent war unverkennbar und im Nachbarland wurde sich nun mal nicht gesiezt. »Nee, ich bin Mikkel. Tobi ist auf dem Revier.«

»Macht ja nichts. Dann kann ich dir das mit Eric ja erzählen. Ich bin immer noch ganz platt und kann es nicht glauben. Er hatte sich doch so gefreut! Also, das war nämlich so. Er hatte ein richtig heißes Date. Den Sekt, den Kühler und die Kuscheldecke habe ich ihm gebracht. Er hatte dann noch Rosen dabei. Und eine Kerze, aber die musste er draußen in den Sand stellen. Das wäre ja viel zu gefährlich. Und ich habe ihm meine Boomboombox geliehen, weil seine nicht genug Strom, also Akku hatte. Ich bin dann gegen neunzehn Uhr weg, da hat er schon gewartet.«

Rieke und Mikkel redeten gleichzeitig los. Lächelnd signalisierte er ihr, zu beginnen.

»Hast du eine Idee, mit wem er verabredet war?«

»Nee. Aber es muss eine alte Liebe sein, die neu entflammt ist. So was hatte er gesagt. Ich war sogar neugierig und bin extra langsam nach Hause, aber sie muss sich wohl verspätet haben.«

Das wäre wohl zu einfach gewesen. Mikkel rief sich den Tatort in Erinnerung. »Viele der Sachen, die du erwähnt hast, sind verschwunden.«

Automatisch blickte Helle zur Lagune. »Nee, echt? Wo denn?«

»Genau das ist die Frage. Man kommt doch nur zu Fuß her, oder?«

»Ja, genau. Autos und Räder sind verboten. Maximal so'n Wagen zum Ziehen für die Kinder ist erlaubt.«

Rieke drehte sich einmal um die eigene Achse. »Da hätte

dann jemand ordentlich zu schleppen.«

Mikkel schüttelte den Kopf. »Ich würde eher sagen, dass der- oder diejenige das hier irgendwo versteckt hat.« Er blickte zu den Strandkörben und dann weiter zu den Imbissbuden. »Es hilft nichts, wir müssen hier alles durchkämmen.«

Helle atmete zischend aus. »Was ist kämmen? Das kenne ich nur bei Haaren.«

»Suchen«, erklärte Rieke.

»Dann habe ich eine Idee. Kommt nicht mit euren Kollegen in Uniform, das war heute Morgen schon Thema. Ihr verschreckt die Gäste, das ist nicht gut. Ich schicke unser Reinigungsteam los. Die kennen jeden Winkel und sind viel schneller.«

»Wann könnten die loslegen?«

»In 'ner halben Stunde.«

Rieke breitete die Hände aus. »Das verstößt bestimmt gegen Vorschriften, wäre aber viel schneller.«

»Solange sie am Fundort nichts anfassen, könnte ich damit leben«, stimmte Mikkel zu.

»Ruf sie an. Können wir uns das Teil hier noch mal genauer ansehen?«

»Ja, natürlich. Leg dich gerne rein. Was interessiert dich denn?«

»Kann man es von außen öffnen und sich heimlich reinschleichen?«

»Ja, theoretisch, ist aber anstrengend. Ich würde wach werden. Am besten öffnet man das zu zweit.«

Während Helle telefonierte, legten sich Rieke und Mikkel nacheinander in den Korb und schlossen ihn. Danach gaben sie Helle recht. Entweder hatte sich der oder wohl eher die Täterin mit Eric im Inneren befunden und dann zugestochen oder Eric hatte sehr tief geschlafen und war komplett arglos gewesen. Mochte dies auch im Moment unwichtig erscheinen, konnte ein Staatsanwalt dies später ganz anders sehen.

Mikkel betrachtete die Liegefläche. »Da befand sich also eine Decke drauf?«

»Ja, und Kissen. Das hatte Eric alles extra bestellt.«

Rieke rieb sich übers Kinn. »Da hält sich dann wohl jemand für schlau, weil er glaubt, so alle DNA-Spuren beseitigt zu haben.«

Mikkel verzog den Mund zu einem freudlosen Grinsen. »Stimmt ja auch. Auch wenn es eine Reinigung zwischen den einzelnen Nächten gibt, werden in dem Korbgeflecht bestimmt noch jede Menge Spuren von Vormietern vorhanden sein. Aber wenn wir die anderen Sachen finden, dann wird es spannend.«

»Die Jungs beeilen sich und werden bestimmt Erfolg haben.«

Rieke sah zur Lagune hinüber. »Es sei denn, das wurde alles versenkt.«

Helle schüttelte den Kopf. »Nee, ist doch viel zu flach und das Zeug schwimmt auch. Da musst du schon ganz schön weit reingehen, wenn du es richtig versenken willst.«

Mikkels Handy vibrierte. Ihm reichte ein Blick auf die Nachricht von Tjark. »Wir sollen zur Galerie von Rasmus kommen. Weißt du, wo die ist?«

Sowohl Helle als auch Rieke nickten. Lächelnd deutete er auf Rieke. »Eine Begleiterin reicht.«

»Schade, es wurde gerade spannend«, beschwerte sich Helle und winkte ihnen zum Abschied zu.

Kapitel 12

Tjark sah ihnen bereits ungeduldig entgegen, konzentrierte sich dabei jedoch überraschenderweise auf Rieke. »Gut, dass du dabei bist.«

Eigentlich hätte sich Mikkel lieber in der Galerie umgesehen. Neben den Fotos und Bildern an der Wand gab es auch etliche Gegenstände, die zum Verkauf standen. Auch die beiden Ständer mit Postkarten vor dem Gebäude hatten ihn neugierig gemacht. Das waren keine normalen »Grüße von der Nordsee«-Kitschkarten mit einer Robbe oder einer Möwe, sondern hochklassige Fotografien.

Rasmus, der Besitzer, begrüßte sie trotz Tjarks Ungeduld freundlich und stellte sich formvollendet vor. Die farbenfrohe Kleidung hätte Mikkel niemals angezogen, doch zu Rasmus passten die lilafarbene Hose und das gelbe Polohemd.

»Ich erinnere mich an die Frau«, sagte Rasmus dann und hatte damit Mikkels volle Aufmerksamkeit.

»Die Blonde, die in die Bäckerei gegangen ist?«

»Ja, genau die. Tjark hat mir das Foto gezeigt und an die Haare erinnere ich mich. Sie waren sozusagen zu perfekt, um natürlich zu sein. Wir kamen ins Gespräch, weil sie eine bunte Einkaufstasche trug, die offensichtlich selbst gemacht war. Ich hätte Interesse daran gehabt, sie zu erwerben und auch hier anzubieten. Sie wollte darüber nachdenken. Leider habe ich keine Kontaktdaten von ihr erhalten, sondern ihr nur meine Visitenkarte überlassen. Doch ich habe eine Idee, wie ihr den Namen herausfinden könnt.« Rasmus wandte sich nun direkt an Rieke. »Die Frau hatte eine große Einkaufstüte von *Küstengold* dabei, in der ein Schuhkarton von Manolo Blahnik war.«

»Ja und?«, fragte Mikkel.

Rieke lachte leise. »Sagt dir der Name etwas?«

»Nee.«

Tjark brummte zustimmend, während Rasmus und Rieke einen Blick voller Verständnis wechselten.

Rieke hielt sich eine Hand vor den Mund. »Nun, gegen echte Manolos sind Jimmy Choos so was wie Discounter-Schlappen.« Mikkels drohender Blick reichte, damit sie wieder ernst wurde. »Solche Schuhe kosten um die achthundert Euro. Mindestens. Jimmy Choos bekommst du schon für zweihundert Euro.«

»Wir reden hier aber immer noch über Schuhe, oder?«, hakte Mikkel nach.

Rieke grinste breit. »Ja, tun wir. Ich wette, im *Küstengold* werden sie sich daran erinnern, denn so gehoben ist die Kundschaft hier in Büsum nun auch nicht. Wir sind ja nicht auf Sylt.«

Rasmus nickte energisch. »Aber das Gespräch mit den Verkäuferinnen dort sollte auf jeden Fall Rieke übernehmen, sonst befürchte ich Böses.«

Mikkel ahmte Tjarks Brummen nach. Die Form der Zustimmung hatte eindeutig einige Vorteile. »Vielen Dank an euch beide. Dann machen wir uns mal auf den Weg.«

Rasmus seufzte. »Tut das. Tjark und ich haben noch etwas Geschäftliches zu klären und werden noch weiter überlegen, was uns so alles zu eurem Fall einfällt.«

Nun machte es bei Mikkel klick und er sah zu den Fotos

mit den Nordseemotiven hinüber. »Die sind von Tjark?«

»Ja.«

Tjarks Brummen klang nun eindeutig unwillig, was Mikkel komplett ignorierte. »Ich komme wieder. Das mit den Wellen gefällt mir. Ich meine, sie gefallen mir alle, aber das muss ich unbedingt haben. Und vielleicht noch das mit dem Leuchtturm und …«

Erst als Rieke ihn spöttisch ansah, winkte er ab und folgte ihr schnell aus dem Laden. »Die Fotos sind aber auch ein Traum.«

»Sind sie. Ich hätte aber nicht gedacht, dass du dich durch sie von unserem Fall ablenken lässt.«

»Betrachte die kurze Schwärmerei als meine Frühstückspause. Müssen wir dorthin fahren?«

»Nee, das sind zu Fuß keine fünf Minuten. Folge mir einfach.«

Wenig begeistert musterte Mikkel das Schaufenster der Boutique. Er hatte von modischer Frauenkleidung keine Ahnung, aber hier schrie alles »teuer«, und zwar »extrem teuer«. Als er näher trat, bestätigten die dezenten Preisschilder seinen Eindruck. Ein weißes T-Shirt für über hundert Euro! Warum? Das Haus selbst gefiel ihm. Von den alten Reethauskaten gab es viel zu wenige, aber musste man die gleich in Läden verwandeln? Und dann noch in so einen?

Riekes Mundwinkel zuckten so lange, bis sie leise lachte. »Wie Rasmus schon sagte: Ich übernehme das Reden. Du siehst aus, als ob du die Inhaberin festnehmen willst.«

»Hier sollte eine nette Familie leben und nicht …«

»Sie ist verheiratet und hat zwei Kinder. Stand jedenfalls in der Zeitung, als sie den Laden eröffnet hat.«

»Okay, ich sage nichts mehr und überlasse dir alles. Brauchst du mich eigentlich?«

»Ehrlich gesagt …«

»Vergiss die Frage!« Mikkel konnte ein Grinsen nicht ganz unterdrücken. So allmählich gewöhnte er sich an die Zusammenarbeit mit Rieke und mit ihrer frechen Art kam er gut klar.

Die Glastür gab beim Öffnen ein melodisches Klirren von sich, das von einem Windspiel stammte, das bewegt worden war. Ein zarter Vanilleduft empfing sie – und trieb ihn fast in die Flucht.

Eine Frau mit einem Kurzhaarschnitt, den seine alte Mathelehrerin wegen der geometrischen Details geliebt hätte, eilte auf sie zu. Immerhin behielt sie ihr freundliches Lächeln bei, als Rieke ihr erklärte, warum sie hier waren. Sie betonte dabei jedoch, dass sie sich wichtige Hinweise von der Zeugin versprachen, und tat alles, um zu vermeiden, dass die unbekannte Frau als Tatverdächtige erschien.

»Möchten Sie sich einen Augenblick setzen? Und darf ich Ihnen vielleicht etwas anbieten? Einen Espresso? Ein Wasser?«

Ehe er ablehnen konnte, tat Rieke das für sie beide und entschuldigte dies damit, dass sie es eilig hatten.

»Das verstehe ich natürlich. Die Beschreibung und vor allem die erwähnten Manolos sind eindeutig. Sie suchen die liebe Frau Rahlsen. Die Arme hatte gerade ihre letzte Chemo erfolgreich hinter sich gebracht und sich als Belohnung die Manolos gekauft. Daher stammen auch die etwas unnatürlich wirkenden blonden Haare. Die Perücke hatte sie auch schon bei den vorigen Behandlungen getragen. An den Tag, an dem sie die Schuhe gekauft hat, erinnere ich mich noch, als ob es gestern gewesen wäre. Ich wollte sie noch zu einem preiswerteren Artikel überreden, aber nein, es mussten die Manolos sein. Irgendwie kann ich es ja auch verstehen. Man muss das Leben eben feiern und mitnehmen kann man am Ende ja auch nichts.«

Mikkel brauchte einen Moment, um den Namen einzuordnen, da war Rieke deutlich schneller.

»Meinen Sie die Mutter von Marlene Rahlsen?«

»Ja, genau. Britt Rahlsen.«

»Vielen lieben Dank. Damit haben Sie uns sehr geholfen. Dann besuchen wir Frau Rahlsen mal. Ich wusste gar nicht, dass … Aber gut, ihre Tochter Marlene und ich sind nun auch nicht mehr so eng befreundet. Also, danke für die Vorwarnung.«

Mikkel fiel auf, dass er außer »Moin« und »Tschüss« kein Wort gesagt hatte, doch damit konnte er gut leben.

»Das ist ja ein Ding«, sagte Rieke, als sie wieder draußen waren. Ehe Mikkel dies kommentieren konnte, rief sie im Revier an und bat darum, dass man ihnen die Adresse auf die Handys schickte. »Ich weiß leider nicht, wo Britt jetzt wohnt, und habe auch keine Idee, ob Marlene dort bereits ausgezogen ist. Früher hatten sie ein Haus ein Stück vor Büsum, ganz bei uns in der Nähe, aber ich weiß, dass sie das verkauft haben.«

Mikkel nickte geistesabwesend. Nun waren sie tatsächlich auf eine Mutter und Tochter im passenden Alter gestoßen, doch es erschien ihm abwegig, dass sie damit der Mörderin einen Schritt näher gekommen waren. Andererseits gab es menschliche Abgründe, die perfekt hinter einer harmlosen Fassade verborgen wurden. Und Fakt war, dass Britt Rahlsen zur Tatzeit beim Betreten der Bäckerei fotografiert worden war.

Mikkels Handy vibrierte. Tobi meldete sich und die Verwirrung war ihm anzuhören. »Frau Rahlsen, deren Adresse ich raussuchen sollte, steht hier und möchte mit dir oder Rieke sprechen.«

»Wir sind unterwegs«, erwiderte Mikkel und trennte die Verbindung.

Als er für Rieke die Nachricht wiederholte, sah sie ihn so ratlos an, wie er sich fühlte.

Kapitel 13

Mikkel lehnte sich in seinem Schreibtischstuhl zurück und hörte Britt Rahlsen aufmerksam zu. Da er keine Zeugenvernehmung in ihrem neuen Besprechungszimmer durchführen wollte, wo sie an den Wänden lauter Informationen notiert hatten, war seine Wahl auf sein Büro gefallen. Rieke und Britt Rahlsen saßen auf Besucherstühlen vor seinem Schreibtisch. Er konnte die Frau einfach nicht einschätzen. War sie wirklich nur eine hilfsbereite Zeugin, die zu Unrecht in ihr Visier geraten war? Die Vorstellung, dass die gepflegte Frau im mittleren Alter die Verkäuferin kaltblütig umgebracht hatte, war absurd. Im Gegensatz zu Rasmus wäre er nie auf die Idee gekommen, dass die blonde Haarmähne eine Perücke war. Von einer gewissen Molligkeit mal abgesehen war ihre unerwartete Besucherin durchaus attraktiv und wäre jederzeit für Anfang vierzig durchgegangen, war aber fast zwanzig Jahre älter. Die schwere Krankheit, die die Boutiquebesitzerin erwähnt hatte, war ihr nicht anzumerken.

Sie wirkte ehrlich entsetzt und redete fast ununterbrochen. »Als meine Nachbarin mir erzählte, was da passiert ist, konnte ich es nicht glauben. Ich habe gleich meine Tochter angerufen und die meinte, ich sollte zu Ihnen gehen und nicht nach Heide fahren.«

Das hatte sie nun schon dreimal erzählt und langsam reichte es Mikkel. »Dafür sind wir Ihnen auch sehr dankbar, Frau Rahlsen. Dann schildern Sie doch mal, was Sie gestern beobachtet haben.«

»Natürlich, Herr Kommissar.« Sie wandte sich an Rieke. »Müsste ich dich nun eigentlich auch so anreden?«

Meinte sie das wirklich ernst oder war das Show? Mikkel war sich nicht sicher. Rieke lächelte. »Natürlich nicht. Du kannst weiter Rieke sagen. Die Mütter meiner alten Freundinnen müssen sich da nicht umstellen. Du warst also bei der Bäckerei. Liegt die nicht ein wenig weit von eurem Zuhause entfernt? Ihr wohnt doch jetzt Richtung Wöhrdener Loch in der Nähe des Golfklubs, oder?«

Das ließ Rieke äußerst geschickt so klingen, als ob sie die Informationen von irgendwelchen Bekannten gehört hatte. Sie waren auf der Rückfahrt schon übereingekommen, jeden Anschein von Tatverdacht zu vermeiden. Die Adresse und die persönlichen Daten hatte ihnen Tobi trotz des unerwarteten Erscheinens von Frau Rahlsen gemailt und Rieke hatte die Information ziemlich irritiert aufgenommen.

»Ja, ganz genau. Unser altes Haus war dann einfach zu renovierungsbedürftig. Das war für zwei Frauen alleine ein bisschen viel.«

Mit einem stummen Blick bat Rieke ihn um etwas Geduld. »Das verstehe ich gut. Ich sehe ja bei uns, dass wir ständig am Schrauben und Bohren sind. Aber ich dachte, da, wo ihr jetzt wohnt, sind nur Ferienwohnungen.«

»Das stimmt auch. Wir haben drei Wohnungen. Eine teilen Marlene und ich uns, die anderen sind eigentlich ständig vermietet. Wobei wir aber schon überlegen, nur noch eine als Ferienwohnung zu nutzen. Meine Tochter und ich … Es wäre eben doch schön, wenn jeder sein eigenes Reich hätte.«

»Das klingt prima und erinnert mich an mein Zuhause.

Aber wie kommst du denn von da hinten zur Bäckerei?«

»Na, mit dem Auto! Ich war sowieso einkaufen und ich liebe den Kuchen von dort einfach. Der ist ja noch selbst gebacken und nicht so ein Industriemist. Du musst wissen, dass ich seit Langem sehr auf gesunde Ernährung achte.«

»Das verstehe ich. Und was hast du denn genau gesehen?«

»Ist denn die liebe Irma wirklich ermordet worden? Wer würde ihr denn nur so etwas antun?«

Mikkel überließ das Gespräch weiter Rieke und überlegte, wie die Aussage der ermordeten Verkäuferin und die von Britt Rahlsen zusammenpassten. Nach seiner ersten Einschätzung: Gar nicht. Die Verkäuferin hätte ihre Stammkundin doch erkennen müssen, dennoch passte die Beschreibung der Frau, die in Erics Wohnung gewesen war, perfekt auf Britt Rahlsen und das Foto auf Instagram war absolut eindeutig.

Riekes Lächeln war mittlerweile deutlich gezwungen. »Wir können aus ermittlungstaktischen Gründen leider nichts dazu sagen. Was war denn nun gestern?«

»Ach so. Ja, natürlich. Also, als ich rausgegangen bin, stürmte eine junge Frau in den Laden und ich bekam noch mit, dass Irma und sie sich sehr aufgeregt unterhalten haben, ich würde sogar fast das Wort ›streiten‹ benutzen, um das Gespräch zu beschreiben. Die Tür ging aber so schnell zu, dass ich nicht viel mitbekommen habe.«

»Kannten Sie die Frau?«, hakte Mikkel nach.

»Nein. Aber sie fuhr wenig später an mir vorbei. Sehr schnell, also viel zu schnell.«

»Und was für einen Wagen fuhr sie?«

»Na, keinen Wagen, sondern einen dieser italienischen

Roller.« Das klang so empört, dass Mikkel sich mit Mühe eine ironische Bemerkung verkniff. Woher sollte er denn wissen, mit was für einem Fahrzeug die Frau unterwegs gewesen war?

»Können Sie den beschreiben?«

»Er war hellgrün und laut. Ich weiß noch, dass das Kennzeichen BM war, weil ich da an Britt und Marlene denken musste. Aber die Zahl weiß ich nicht mehr.«

»War der Roller in Nordfriesland zugelassen?«, fragte Rieke.

»Ja, erwähnte ich das noch nicht?«, erwiderte Britt Rahlsen.

»Und wann war das ungefähr?«

Nach langem Überlegen und Rechnen kam sie zu einer Zeitangabe, die sich ungefähr mit dem aufgenommenen Foto deckte.

»Meint ihr denn, dass die junge Frau sich mit Irma so doll gestritten hat, dass … Oh, ich mag da gar nicht dran denken.« Sie riss die Augen weit auf.

Mikkel lehnte sich zurück. »Waren Sie früher am Tag schon einmal in der Gegend bei der Bäckerei?«

Frau Rahlsen sah ihn an, als ob er plötzlich zwei Köpfe hätte. »Nein, natürlich nicht. Wie kommen Sie denn darauf?«

Mikkel verzichtete darauf, die Frage zu konkretisieren und sie direkt zu fragen, ob sie in Erics Wohnung gewesen war. Stattdessen nickte er seiner Kollegin leicht zu.

Rieke stand auf. »Wir müssen deine Aussage noch zu Protokoll nehmen, aber das geht schnell. Ich tippe das ein, drucke es aus und brauche dann deine Unterschrift.«

Immerhin verstand Britt Rahlsen, dass Rieke keine Details über den Mord preisgeben würde, und erhob sich ebenfalls. Die beiden Frauen waren schon an der Tür, als Mikkel noch eine Frage stellte: »Was haben Sie gestern in der Bäckerei eigentlich gekauft?«

Frau Rahlsen blieb wie angewurzelt stehen und drehte sich langsam zu ihm um. »Wie bitte?«

»Mich interessiert, was Sie dort gestern gekauft haben.«

»Warum?«

Wieso beantwortete sie nicht einfach die Frage?

Rieke lächelte unschuldig. »Wir ordnen die Kaufvorgänge aus der Kasse gerade den letzten Kunden zu.«

»Ach so. Eine Joghurtschnitte und zwei Müslibrötchen.«

Mikkel und Rieke wechselten einen Blick. Er schüttelte kaum merklich den Kopf. Das war eine Lüge, das wussten sie beide, denn die ermordete Verkäuferin hatte ihnen noch freudestrahlend erzählt, dass sie ihnen die letzten beiden Joghurtschnitten eingepackt hatte.

Doch zunächst ließ Mikkel sie mit der Lüge davonkommen. Nach der kurzen Überraschung hatte die Frau sich bereits wieder sichtlich gefangen und würde ihm nur irgendeine dämliche Ausrede auftischen, die er ihr nicht widerlegen konnte.

Nach einer guten Viertelstunde kam Rieke zurück in sein Büro. »Ich habe alles ins Protokoll aufgenommen, auch ihren angeblichen Kauf, den es so nicht gegeben haben kann. Ich verstehe das alles nicht.«

»Willkommen im Klub.« Mikkel schob seinen Stuhl zurück und legte die Füße auf die Schreibtischplatte.

Rieke verzog den Mund und lehnte sich gegen die Wand. »Das war auch meine Denkposition.«

»Wenn du mir dafür eine Lösung des Falls anbietest, überlasse ich sie dir für eine halbe Stunde.«

Sie lachte. »Zu großzügig, Chef. Tobi sucht nach der Vespa. Wollen wir die Namen der zu befragenden Zeugen auf uns aufteilen?«

Mikkel nickte. »Ja, aber erst gegen Mittag. Dann kommen Tjark und Annika dazu.«

»Prima. Nur eins: Hältst du es für möglich, dass Britt und Marlene …« Sie brach ab und zuckte mit der Schulter.

»Ich weiß es nicht. Wirklich nicht. Ich habe noch nicht einmal eine Meinung und kann dir nur sagen, dass ich den Auftritt eben extrem merkwürdig fand.« Mikkel stand auf. »Außerdem geht's hier ja nicht um Meinungen, sondern um Dinge wie Motiv oder Beweise. Und da sieht's im Moment extrem mager aus.«

Keine zehn Minuten später stürmte Rieke wieder in sein Büro.

»Die Rollerfahrerin?«, fragte er.

Rieke nickte. »Ja, es gab nur eine Vespa mit der Buchstabenkombination. Der Name steht vermutlich schon nebenan an der Wand, die Halterin heißt Ellie Brenningen und ich wette, das ist Ellie, die wir als eine Surffreundin von Eric schon auf dem Radar haben, aber bisher keinen Nachnamen dazu kannten.«

»Weißt du das oder glaubst du das?«

Obwohl die Frage nicht böse gemeint war, wirkte Rieke prompt beleidigt. »Ich glaube es. Ich kenne eine Ellie, aber nicht ihren Nachnamen. Du brauchst dir keine Sorgen machen, ich habe während des Unterrichts durchaus aufgepasst und kenne den Unterschied zwischen Fakten und Theorien. Aber ich kenne es auch so, dass man im Laufe von Ermittlungen

Theorien anstellt, die man dann beweist oder verwirft.«

Die Diskussion setzte er lieber nicht fort. Gerade, wenn er gehofft hatte, dass Rieke ihre Empfindlichkeit abgelegt hatte, bewies sie ihm das Gegenteil. Wenn er jedes Wort auf die Goldwaage legen sollte, würden sie nie vernünftig zusammenarbeiten, denn das lag ihm einfach nicht. »Mein Problem ist ja nur, dass ich noch keine habe. Ein einfaches ›ich mag die Frau nicht und sie kam mir merkwürdig vor‹ reicht ja wohl kaum, um sie ernsthaft als Mörderin zu verdächtigen.«

»Stimmt, dafür reichen nicht mal die Joghurtschnitten, die sie garantiert nicht gekauft hat.«

»Tja, und wieso lügt sie bei einer so einfachen Frage?«

Rieke zuckte mit der Schulter. »Wenn ich das wüsste. Wollen wir die Rollerfahrerin besuchen?«

»Nein, noch nicht. Wir stimmen uns erst mit den anderen ab und verteilen die Aufgaben. Meinst du, es reicht, wenn ein Kollege hier im Revier bleibt?«

»Ja, ganz sicher. Zur Not kann er uns oder Verstärkung über die Leitstelle anfordern.«

»Sehr gut. Dann sollten wir heute Abend einen Schritt weiter sein.«

Kapitel 14

Wie bereits am Vortag schlossen sie das Revier über die Mittagszeit und versammelten sich gemeinsam mit Tjark und Annika im Besprechungsraum. Statt Fischbrötchen stellte Tjark eine riesige Schüssel voller Rührei mit Krabben mitten auf den Tisch.

Mikkel sah zwar die leuchtenden Augen seiner Kollegen, begriff aber erst, warum sie ihre Teller mit wahren Bergen füllten, als er die erste Gabel probiert hatte. Sofort ärgerte er sich, dass er nicht mehr genommen hatte. Nun musste er schnell sein, wenn es um einen Nachschlag ging. Das Rührei war eine Geschmacksexplosion, wie er sie bisher nicht einmal in einem Sterne-Restaurant erlebt hatte. Und das kam von einer Pensionswirtin namens Hiltrud?

Als er sein Erstaunen nicht verbergen konnte, lächelte Annika verschmitzt. »Eigentlich gibt es das nur für Gäste und Familie abends. Aber Tjark hat bei ihr einen Stein im Brett.«

Fast hätte er geantwortet, dass es sich schon wegen des Essens gelohnt hatte, die beiden ins Team zu holen, aber das wäre dann doch zu unprofessionell gewesen, sodass er den Kommentar gerade noch unterdrückte.

Trotz des köstlichen Essens entbrannte schnell eine hitzige Diskussion in Bezug auf die Rollerfahrerin. Annika hatte Riekes Vermutung bestätigt, weil sie den Roller am Strand gesehen hatte. Die Halterin musste also zur Surfergruppe gehören. Mikkel wollte sie aufs Revier vorladen, Annika war strikt dagegen.

Schließlich hob Tjark die Hände. »Ruhe! Mikkel und Rieke

treten offiziell und wenig nett auf. Annika bleibt einfach bei ihrer Rolle als Frau eines Surfers. Jakob und sie sind ja dort bekannt. Sie tröstet Ellie nach eurem Besuch. Noch jemand Rührei?«

Immerhin schaffte Mikkel es, sich noch einen kleinen Nachschlag zu sichern. Tjarks Handy, das neben seinem Teller lag, vibrierte und zeigte eine Nachricht an. Er überflog sie kurz und nickte zufrieden. »Ein Kumpel von mir hat einen Hausmeisterservice für Ferienwohnungen. Er zieht einen tropfenden Wasserhahn vor und nimmt mich mit. Wir fahren gleich los.«

Rieke ließ ihre Gabel sinken. »Geht's um eine Wohnung von Britt Rahlsen?«

Tjark bedachte sie mit einem herablassenden Blick und schob sein typisches »Jo« noch hinterher.

»Und was versprichst du dir davon?«, erkundigte sich Sönke mit vollem Mund gerade so verständlich.

»Mal umgucken«, gab Tjark zurück.

Im Gegensatz zu Sönke verstand Mikkel, worum es Tjark ging. Er hätte sich zu gerne selbst angesehen, wie Britt Rahlsen lebte. Vielleicht verriet ihnen das schon einiges über die Frau, die er nicht als Tatverdächtige ausschließen konnte und wollte.

Rieke schüttelte den Kopf. »Ich kann dir sagen, wie's bei ihr aussieht: Alles tipptopp in Ordnung. Aufgeräumt, an der Grenze zum Spartanischen, alles hochmodern und chic, aber auch irgendwie unpersönlich. Wir haben früher nie bei Marlene gespielt, sondern draußen oder bei uns.«

»Seid ihr gute Freunde gewesen?«, fragte Annika.

»Ja, schon deshalb, weil wir dicht beieinander wohnten. Auf

dem Gymnasium hat sich das irgendwie auseinanderentwickelt. Marlene war nie bei den Dingen dabei, die Spaß gemacht haben. Ich hatte sie mal gefragt, ob ihre Mutter was dagegen hat, denn dann hätte man ja Ausreden erfinden können, aber sie hat irgendwas von Kinderkram gesagt und von da ab ging's noch weiter bergab mit dem, was mal eine echte Freundschaft war. Seit Ende der Schulzeit grüßen wir uns nett, reden mal kurz übers Wetter und das war's.«

Mikkel sah sie fragend an. »Und was ist mit dem Vater?«

»Es hieß früher immer abwechselnd, dass er abgehauen oder gestorben wäre. Marlene hat nie drüber geredet – und Britt sowieso nicht.«

Obwohl er die Erklärung nicht kommentierte, hatte Rieke seine Überlegung erraten. »Du denkst an irgendeine Form von Trauma und hältst es für möglich, dass Marlene und ihre Mutter … Das ist nicht dein Ernst, oder? Wobei es ja auch irgendwie passen würde, aber was ist denn das mit der Rollerfahrerin?«

Die Antwort übernahm Annika: »Ein geschicktes Ablenkungsmanöver. Vielleicht hat ihr jemand gesteckt, dass sie beim Bäcker gesehen wurde. Oder es ist ihr selbst eingefallen.«

Rieke legte ihre Gabel zur Seite. »Ich weiß ja, dass es passen könnte. Das habe ich vorhin ja selbst gesagt, aber je länger ich darüber nachdenke, desto absurder erscheint mir der Gedanke.«

Mikkel verzog den Mund zu einem schiefen Grinsen. »Ich finde die Vorstellung ja auch gruselig – und das ist die nette Formulierung –, aber wenn wir rein die Fakten bewerten, kommt es infrage. Es wird wirklich Zeit, dass die Forensiker uns was liefern.«

Das Telefon auf einem der Schreibtische klingelte. Seufzend stand Sönke auf und ließ die Tür offen, sodass sie zuhören konnten. Viel sagte er nicht, doch er klang zufrieden und versprach, dass gleich jemand kommen würde.

Er kehrte gar nicht erst zu ihnen zurück, sondern zog seine Jacke über. »Hinter einem Strandkorb sind die Jungs von der Reinigungstruppe fündig geworden. Da hat jemand eine ganze Menge Zeug verbuddelt, unter anderem 'ne Decke und 'ne Flasche Sekt. Ich sehe es mir an und alarmiere die Kollegen aus Heide«, kündigte Sönke von der Tür aus an und verließ das Gebäude.

»Gut«, sagte Mikkel und blickte zur Wand. »Wir beginnen damit, die Liste abzuarbeiten. Wenn Sönke zurück ist, legen Tobi und Heiko los und reden noch mal mit den Gästen aus den anderen Strandkörben.«

***

Tjark wünschte sich, Udo würde endlich den Mund halten. Sie waren zwar keine engen Freunde, aber durchaus Kumpel. Wenn Udo die Arbeit über den Kopf wuchs, bat er Tjark um Hilfe. Gegen den Extraverdienst hatte Tjark nie etwas gehabt und er wusste das Entgegenkommen zu schätzen, dass Udo ohne große Nachfragen den Job bei Britt Rahlsen vorgezogen hatte. Leider brach nun die Neugier ungehindert durch und Tjark wünschte sich, er wäre mit seinem eigenen Wagen gefahren.

»Ich kann dir nichts darüber sagen«, beschied er Udo

schließlich.

»Das bestätigt dann, dass du für die Polizei oder sogar einen Geheimdienst arbeitest! Weißt du eigentlich, was für Gerüchte über dich im Umlauf sind?«

Nun hatte Udo ihn endgültig aus seinen Grübeleien gerissen. »Hast du eben Geheimdienst gesagt?«

»Ich sage ja nur, was die Leute reden.«

Tjark konnte es nicht glauben. Seine Haupteinnahmequelle waren Trainingsszenarien, die er für die Bundeswehr ausarbeitete und durchführte, daneben kam mehr und mehr Geld für seine Bilder rein, die er als Fotograf machte. »Lass sie reden, das ist alles Dünnpfiff.«

»Und warum wolltest du dann unbedingt heute zu der Rahlsen? Das hat doch garantiert was mit den beiden Morden zu tun!«

Leider hatte es seinen Grund, warum Udo mit seiner Firma so erfolgreich war. Er war verdammt clever. »Hat es.«

»Ja und?«

»Mehr sage ich dir dazu nicht.«

Udo schnaubte. »Aber wenn es vorbei ist, will ich alles wissen. Einverstanden?«

»Jo.«

»Und du denkst noch mal drüber nach, ob wir nicht Partner werden wollen! Dein Kumpel, dieser Elektriker, ist ausdrücklich mit eingeladen. Ich habe mehr Aufträge, als ich schaffen kann, und es werden immer mehr.«

Tjark brummte unverbindlich, dabei hatte der Gedanke mittlerweile durchaus etwas Charme. Vielleicht sollte er das wirklich als permanentes zweites Standbein etablieren. Leider brachte ihm sein Job für die Bundeswehr deutlich mehr Spaß und Geld ein, doch dafür war damit auch eine erhebliche Unsicherheit über Folgeaufträge verbunden. Auch die Hilfe für Mikkel gefiel ihm besser als Schönheitsreparaturen in Ferienwohnungen, aber irgendwo musste das Geld ja herkommen, von dem er seine Familie ernähren wollte. Fabian, ein ehemaliger Kamerad, und seine Familie hatten sich bei ihren Besuchen in die Gegend verliebt und dachten über einen Umzug nach. Allerdings suchte Fabian noch nach einem sicheren Job in der Gegend. So lange beschränkten sie sich auf längere und kürzere Aufenthalte an der Nordsee und waren auch aktuell für ein paar Tage hier.

Tjark brummte lediglich ein weiteres Mal. Darüber konnte er später nachdenken und vielleicht mit Fabian darüber reden, erst einmal mussten sie einen Mörder oder wohl eher eine Mörderin finden und überführen. Seit Langem fühlte er wieder diese Spannung wie früher vor einem Einsatz. Dabei warteten hier keine Heckenschützen oder bewaffnete Banditen auf ihn. Er wollte sich lediglich einen eigenen Eindruck von einer Frau verschaffen, die niemand richtig einschätzen konnte. Anscheinend wurde er alt, wenn das schon reichte, um ihm einen Adrenalinschub zu verpassen. Andererseits durfte er nicht vergessen, dass es mittlerweile schon vier Todesfälle gab, er hatte nicht vor, das fünfte Opfer zu werden. Sicherheitshalber trug er unterm T-Shirt seine alte Dienstwaffe im Gürtelholster. Es gab eben Gewohnheiten, die legte man nicht so einfach ab, und wofür hatte er denn seinen Waffenschein?

Die Hausherrin empfing sie vor der Tür mit blauen Überziehern für ihre Schuhe. Udo konnte sich einen blöden Spruch nicht verkneifen, dass er die Größe auch für ein anderes Körperteil gut gebrauchen konnte. Tjark versetzte ihm einen Stoß mit dem Ellenbogen und bemühte sich um ein entschuldigendes Lächeln.

»Dann kommen Sie mal rein. Wir wohnen unten, oben sind die zwei Wohnungen. Der Wasserhahn tropft in der rechten. Die Tür ist angelehnt, das Badezimmer ist nicht zu übersehen. Die Gäste sind unterwegs.«

Windfang, Flur und Treppenbereich entsprachen dem, was Rieke erwähnt hatte: Alles penibel sauber und aufgeräumt. Dekoartikel, die aus einem Haus oder einer Wohnung erst ein Heim machten, gab es nicht.

Tjark und Udo stiefelten die Treppe hoch. Für den Austausch einer defekten Dichtung brauchte Udo keine zwei Minuten.

»Ich rede mal mit ihr.« Tjark tippte Udos Nummer in sein Handy ein, wählte sie aber noch nicht. »Wenn ich dich anrufe, lenk sie ab, beschäftige sie für ein paar Minuten.«

»Und wie?«

»Lass dir was einfallen.« Erstaunlicherweise wirkte Udo unsicher, fast ängstlich. »Wenn dir was komisch vorkommt, haust du ab.« Er zog sein T-Shirt hoch, sodass Udo die Waffe sehen konnte. »Dir wird nichts passieren.«

»Mensch, das ist ja mörderspannend. Wird erledigt. Nun fühle ich mich gleich besser, fast wie James Bond.«

Das kommentierte Tjark lieber nicht. Er ging ins Erdgeschoss und klingelte bei Rahlsen. »Die angefangene Stunde wird voll berechnet, aber wir haben noch Zeit.« Er hielt ihr die gebrochene Dichtung hin. »Die Wasserhähne sind bestimmt alle gleichzeitig eingebaut worden und werden nun nach und nach kaputtgehen. So eine Dichtung kostet Sie nur 50 Cent. Sollen wir uns mal alle vornehmen? Ich würde das bei Ihnen erledigen, Udo nimmt sich die Wohnungen oben vor.«

Er konnte förmlich sehen, wie sie rechnete. »Na dann, kommen Sie mal rein. Oben ist die andere Wohnung gerade nicht belegt und freizugänglich.« Sie musterte erst prüfend die Überzieher, ehe sie zur Seite trat.

Tjark wandte sich noch rasch der Treppe zu. »Udo! Kannst nebenan loslegen.«

Der Flur in der Wohnung war ebenso steril wie das Treppenhaus und der Eingangsbereich. Der graue Teppich hätte gut in eine Praxis oder ein Büro gepasst, die beiden Bilder waren Kunstdrucke von geometrischen Objekten in Schwarz, Weiß und Grau. Im Badezimmer setzte sich der Eindruck fort. Tjark fluchte innerlich, als die Frau im Türrahmen stehen blieb und jede seiner Bewegungen beobachtete. Unauffällig tastete er nach seinem Handy und rief Udo an. Wenig später klingelte es an der Haustür.

»Da muss ich wohl mal hin«, murmelte sie und ging.

Endlich! Tjark eilte zurück in den Flur, vergewisserte sich, dass sie ihn nicht sehen konnte, und öffnete die erste geschlossene Tür. Die Küche, perfekt aufgeräumt, ebenfalls in Grau und Weiß gehalten. Nichts lag herum, alles war perfekt geputzt. Das nächste Zimmer entpuppte sich als Wohnzimmer und wirkte, als ob sich noch nie jemand dort aufgehalten hätte. Im nächsten Raum traute er seinen Augen nicht. Was war das denn? Er holte sein Handy heraus und schoss eine Unmenge von Fotos. Er konnte es sich schließlich nicht erlauben, minutenlang bewegungslos auf den Anblick zu starren. Immerhin wusste er nun, dass hier irgendetwas nicht stimmte. Blieb noch die letzte Tür, vorsichtig öffnete er sie, während er angespannt lauschte. Udo und die Hausbesitzerin unterhielten sich, konnten aber jeden Moment fertig sein. Auch die Einrichtung dieses Zimmers passte nicht zum ersten Eindruck von der Wohnung und vor allem den Bewohnern. Er fotografierte auch diesen Raum und eilte zurück ins Badezimmer. Als Britt Rahlsen zurückkehrte, schraubte er gerade den Wasserhahn wieder an.

»Fertig«, erklärte er und verabschiedete sich, wobei er sie in einem völlig anderen Licht als zuvor sah. War sie die Killerin? Er wusste es nicht. Nur eins war klar: Das, was er gesehen hatte, konnte nicht normal sein, sondern deutete auf ernsthafte psychische Probleme hin. Doch reichten die aus, um zur Mörderin zu werden?

Tjark atmete draußen tief durch, ehe er in Udos Wagen einstieg, und dachte über das nach, was er gesehen und fotografiert hatte. Das Schlafzimmer wurde dominiert von einem rosafarbenen Himmelbett und Hunderten von Plüschtieren. Alles war voller Rüschen in Pink und Rosa. Selbst der Kleiderschrank glitzerte in der Farbe. Nahezu jede Ecke war vollgestellt gewesen. Das Zimmer, in dem Marlene wohnte, war eingerichtet wie für eine Vierzehnjährige. Maximal. Poster von Popstars und Pferden an den Wänden. Spielzeug lag herum. Das Bett war für eine erwachsene Frau viel zu klein.

»Und?«, fragte Udo.

»Alles komisch.«

»Und was?«

Udos Miene war eindeutig. Er hatte auf mehr Details gehofft, doch Tjark konnte seine Zweifel und Befürchtungen nicht in Worte fassen, ohne sich selbst lächerlich zu machen. Im Prinzip hatte er nur ein Gefühl, dass die Frau hochgradig gestört war.

»Schwer zu beschreiben. Jedenfalls Danke für deine Hilfe.«

»Dafür nicht. Aber denk dran, ich will dann bald wissen, was da los war.«

»Jo.«

»Und denk an unsere Partnerschaft.«

So ein Hausmeisterjob klang plötzlich doch ganz verführerisch. Die Unterstützung der Polizei war zwar näher an seinem alten Beruf dran, aber die menschlichen Abgründe, mit denen er dabei konfrontiert wurde, hatten es in sich.

Kapitel 15

Mikkel bremste Hedwig ab und musterte den Sand vor ihnen prüfend. Die Fahrzeuge, die dichter an die Bretterbude herangefahren waren, hatten im Gegensatz zu seiner alten Freundin Vierradantrieb. Ehe er sich festfuhr und zum Gespött der jungen Leute wurde, ging er lieber die letzten Meter zu Fuß.

»Weise Entscheidung«, kommentierte Rieke, als er Hedwig an den Rand der Düne lenkte und den Motor ausschaltete. »Es haben sich hier schon viele festgefahren.«

»Und warum hast du mich nicht gewarnt?«

»Du bist ja selbst drauf gekommen. Und sonst hätte sich einer der Jungs über dreißig Euro gefreut.« Sie deutete auf einen Trecker, der etwas verloren in einigem Abstand neben der Bude stand. »Das kostet es nämlich, wenn du dich rausziehen lassen musst.«

»Ich denke, ich hätte es umsonst bekommen, wenn ich die Jungs nach ihrem Gewerbeschein gefragt hätte.«

»Möglich. Vielleicht hätte aber auch dein Oldtimer das Schwimmen gelernt. Wenn die Flut kommt, zahlen viele freiwillig. Dann allerdings fünfzig Euro.«

Mikkel gab auf und stieg aus. Rieke folgte ihm. Obwohl sie sich abwandte, hatte er ihr breites Grinsen noch gesehen.

»Spielen wir guter Cop und böser Cop?«, fragte sie leise.

»Ja. Ich brauche ja nicht fragen, welche Rolle du für mich vorgesehen hast.«

»Nö. Mich kennen sie ja zumindest vom Sehen und wissen, dass ich nett bin.«

Die Bretterbude wirkte aus der Nähe überraschend stabil, doch das musste sie bei dem Wind, der hier oft wehte, wohl auch sein. Anscheinend waren überwiegend Paletten verbaut worden, die dem Ganzen einen rustikalen Charme verliehen. Zwei Dixiklos und zwei Solarduschen, die aus riesigen durchsichtigen Plastikbehältern gespeist wurden, waren dann wohl die sanitären Anlagen. Auf einer Tafel, die an der Außenwand hing, waren Getränkepreise notiert, die sehr moderat waren. Der Snack des Tages war bereits durchgestrichen. Viel interessanter fand Mikkel den hellgrünen Motorroller, den er jetzt entdeckte. Genau dieses Gefährt wollte Frau Rahlsen vor der Bäckerei gesehen haben, denn das Nummernschild stimmte schon mal.

An der Vorderseite der Bude gab es eine zweiteilige Tür, die man komplett zur Seite klappen konnte, sodass das Gebäude eher wie ein Unterstand wirkte. Rechts war eine große Fläche, auf der Boards und Segel in allen möglichen Größen in Ständern aufbewahrt wurden, links befanden sich ein selbst gebauter Tresen und ein riesiger Kühlschrank. Getränkekisten und leere Fässer dienten als Sitzgelegenheiten. Ein Generator brummte und versorgte die elektrischen Geräte.

Rieke und Mikkel hatten den Bereich für sich alleine. Eine Clique junger Menschen hielt sich jedoch in einiger Entfernung an der Wasserlinie auf und stand um ein Board herum. Er zählte drei Frauen und zwei Männer, von denen er lediglich Annika kannte. Die Blonde mit dem Zopf konnte Ellie Brenningen, die Fahrerin der Vespa sein.

Langsam gingen sie auf die Gruppe zu. Nach wenigen Metern sahen sie ihnen bereits entgegen, jedoch eindeutig nicht begeistert.

»Willst du sie nacheinander alleine befragen?«, erkundigte sich Rieke leise.

»Mal sehen, was sich ergibt.«

Als er die Leute erreicht hatte, stellte er als Erstes fest, dass er sich mit dem Alter erheblich getäuscht hatte. Er hatte auf junge Menschen, die maximal Anfang zwanzig waren, getippt. Doch die Männer waren – wie Annika – bereits eher Anfang dreißig.

»Moin, ich bin Mikkel Tvorsen von der Polizei Büsum, meine Kollegin Rieke kennt ihr ja vermutlich. Wir haben ein paar Fragen zu Eric. Dabei geht's ausschließlich darum, seinen Mörder zu finden. Kleinkram wie ein bisschen Marihuana oder ein abgelaufenes Nummernschild interessiert uns nicht. Können wir miteinander reden?«

Die Blicke wurden minimal wärmer. Schließlich war es Annika, die das Schweigen brach. »Ich will auch wissen, wer Eric umgebracht hat und dass derjenige bestraft wird.« Sie wartete, bis zustimmendes Gemurmel erklang. »Was wollt ihr denn wissen?«

Mikkel verzog den Mund zu einem schiefen Grinsen. »Eigentlich alles. Mit wem er sich getroffen hat, wen er mochte, wen er nicht mochte, mit wem er Streit hatte. Wir wissen noch nicht, was uns letztlich den entscheidenden Hinweis gibt. Darum erst einmal wirklich alles. Können wir bei einer Runde Cola darüber reden?«

Ellie trat gegen das Board. Tränen schimmerten in ihren Augen. »Ja.«

Einer der Männer öffnete den Mund und es wirkte, als ob

er protestieren wollte, doch Ellie bedachte ihn mit einem mörderischen Blick. »Wir haben doch eben sowieso schon über das Thema geredet und die Polizei hat halt andere Möglichkeiten. Ich will wissen, warum er sterben musste und wer das war. Es ergibt doch alles keinen Sinn.«

Sie stapfte davon.

Wenige Minuten später hatte Mikkel den Surfern wie versprochen eine Runde Cola spendiert und sie saßen im Schatten auf den Kisten.

»Also schießt los. Was könnt ihr mir sagen?«

Ausgerechnet Annika widersprach ihm. »Andersherum wäre es mir lieber. Was könnt ihr uns über die Umstände sagen? Vielleicht wären wir dann schneller.«

Das gefiel ihm zwar nicht, aber er ging davon aus, dass sie einen guten Grund für ihr Vorgehen hatte.

»Na gut, aber ich will davon kein Wort in der Presse oder im Internet lesen. Eric hatte eine romantische Verabredung in einem der Schlafstrandkörbe. Es kann gut sein, dass der oder die, mit der er sich verabredet hatte, ihn umgebracht hat. Es soll um jemanden gehen, der ihm sehr am Herzen lag. Er soll auf diese Verabredung hingefiebert haben.« Mikkel sah bei seinen Worten Ellie direkt an, die prompt seinem Blick auswich. »Und dann haben wir noch die Beschreibung einer älteren Dame, die am nächsten Tag aus seiner Wohnung gekommen sein soll, und natürlich den Mord an der Bäckereiverkäuferin.«

Ellie kniff die Augen zusammen. »Das war doch direkt gegenüber von seiner Wohnung, oder?«

Mikkel nickte. »Verratet ihr mir dann zunächst mal eure

Namen? Ob wir hinterher noch ein formelles Protokoll aufnehmen müssen, entscheiden wir später.«

Die Surfer beschränkten sich auf die Vornamen. Die dritte Frau neben Ellie und Annika hieß Levke, der Mann mit den ausgeprägten Geheimratsecken Matze und der letzte Olav. Sämtliche Namen kannte Mikkel, denn sie standen als Freunde von Eric an der Wand im Revier.

»Also, das war auf jeden Fall eine Frau, denn auf Männer stand er nicht«, stellte Olav klar und pustete sich eine blonde Haarsträhne aus dem Gesicht.

Levke nickte. »Und das war auch keine ältere Frau, sondern sein Alter, vielleicht bis zu plus zehn Jahren. Und kommen Sie nun nicht mit dieser Tante aus dem Hotel. Das war ein Job, mehr nicht.«

»Könnte sie es gewesen sein?«, fragte Ellie mit leicht zitternder Stimme. »Vielleicht wollte sie mehr?«

Mikkel schüttelte den Kopf. »Nein.« Er verzichtete auf eine Begründung.

Matze ließ die Fingerspitzen aufeinanderprallen. »Es gab da jemanden. Irgendeine alte Flamme. Leider hat er mir nicht gesagt, um wen es ging, aber es hatte ihn ganz schön erwischt. Hey, alleine die Sache mit dem Strandkorb. Die wäre ihm sonst viel zu peinlich gewesen.«

»Gibt es noch mehr Surfer, mit denen Eric sich getroffen hat?«

Dieses Mal nickte Olav. »Klar. Der Mann von Annika ist manchmal dabei. Marlie, aber die nur selten. Tini in den Semesterferien.« Er nickte Rieke zu. »Rieke ist noch seltener auch mal dabei.«

»Marlie?«, hakte Rieke nach. »Meinst du Marlene Rahlsen?«

»Ja, genau.« Olav hob abwehrend die Hände. »Ich weiß, dass sie den Namen hasst. Aber ich kann nicht anders, schließlich kenne ich sie schon seit der Grundschule.«

»Ich weiß. Ich wundere mich nur, dass sie surft. Ich bin ihr hier nie begegnet.«

»Oft ist sie ja auch nicht da und wenn, dann sitzt sie im Sand und guckt zu. Auf einem Brett habe ich sie schon seit Ewigkeiten nicht mehr gesehen, wobei …« Olav nestelte an dem Band seiner Shorts. »Jetzt, wo du es sagst. Ich meine, Eric hatte mal erwähnt, dass er mit ihr loswollte, um irgendwo anders zu surfen. Ich habe noch gesagt, dass das doch Blödsinn ist, wenn man hier das beste Revier vor der Nase hat. Und niemand hätte sie verarscht, wenn sie sich am Anfang einmal mehr abgepackt hätte.«

Ellie hob das Kinn höher. »Eric und Marlie hatten mal was. Das war lange vor uns. Ihn hatte das Ende ganz schön verletzt, aber er war drüber hinweg und ging ganz normal mit ihr um.«

Rieke sah sie an. »Und wann seid ihr zusammen gewesen?«

Nun flossen die Tränen. »Bis vor zwei Monaten. Und ich war noch nicht drüber hinweg.«

Annika legte ihr tröstend einen Arm um die Schulter.

Rieke wechselte zunächst das Thema und stellte gezielte Fragen über Eric. Doch niemandem fiel jemand ein, mit dem Eric Streit gehabt hatte. Sie drehten sich im Kreis und kamen immer wieder auf die Surfer-Clique, ein paar Urlauber, denen er Surfstunden gegeben hatte, und Frau von Wotersen, für die er gearbeitet hatte.

Mikkel und Rieke wechselten einen Blick. Er signalisierte

ihr, zu übernehmen. Es war Zeit für die letzte und entscheidende Frage. »Ellie, es tut mir leid, aber ich muss dich das fragen. Bist du gestern zur Tatzeit an der Bäckerei gewesen?«

Ellie schüttelte den Kopf. »Ich war da gestern gar nicht. Um welche Uhrzeit geht's denn?«

Rieke deutete auf den Roller. »Fährst nur du den?«

»Ja klar. Wenn er denn mal fährt. Gestern stand er bis zum Abend zu Hause. Da kam Olav vorbei und hat … Was hast du noch mal gemacht?«

»Neue Zündkerzen eingebaut. Das Ding ist den ganzen Tag nicht bewegt worden.«

»Würden Sie das zu Protokoll geben?«, hakte Mikkel erstmals formell nach.

»Ja klar. Ellie hatte die Vespa doch vorgestern das letzte Stück geschoben. Da ging nichts mehr. Ich habe die Kerzen ausgebaut und gestern welche in Heide gekauft, die gibt's hier nicht an jeder Ecke. Sorry, wenn ich das so sage, aber selbst, wenn Ellie noch welche zu Hause gehabt hätte, hätte sie die nie richtig angeschlossen bekommen. Der Motor ist nicht so ihr Ding.« Er runzelte die Stirn. »Das klingt ja, als ob jemand Ellie gesehen haben will.«

Mikkel ging nicht direkt drauf ein, sondern wandte sich wieder an Ellie. »Wo waren Sie denn gestern Mittag?«

»Zu Hause. Ich arbeite von zu Hause aus. Ich programmiere oder repariere Apps.«

»Dann gibt's wohl keine Zeugen?«, überlegte Mikkel.

»Doch, gibt es. Ich hatte von ungefähr um zwölf bis nach zwei eine Videokonferenz. Zählt das?«

»Aber natürlich«, erwiderte Rieke, ehe Mikkel antworten

konnte.

So einfach, wie Rieke tat, war es zwar nicht, denn sie würden die Aussage natürlich noch überprüfen, dennoch glaubte Mikkel nicht daran, dass Ellie etwas mit dem Mord an Eric zu tun hatte. Aber er konnte sich auch irren.

»Können Sie mir die Namen der anderen Teilnehmer an der Videokonferenz nennen? Dann bekommen wir das schnell geklärt.«

Ellie atmete tief durch. »Na prima. Mein Verlag wird begeistert sein, von der Polizei befragt zu werden.«

»Ich stelle es als reine Routine dar«, versprach Mikkel, der ihre Reaktion verstehen konnte. Außerdem verfestigte sich seine Meinung. So benahm sich niemand, der schuldig war. Der wäre bestrebt, ein Alibi zu präsentieren. Er reichte ihr seine Karte. »Mailen Sie mir bitte die Kontaktdaten der Teilnehmer.«

»Mach ich«, erwiderte Ellie mit einem tiefen Seufzen. Dann runzelte sie die Stirn. »Sekunde mal, ich verstehe das jetzt erst. Hat jemand behauptet, ich hätte …« Weitere Tränen flossen, als sie die Hand vor den Mund schlug.

Annika sah Mikkel fest an. »Das reicht denn jetzt auch erst einmal«, fuhr sie ihn an. »Komm, wir gehen ein Stück.«

Schweigend sah Mikkel ihnen nach. Immerhin hatte Annika nun einige Punkte, an denen sie nachhaken konnte. Er fragte sich nur, wie sie damit umgehen wollte, wenn herauskam, dass sie zusammenarbeiteten.

Kapitel 16

Es wäre logisch gewesen, nach Hamburg zurückzufahren, insbesondere da sie sich im Hotel nicht mehr wohlgefühlt hatte. Doch stattdessen ging Katharina von Wotersen den Deich entlang und wusste nicht, warum sie das eigentlich tat. Sie mochte es nicht, wenn die Rasenfläche bis an die Nordsee reichte. Für sie gehörte ein Sandstrand zum Meer. Etliche Male war sie hier mit Eric entlanggegangen und seine launigen Geschichten hatten sie so zum Lachen gebracht, dass sie die ungeliebte Landschaft vergessen hatte. Vielleicht hatte sie gehofft, etwas von der Leichtigkeit wiederzufinden, die sie mit ihm erlebt hatte. Da hatte sie sich geirrt. Sie hätte die Feuchtigkeit auf ihren Wangen und die tränenden Augen gerne auf den Wind geschoben, doch dafür war sie zu ehrlich. Sie vermisste Eric und trauerte um ihn. Mehr, als sie für möglich gehalten hatte. Natürlich hatte sie gewusst, dass sie für seine Gesellschaft bezahlte, und dennoch war da dieser kleine Funke Hoffnung gewesen. War sein Verhalten, dieses liebevolle Kümmern, dieses Interesse an ihr, das immer so ehrlich gewirkt hatte, wirklich nur gekauft gewesen? Oder hätte da vielleicht doch mehr draus werden können? Die Realistin in ihr schimpfte mit ihr und lachte über diese abwegigen Gedanken. Der Altersunterschied ließ sich schließlich nicht wegdiskutieren und sie konnte sich nur zu gut vorstellen, wie man in Hamburg auf Eric als ihren Partner reagiert hätte. Außerdem hatte er offen darüber gesprochen, dass er sich von seiner Verabredung einiges versprach.

Katharina erreichte ein Gatter, mit dem die Schafe auf dem Deich gehalten wurden. Statt es zu öffnen, lehnte sie sich schwer auf die Metallstreben und blickte auf das flache Wasser hinaus. Das war auch eine Sache, die sie nicht mochte. Dauernd war das Meer weg. Es war Zeit, den Tatsachen ins Auge zu sehen. Ohne Eric war dies keine Gegend für sie und Eric würde nie wieder kommen und ihr den Tag verschönern. Schluss mit diesen Gedanken, die zu einem unreifen Teenager, aber nicht zu einer erfolgreichen Geschäftsfrau passten!

Sie stieß sich von dem Gatter ab, öffnete es und schritt eilig weiter. Sie würde sich ausreichend Bewegung verschaffen und dann ihre Rückfahrt nach Hamburg vorbereiten. Vorher würde sie noch diesen Kommissar anrufen und anbieten, eine Belohnung auszusetzen. Außerdem wollte sie wissen, ob es bereits erste Spuren gab. Vermutlich würde er ihr nicht offen antworten, aber einen Versuch war es wert. Wenn der Täter oder die Täterin im Gefängnis saß, konnte sie mit dem Kapitel abschließen und wieder uneingeschränkt nach vorne sehen. Der nächste Urlaub kam bestimmt und dann würde sie vorher für einen entsprechenden Begleiter sorgen. Die zahlreichen Schafe, die auf dem Deich herumwanderten und sie höchstens mit einem gelangweilten Blick bedachten, lenkten sie ab. Die Tiere strahlten eine Zufriedenheit aus, die sie neidisch machte.

Sie beschleunigte ihre Schritte, um zu verhindern, dass sie erneut ins Grübeln kam. Bisher hatte sie den Weg auf dem Deich für sich alleine gehabt, nun sah sie ein ganzes Stück vor sich eine Familie mit einem Buggy. Der Anblick führte zu einem Stechen in der Magengegend. Auf eine Familie hatte sie verzichtet, das Geschäft war immer vorgegangen.

Ein lautes Röhren, das überhaupt nicht in die Gegend passte, ließ sie stehen bleiben. Das klang wie ein Rasenmäher. Aber das war ausgeschlossen, schließlich gab's dafür die Schafe. Sie drehte sich um und erstarrte. Eine kleine Geländemaschine jagte auf sie zu. Der Fahrer – es konnte auch eine Fahrerin sein – wich in einem abenteuerlichen Slalomkurs einzelnen Schafen aus, hielt aber eindeutig auf sie zu. Einige Tiere liefen nun wild durcheinander und bremsten das Motorrad ab. Katharinas Erstarrung wich. Sie rannte stolpernd los. Vielleicht bot ihr die Familie etwas Schutz. Vor Zeugen würde doch niemand … Ihre Gedanken kamen zu einem abrupten Halt, als das Motorrad sie überholte und zwei, vielleicht drei Meter vor ihr quer zum Stehen kam.

»Sie haben ihn umgebracht!«, hörte sie über den Motorenlärm hinweg.

»Das ist Blödsinn! Ich habe ihn geliebt! Ich hätte ihm niemals etwas tun können!«, brüllte sie wütend zurück und vergaß für einen Moment die Bedrohung. Erstmals hatte sie sich ihr Gefühl selbst eingestanden. »Er hat Freude und Lachen in mein Leben gebracht. Wer sind Sie?«

Der Fahrer griff in die weite Lederjacke und holte ein großes Messer heraus. Oder eine Sichel oder war es eine Machete? So genau konnte sie es nicht erkennen.

»Nun werden Sie bezahlen, und zwar richtig«, glaubte Katharina zu verstehen, war sich aber nicht ganz sicher. In ihren Ohren rauschte es und Angst oder eher Panik ließ ihre Gedanken durcheinanderwirbeln.

»Hey, was soll das hier werden?«, rief ein Mann, den Katharina nicht sehen konnte.

Der Fahrer des Motorrads gab Gas, das Hinterrad drehte durch. Grasfetzen flogen durch die Luft. Im nächsten Moment würde es auf sie zu rasen. Es setzte sich in Bewegung. Langsamer als erwartet.

Katharina konnte sich nicht bewegen, sondern starrte wie gebannt auf das Fahrzeug und vor allem die blitzende Klinge. Plötzlich flog sie durch die Gegend, prallte schmerzhaft auf den Boden und rollte über das Gras. Der Motorenlärm verklang und dann war es still. Sie blickte in den Himmel und hörte eine Möwe schreien, dann nahm sie die schnellen Atemzüge des Mannes wahr, der sie in letzter Sekunde gerettet hatte.

»Haben Sie sich verletzt?«

Langsam schüttelte sie den Kopf und griff nach der ausgestreckten Hand. »Ich weiß nicht, wie ich mich bedanken soll. Sie haben mir das Leben gerettet.«

»Und Sie offenbar jemanden ganz ordentlich verärgert. Das war ja eine ordentliche Machete, die ich da noch gesehen habe. Junge, Junge.«

»Fabian?«, hörte Katharina einen lauten Ruf, der sofort übertönt wurde. »Papa! Noch mal, noch mal«, schrie ein Kind.

»Bloß nicht«, entfuhr es Katharina.

Fabian lachte. »Nee. Das war mir auch 'ne Nummer zu knapp. Aber mein Lütter sieht das wohl anders. Für den war das wohl in einer Liga mit seinen Helden von der Paw Patrol.« Er wandte sich ab. »Alles in Ordnung, Schatz.«

Erst jetzt bemerkte Katharina, dass sie sich immer noch an die Hand ihres Retters klammerte. Verlegen wollte sie den Griff lösen, aber Fabian verstärkte den Druck leicht. »Alles gut. Ich helfe Ihnen erst einmal wieder hoch auf den Deich und dann überlegen wir, was wir machen.«

»Ich heiße Katharina. Das ›Sie‹ ist in dieser Situation nun wirklich nicht passend.«

Sein Griff gab ihr den erforderlichen Halt, sich wieder zu fassen. Als sie seine Frau und seinen Sohn erreicht hatten, zitterte sie zwar noch leicht, konnte aber bereits wieder klar denken.

»Der kleine Mann heißt Tjark und das ist meine Frau Merle. Unser Ferienhaus ist keine fünfhundert Meter von hier. Wollen wir erst einmal dorthin gehen und dann die Polizei informieren?«

»Ja, sehr gerne, und entschuldigen Sie die Umstände. Das ist mir alles äußerst unangenehm.«

Fabian legte den Kopf etwas schief. »Na komm, die Formalitäten wollten wir doch vergessen.«

Katharina lachte, versuchte es vielmehr, denn es klang reichlich zittrig. »Natürlich. Es ist nur … Ich bin es nicht gewohnt, dass man sich um mich kümmert.«

Merle lächelte sie warm an. »Dann hast du bisher die falschen Menschen getroffen. Schatz, ruf mal den großen Tjark an. Der weiß doch bestimmt, wen wir ansprechen sollten. Nicht, dass Katharina nachher noch bei einem begriffsstutzigen Dorfsheriff landet.«

Fabian küsste seine Frau auf die Wange. »Die Idee ist so gut, die könnte fast von mir sein.« Nach einem Telefonat, das erstaunlicherweise nur aus zwei, drei Sätzen bestand, hielt Fabian ihr galant einen Arm hin. »Darf ich bitten.«

Nun war es auch egal. Katharina hakte sich bei ihm ein und war über den Kontakt froh. Gleichzeitig überlegte sie fieberhaft, wer sie angegriffen haben könnte. Sie hatte einen vagen Verdacht, doch der erschien ihr absurd.

Kapitel 17

Annika überlegte, wie sie das Gespräch am besten begann. Es widerstrebte ihr, Ellie gegenüber mit gezinkten Karten zu spielen, doch sie musste extrem vorsichtig agieren. Ein falsches Wort und sie riskierte, dass ihre Begleiterin komplett dichtmachte. Ellie lief mal in schnellem Tempo am Strand entlang, dann stand sie wieder reglos im Sand und starrte aufs Wasser. Wenn sie so weitermachte, landeten sie erst in Niedersachsen und dann in den Niederlanden.

»So, es reicht. Wir müssen den ganzen Weg schließlich auch noch zurück«, beschied Annika ihr und fasste nach ihrem Arm. Sie hatte sich bei ihrem eiligen Aufbruch zwei Colaflaschen gegriffen und in ihrem Rucksack verstaut. Immerhin blieb Ellie stehen. »Komm, wir setzen uns einen Augenblick. Ich muss dir was beichten«, bat Annika und hatte sich damit zumindest erst einmal Ellies Aufmerksamkeit gesichert.

»Wieso beichten?«, fragte Ellie, nachdem sie sich neben Annika in den Sand gesetzt hatte.

»Ehe ich an die Nordsee gekommen bin und Jakob kennengelernt habe, war ich bei der Polizei. Darum würde ich dir erst einmal gerne erzählen, was sich hinter den Fragen von Mikkel verbirgt. Und danach will ich von dir alles wissen, was ihm helfen kann, Erics Mörder zu finden.« Sie zuckte mit der Schulter und holte die Colaflaschen aus dem Rucksack. »So ganz kann ich offenbar nicht aus meiner Haut, denn ich will, dass der Mörder gefasst wird. Aber ich denke, das willst du auch. Du hast ihn doch noch geliebt. Oder?«

Das »Ja« war kaum hörbar. »Du kennst ihn?«, fuhr Ellie sie dann an. »Also den Polizisten? Mikkel?«

»Ja, er hat die Ferienwohnung bei Tjark gemietet.« Das war nicht gelogen, allerdings auch nicht die ganze Wahrheit.

»Er wohnt bei Tjark?«

»Jo.«

»Das heißt dann wohl, dass er in Ordnung ist. Sonst hätte Tjark ihm die nie überlassen. Es war ja schon der Running Gag, wie viele er weggeschickt hat.«

»Stimmt. Und dass Mikkel zu uns raus gekommen ist, war auch mehr als in Ordnung. Eigentlich hätte er dich vorladen müssen, denn irgendjemand hat dich da ganz ordentlich in die Pfanne gehauen.«

Die Tränen waren verschwunden und hatten nur noch einen feuchten Schimmer hinterlassen. Ellie sah sie zunächst mit gerunzelter Stirn an, dann hoch konzentriert. »Jetzt kapiere ich das erst. Jemand hat behauptet, meine Vespa zur Tatzeit am Tatort gesehen zu haben. Richtig?«

»Yep. So klang es bei Mikkel, das war das, was ich dir verklickern wollte. Aber der- oder diejenige wusste nicht, dass dein Schrotthaufen mal wieder gar nicht fährt.«

Ellie sah sie nun fest an. »Jemand wie Marlene, die nur so selten bei uns ist, dass sie vieles gar nicht mitbekommt.«

»Ganz genau. Und nun erzähl. Ich will alles wissen, was du weißt. Über Eric, seine letzten Tage und vor allem seine On-off-Beziehung zu Marlene.«

Ellie schluckte. »Das trifft es ganz gut. Ich glaube, er ist nie über die Trennung hinweggekommen und ich war nur ein Lückenbüßer. Eric war … Na ja, du kennst … kanntest ihn ja.

Immer gut gelaunt, immer für einen Spruch gut. Er hat mir immer das Gefühl gegeben, etwas Besonderes zu sein. Wenn er dir seine Aufmerksamkeit zugewendet hat, dann war es … als ob das Licht in einem dunklen Raum angeht. Mir war aber immer klar, dass das nicht von Dauer ist. Erst habe ich gedacht, es liegt einfach an ihm, an einer gewissen Flatterhaftigkeit, aber das war's nicht. Er hat immer mal wieder auf sein Handy geguckt und heimlich Nachrichten verschickt. Und ich habe richtig gemerkt, wie sich da was entwickelt hat. Er war fair und hat mir das offen gesagt. Allerdings hat er keinen Namen genannt, sondern nur von einem alten Funken gesprochen, der plötzlich wieder brennt. Ich denke, das war Marlene.«

»Meinst du, so etwas wie ein romantischer Abend im Schlafstrandkorb würde zu Eric und Marlene passen?«

»Definitiv! Für ihn wäre das viel zu spießig und blöd gewesen, aber für sie hätte er das gemacht. Aber wieso sollte sie ihn umbringen? Und die Verkäuferin? Und dann auch noch den Verdacht auf mich lenken? Das ist doch irre!«

»Das trifft es ganz gut. Aber was die letzten beiden Dinge angeht, so glaube ich, dass da eine ältere Frau im Fokus steht.«

Wie erstarrt sah Ellie sie an, es dauerte einige Zeit, bis sie wieder sprach. »Du meinst, es war gar nicht Marlene? Aber wer denn dann?«

»Tja, wenn ich das wüsste. Fällt dir eine Frau ein, so zwischen vierzig und sechzig, die mit Eric in Verbindung stand? Etwas mollig, elegant gekleidet?«

»Na, das ist ja mal eine Beschreibung … Nur die Frau aus dem Hotel, aber die war nicht mollig.«

»Du kennst sie?«

»Ja, ich bin ihnen mal am Strand begegnet. Sie schien nett zu sein – und in Eric verliebt. Aber für ihn war's nur ein Geschäft. Das klingt nun oberflächlich, aber das war er auch irgendwie. Nun ja, bis auf seine alte Flamme. Kennst du diesen Song von *Revolverheld* ›Ich lass für dich das Licht an‹?« Annika überlegt kurz und nickte dann. »Ich war für Eric nicht diejenige, für die er solche Kompromisse gemacht hätte, aber ich denke, Marlene war es für ihn. Für sie hätte er sich verbogen. Und ich bin absolut sicher, dass es ihretwegen nichts mit uns geworden ist, weil er immer noch an ihr hing. Aber wenn du mich fragst, ob ich mir vorstellen könnte, dass sie ihn umgebracht hat, muss ich das vehement verneinen. Never. Niemals.«

Ellie schlug mit der flachen Hand auf den Sand, als ob sie die Schlussfolgerung verstärken wollte.

Annika nickte und ließ Sand durch ihre Handfläche rieseln. »Da gebe ich dir recht. Ich sehe auch noch kein stimmiges Bild, aber trotzdem sind deine Informationen sehr hilfreich.«

Ellie sah in die Ferne, dann hoben sich ihre Mundwinkel. »Es ist wie bei meinen Programmen. Am Anfang sucht man nur nach Informationen über die Fehler, um am Ende dann die Lösung zu finden. Oder aber man bekommt eine Liste mit Anforderungen, die man dann mit dem Programm abdecken muss. Ich bin es durch meinen Job gewohnt, absolut logisch zu denken.« Sie lachte, doch es klang wie ein Schluchzen. »Eric hat mir mal vorgeworfen, die Welt nur in Nullen und Einsen zu sehen. So ganz verkehrt lag er mit dem Vorwurf nicht. Aber ich verstehe nichts mehr. Wie hängt das alles zusammen?«

»Ich weiß es nicht. Doch ich hoffe, unser Gespräch hilft Mikkel ein wenig.«

Ellie atmete tief durch. »Immerhin bin ich wegen der Zickereien meiner Vespa nicht dringend tatverdächtig. So nennt ihr das doch, oder?«

»Jo, das ist der Fachterminus. Da hast du wirklich Glück gehabt. Trotzdem wüsste ich zu gerne, warum dich jemand der Polizei als Tatverdächtige präsentiert hat.«

»Weißt du, wer das war?«

»Ich werde heute Abend Mikkel ausquetschen. Wir reden morgen noch mal.« Damit war sie einer direkten Antwort ausgewichen, während sich ihre Gedanken überschlugen. Wie passte Marlenes Mutter ins Bild? Es passte einfach nichts zusammen. Die Vorstellung, dass Marlene Eric in den Strandkorb gelockt und ihre Mutter ihn dort erstochen hatte, lag zwar nahe, war jedoch abstrus. Wo sollte da ein Motiv sein? Dass dies die zentrale Frage war, lernte jeder Polizeischüler als Erstes.

»Ich bin gespannt.«

»Ich auch. Und ich habe eine Bitte.«

»Was denn?«

Ernst sah Annika sie an. »Ich möchte nicht, dass du heute Nacht alleine bist. Alles wirkt auf mich so merkwürdig, dass es mir keine Ruhe lässt. Und der Mord an der Verkäuferin macht mir zusätzlich Angst. Hast du jemand, der bei dir schlafen kann? Sonst komm mit zu uns.«

Wieder schwieg Ellie einige Zeit, dann nickte sie langsam. »Ich verstehe, was du meinst. Ich frage Olav. Wenn er nicht kann, dann komme ich auf dein Angebot zurück.«

Kapitel 18

Tjark hatte seinen Wagen kaum vor dem Ferienhaus gestoppt, da stürmte Fabian schon auf ihn zu. So aufgeregt hatte er sein ehemaliges Teammitglied bisher nur selten erlebt.

»Moin, Tjark. Danke, dass du so schnell kommst. Was ist mit der Polizei?«

»Ich bin ja da. Das reicht erst mal.«

Fabian blickte ihn verblüfft an. »Sagt wer?«

»Ich.« Tjark lächelte kurz. »Und Mikkel, das ist der leitende Kommissar, der gerade mit der Tochter des zweiten Opfers redet.«

»Mikkel? Du kennst den zuständigen Polizisten?«

»Jo. Er wohnt bei uns in der Ferienwohnung.«

»Bei euch in der Ferienwohnung?«

»Jo. Ich helfe ihm.«

»Du hilfst ihm bei dem Fall?«

»Jo. Willst du weiter alles wiederholen, was ich sage?«, zog Tjark Fabian auf.

Fabian funkelte ihn empört an. »Nee. Ich sortiere das nur gerade alles. Dann war es ja gut, dass die Frauen beschlossen haben, dass deine Wohnung nicht kindersicher genug ist. Ich ärgere mich da eigentlich immer noch drüber, obwohl das Haus hier auch ein Traum ist. Wobei ich mittlerweile bemerkt habe, dass wir es erstaunlich günstig bekommen haben!«

Betont unschuldig sah Tjark ihn an. Vermutlich ahnte Fabian, dass er ein paar Beziehungen hatte spielen lassen, doch das würde er ihm nicht beweisen können. Nach seinem

Abschied bei der Bundeswehr kam Fabians Familie zurecht, konnte aber keine großen Sprünge machen. »Ein Kumpel hat gefragt, ob wir beide bei ihm in die Firma einsteigen wollen. Denk mal drüber nach oder besser: besprich das mit Merle.« Tjark musterte das Haus, das Udo gehörte. »Ich könnte mir vorstellen, dass ihr dann hier wohnen bleiben könnt. Müsste man mal verhandeln.«

Fabian starrte ihn mit offenem Mund an. »Sag mal, geht's noch, Boss? Ich wollte nur, dass du mir einen Ansprechpartner bei der Polizei nennst. Stattdessen übernimmst du das selbst und stellst nebenbei noch unser Leben auf den Kopf. Manche Dinge ändern sich wohl echt nie. Komm erst mal rein. Merle hat heute Morgen gesagt, dass es ein Traum wäre, hier zu wohnen. Ich bin gespannt, was sie zu dem Angebot sagt.«

»Ich auch. Aber deswegen bin ich nicht hier.«

»Also manchmal könnte ich dich …«

Fabian wandte sich ruckartig ab und ging ins Haus. Grinsend folgte Tjark ihm.

Der kleine Tjark spielte vergnügt auf seiner Decke, während Merle am Tisch saß und die Hand einer gut aussehenden Frau hielt, die Tjark auf irgendein Alter zwischen fünfzig und sechzig schätzte. Merle sah ihn erleichtert an.

»Gut, dass du da bist. Das ist Katharina von Wotersen. Katharina, das ist Tjark Johanson. Er kennt alle und bekommt alles geregelt.« Den Namen erkannte er sofort. Das war also die Frau, die für Erics Begleitung bezahlt hatte. Eigentlich erstaunlich, dass eine so attraktive Frau zu solchen Arrangements griff.

Tjark kommentierte die Vorstellung mit einem Brummen und einem Nicken. Mehr wurde wohl auch nicht erwartet, denn Merle sprach bereits weiter. »Katharina wurde von einem Motorradfahrer auf dem Deich angegriffen. Zum Glück hat Fabian nichts von dem verlernt, was du ihm beigebracht hast, und konnte sie rechtzeitig zur Seite reißen.«

Fabian schnaubte empört, was Merle ignorierte. Tjark ahnte, dass sie lediglich für etwas Ablenkung sorgen wollte, denn Katharina war bei der Schilderung blass geworden.

Ehe Tjark etwas sagen konnte, hatte das Kind ihn entdeckt und krabbelte mit lautem Geschrei und seinem Teddy im Schlepptau auf ihn zu.

Fabian sah Katharina gequält an, während der Junge Tjark mit einem wahren Wortschwall überfiel. »So ist es immer. Wenn der große Tjark auftaucht, ist beim kleinen Tjark der Vater komplett abgemeldet.«

»Mimimi«, beschied Tjark ihm und ihr Geplänkel hatte Erfolg, denn Katharina lächelte erstmals. Er nahm das Kind samt Kuscheltier hoch und sah Fabian fragend an. »Hast du ein Kennzeichen? Eine Beschreibung? Irgendetwas, das weiterhelfen könnte?«

»Nee. Die Kiste hatte kein Kennzeichen. Das war eine kleine Motocross-Maschine, maximal eine 125er. Könnte eine umgebaute KTM gewesen sein, aber sicher bin ich nicht. Sie war schwarzgrau lackiert, enorm wendig und der Fahrer hatte einiges drauf. Wobei ich nicht mal sicher bin, dass es ein Fahrer war.«

Katharina bückte sich und hob den kleinen Teddy auf, den das Kind heruntergeworfen hatte.

Merle seufzte. »Das ist immer noch eines seiner Lieblingsspiele, dabei sollte er langsam aus dem Alter raus sein.«

Prompt warf der Junge den Teddy wieder runter und lachte dabei.

»Das macht nichts.« Katharina hob das Plüschtier erneut auf und ehe der Kleine es wieder werfen konnte, hielt Tjark ihn am Arm fest.

»Mit der Beschreibung bringt weder eine Fahndung noch eine Halterabfrage etwas. Habt ihr nicht ein wenig mehr für mich?« Auffordernd sah er Katharina an.

»Es war eine Frau. Ich habe sogar einen Verdacht, wer es gewesen sein könnte: Marlene Rahlsen aus dem Hotel, aber ich bin nicht sicher. Leider. Sie hat mir die Schuld an Erics Tod gegeben und behauptet, ich hätte ihn umgebracht.«

Schweigen folgte nach der Erklärung.

Fabian sah sie irritiert an. »Davon hast du bisher nichts gesagt.«

»Ich weiß. Es war so … so surreal. Ich musste erst einmal überlegen, ob es wirklich so war oder ob ich es mir eingebildet habe. Es ging alles so schnell. Dieses große Messer, dann deine tollkühne Rettungsaktion.«

Merle stand auf. »Darauf brauchen wir was Stärkeres als Wasser. Was meinst du mit ›aus dem Hotel‹. Ist sie da Gast?«

»Nein, sie arbeitet an der Rezeption.«

Fabian atmete scharf ein. »Wenn das so ist – oder halt, ich formuliere es anders: Wenn nur die geringste Möglichkeit besteht, dass es so sein könnte, kannst du nicht zurück ins Hotel. Die Frau hat bestimmt Zugriff auf so etwas wie einen Generalschlüssel.«

Tjark nickte nachdrücklich. Sein Freund hatte ausgesprochen, was er auch sofort überlegt hatte. »Ich halte es für denkbar, dass sie es war. Das wirft dann weitere Fragen auf, aber wir stehen ja noch am Anfang der Ermittlungen.«

»Wieso eigentlich wir? Bist du überhaupt von der Polizei?« Fragend sah Katharina ihn an.

Tjark nickte. »Jo. Ich helfe Mikkel.«

»Also Kommissar Tvorsen«, überlegte Katharina laut. »Dann ist ja alles gut.«

Merle kehrte mit einer Flasche und einem Gläserstapel zurück. »Wer möchte? Das ist ein Sanddornlikör. Sehr lecker und aus medizinischer Sicht absolut vertretbar.«

Tjark lehnte ab, während die anderen sich zuprosteten. Erstaunlicherweise blieb Merle stehen. Mit Nachdruck stellte sie ihr Glas ab. »So, ich beziehe dann oben mal die Betten im zweiten Schlafzimmer, damit Katharina heute Nacht hierbleiben kann. Und ihr beide holt ihr alles, was sie braucht, aus dem Hotelzimmer. Ums Essen kümmere ich mich, das reicht locker für eine Person mehr.«

»Das kann ich unmöglich annehmen. Außerdem möchte ich niemanden in Gefahr bringen! Ich kann doch auch nach Hamburg zurückfahren«, wehrte Katharina ab.

Das Kind streckte die Arme nach ihr aus. Tjark nutzte die Chance und reichte ihr den Jungen.

»Siehst du, du wirst als Babysitter gebraucht, damit die Eltern auch mal ein wenig Ruhe haben.« Tjark blickte sie durchdringend an, bis Katharina langsam nickte. Dann wandte er sich an Fabian. »Wir leihen uns im Revier eine Waffe für dich. Deinen Schein hast du doch hoffentlich dabei?«

»Klar, Boss. Und genau danach wollte ich dich fragen. Wer immer es auf Katharina abgesehen hat: An mir wird er nicht vorbeikommen.«

Merle hob die Schultern. »Ihr seid wirklich immer noch Adrenalinjunkies! Woher soll denn die Tussi, die es auf Katharina abgesehen hat, wissen, wo sie ist? Ich denke, sie ist auch ohne eure Spielzeuge hier sicher.« Seufzend sah sie Katharina an. »Sie waren bei der Bundeswehr. Bei einer dieser Truppen, die sich für sehr wichtig halten. Das bekommst du aus ihnen nicht mehr raus. Aber in einem gebe ich Fabi recht: Du bist hier absolut sicher und wir freuen uns, wenn du bleibst.«

Tjark war klug genug, die Diskussion nicht fortzusetzen. Am Ende würden er und Fabian eh das tun, was sie für erforderlich hielten. Und so ungern er es zugab, die Bezeichnung ›Adrenalinjunkie‹ war nicht völlig verkehrt, denn er brannte darauf, die Mörderin zu erwischen und vor allem zu überführen.

Kapitel 19

Rieke betrat viel später als geplant das Revier. Um diese Zeit hätte sie sonst schon am Strand in der Sonne gelegen oder zumindest in ihrem Garten auf einer Liege. Stattdessen hatte sie bis eben mit nervigen Touristen geredet und exakt nichts an neuen Informationen erhalten. Was für eine Zeitverschwendung! Niemand hatte Eric oder Marlene gesehen oder sonst etwas, das sie weiterbrachte. Im Gegenteil, man hatte versucht, sie auszufragen. Natürlich hatte sie nichts über ihre laufenden Ermittlungen erzählt, aber es hatte sie den letzten Nerv gekostet, nett zu sein.

Mikkel und sie hatten sich die Namen auf der Liste geteilt. Die Tür zu seinem Büro stand offen. Da war er schon mal nicht. Entweder war er noch nicht fertig oder genoss bereits den Feierabend. Letzterer Gedanke gefiel ihr nicht. Wenn sie noch im Dienst war, sollte er es auch sein! Schließlich hatte er ihr den Job als Revierleiter weggeschnappt.

Mit sehr viel Verspätung fiel ihr auf, dass Sönke sie angesprochen hatte und auf eine Antwort wartete. »Sorry, ich war gerade in Gedanken. Was hast du gesagt?«

»Der Chef hat sich sein Notebook geschnappt und liest sich die Berichte heute Abend zu Hause durch. Es ist alles da.«

»Sein Notebook?«

»Ja, deins steht auf deinem Schreibtisch.«

Automatisch sah Rieke zu dem Büro hinüber, das bis vor Kurzem noch ihr gehört hatte.

Sönke grinste breit. »Nee, ich meine deinen neuen Arbeitsplatz. Es gibt auch noch ein drittes Gerät, das wir bei Bedarf verwenden können. Ich habe mir das schon mal durchgelesen.« Er zuckte mit der Schulter. »War ja sonst nichts los hier.«

Rieke hatte noch genug mit der Vorstellung zu tun, dass sie plötzlich Notebooks hatten. Offenbar war die Zukunft in ihrer kleinen Stadt eingetroffen, denn bisher hatten sie sich mit altersschwachen PCs begnügen müssen. Sie war zwar noch lange nicht mit dem Verlust ihres Büros und des angestrebten Jobs versöhnt, aber dennoch wusste sie Mikkels Einfluss zu schätzen.

»Und?«, fragte sie schließlich, da Sönke von alleine wohl nicht mehr weitersprechen würde.

»Er wurde im Schlaf abgemurkst. Keine Überraschung, keine Abwehr, nichts. Und anschließend hat man ihm das Laken unterm Hintern weggezogen. Aber das haben wir ja nun wiedergefunden und das ganze Zeug ist auf dem Weg nach Heide.«

»So lautet das Urteil der Experten?«

»Nee, das ist meine Meinung. Nachdem ich mich durch das ganze überflüssige Geschwafel gelesen habe.«

»Hm. Klingt plausibel. Dummerweise habe ich niemanden gefunden, der gesehen hat, mit wem Eric dort war.«

Hinter Rieke flog die Tür auf und Tobi stürzte in den Wachraum. »Ich habe einen Zeugen! Also eigentlich eine Zeugin. Sie hat Marlene eindeutig identifiziert. Sie kennt sie nämlich aus dem Hotel und hatte sich noch gewundert, dass die sonst so kühle und strenge Rezeptionistin so albern wirkte.«

Sönke schlug Tobi so stark auf die Schulter, dass sein Kollege in die Knie ging und keuchte. »Gut gemacht, Kleiner.«

»Du kannst mich mal, von wegen Kleiner … Ich hatte mir gedacht, ich schaue mich mal zu der Zeit an der Lagune um, zu der die Schlafstrandkörbe bezogen werden. Und siehe da. Eine Familie ist jeden Abend zu dieser Zeit da und hat Marlene und Eric gesehen. Die Frau hat ihrem Mann noch von dem Ding vorgeschwärmt, war aber auf taube Ohren gestoßen. Unter anderem, weil der Urlauber meinte, dass da ja jeder reingucken könnte und dass das was für Spanner wäre. Das stimmt aber nicht so ganz, man kann da so eine Art Vorhang zuziehen. Ist ja auch egal. Jedenfalls waren die beiden total verliebt und verschmust und sollen so richtig glücklich gewirkt haben. Also Marlene und Eric, nicht die Urlauber. Auch als sie sich in den Korb zurückgezogen haben, war noch Friede, Freude … Wie geht der Spruch noch weiter?«

»Ist egal«, wehrte Rieke ab. »Hast du das schon zu Protokoll genommen?«

»Nee, morgen um neun kommen sie vorbei. Ich habe dem Lütten eine Besichtigung des Streifenwagens versprochen.«

Wie passte das nur zusammen? Die Antwort würde sie kaum hier finden. Rieke ging zu ihrem Schreibtisch und entdeckte das Notebook. Auf einer gelben Haftnotiz stand: »Einschalten, Anmelden, Fall lösen. Gruß Mikkel.«

»Sehr witzig«, kommentierte sie den Anblick, fand die Nachricht aber auch irgendwie nett.

Sie schnappte sich das Gerät. »Ich fahre nach Hause und denke da über den Fall nach.«

Sönke tippte auf den Monitor vor sich. »Mach das mal. Es gibt hier in der Fallakte einige Neuigkeiten. Du wirst staunen.«

Mühsam verkniff sie sich eine Nachfrage und einen Kommentar über Sönkes Arbeitseifer. So kannte sie ihn gar nicht. Und auch Tobi hatte jede Menge Eigeninitiative bewiesen, die sie ihm nicht zugetraut hatte. Darüber sollte sie auch nachdenken. Aber das konnte sie ebenfalls zu Hause tun.

Zwanzig Minuten später stoppte Rieke ihren Wagen vor dem alten Bauernhaus. Der Wagen ihrer Mutter war nirgends zu sehen, dafür standen zwei Fahrzeuge mit auswärtigen Kennzeichen auf dem kleinen Sandplatz. Seufzend sah sie zu der Scheune hinüber, die sie so umgebaut hatten, dass dort drei Ferienwohnungen Platz hatten. Zwei waren belegt, die dritte stand leer, weil die Gäste in letzter Sekunde abgesagt hatten. Das hätte Mikkels Unterkunft werden können, aber er war ja auch ohne ihre Hilfe anderweitig fündig geworden. Irgendwie ärgerte sie das.

Nun musste sie hoffen, dass keiner der Touristen mit irgendwelchen Fragen zu ihr kam. Ihre Mutter neigte leider dazu, einfach zu verschwinden und sämtliche Erledigungen bei Rieke abzuladen. Bisher hatte sie dies neben ihrem Job so halbwegs geschafft, doch es würde kaum funktionieren, wenn sie anfing, Überstunden zu machen und genau das drohte ihr.

Mit dem Notebook unterm Arm, einem großen Glas Eistee und einer Tüte Chips in der Hand machte sie es sich unter einer Weide auf ihrer Lieblingsliege bequem. Kein Gast hatte sie angesprochen, damit konnte sie in Ruhe in der Fallakte lesen. Sie kam keine zwei Absätze weit, da hörte sie sich nähernde Schritte. Seufzend blickte sie auf und lächelte dann. Kein nerviger Gast, sondern Konrad, ihr ehemaliger Vorgesetzter, kam auf sie zu und schob einen Stuhl neben ihre

Liege.

»Wenn der Berg nicht zum Propheten kommt – oder so ähnlich«, begrüßte er sie.

Sofort meldete sich Riekes schlechtes Gewissen. Sie hätte ihn wirklich informieren können. »Entschuldige, wir hatten richtig viel zu tun.«

»Das dachte ich mir und nach Feierabend sieht das auch nicht aus.«

»Nee, ist es auch nicht. Gib mir ein paar Minuten, dann bekommst du den letzten Stand. Hol dir doch ein Bier.« Sie betrachtete ihr leeres Glas. »Oder besser gleich zwei.«

»Mach ich.«

Kapitel 20

Als Konrad zurückkehrte, hatte Rieke sämtliche neuen Informationen überflogen und konnte ihr Staunen nicht verbergen. Sowohl Annika als auch Tjark hatten kurz und knapp festgehalten, was sie erfahren hatten oder was passiert war. Mikkel hatte lediglich die Namen der Personen notiert, mit denen er geredet hatte. Wie sie selbst hatte er keinen Erfolg gehabt, aber auch solche Routinetätigkeiten gehörten nun mal zu ihrem Job und immerhin hatte Tobi eine Zeugin gefunden. Außerdem hatte Heiko in der Nähe von Erics Wohnung dessen Bus gefunden. Der Camper war bereits von den Kollegen in Heide abgeschleppt und geöffnet worden. Doch die Kollegen hatten keine verwertbaren Spuren entdeckt. Sie hatte nicht damit gerechnet, dass bereits so viel passiert oder eher unternommen worden war.

Rieke prostete Konrad zu und fasste für ihn alles, was sie bisher wussten, so knapp wie möglich zusammen. Je mehr sie erzählte, desto fassungsloser wurde seine Miene. Als sie bei dem Angriff mit dem Motorrad auf Frau von Wotersen angelangt war, schüttelte er den Kopf.

»Die kleine Marlene«, wiederholte Konrad nachdenklich, als Rieke schließlich fertig war. »Na, das ist ja was. Kaum bin ich weg …« Er zuckte mit der Schulter und grinste, doch Rieke kannte ihn zu gut. Es schmerzte ihn, dass ausgerechnet so kurz nach seiner offiziellen Pensionierung ein derart großer Fall in ihrer Zuständigkeit landete.

»Weißt du denn was über Marlene und ihre Mutter? Irgendeinen Klatsch oder so? Ich kann das alles so gar nicht richtig einordnen. Wir haben zwar ganz allmählich ein Bild von dem Abend, aber weder Motiv noch echte Indizien.«

Konrad schwieg geraume Zeit und fummelte am Etikett der Bierflasche herum. »Die Britt ist schon manchmal so'n bisschen komisch. Die meisten haben's darauf geschoben, dass ihr Macker abgehauen ist und sie mit der Lütten alleine gelassen hat.«

»Macker?«, wiederholte Rieke das ungewohnte Wort.

»Jo. Niemand wusste so recht, ob sie nun verheiratet war oder eine Affäre hatte. Nicht mal der Dorfklatsch hat das jemals rausgefunden. Leicht hatte sie es ja nicht gerade, aber sie hat sich gut behauptet. Die Kleine war immer ordentlich gekleidet, sehr wohlerzogen und es hat ihr an nichts gemangelt. Für meinen Geschmack hat Britt die Zügel oft zu eng angezogen, aber das ist vielleicht so, wenn der Mann im Haus fehlt. Weißt du denn noch, wieso eure Freundschaft abgekühlt ist?«

»Nur, dass Marlene plötzlich andere Interessen hatte und alles doof fand, was ich mochte.«

»Nun, das passt auch auf Britt. Sie hat ihre Nase schon sehr hoch getragen und so manchem hat sie das Gefühl gegeben, dass sie was Besseres wäre und der andere unter ihrer Würde. Aber das ist nur so'n Gesabbel. Ich bin mit ihr immer ausgekommen.«

»Du hattest ja auch einen respektablen Beruf und niemand möchte es sich mit einem Polizisten verderben. Könntest du dir vorstellen, dass sie oder ihre Tochter oder beide zusammen erst Eric und dann die arme Verkäuferin umgebracht haben?«

»Nee.«

Eine Zeit lang schwiegen sie beide. Rieke hätte jede Wette gehalten, dass Konrad sämtliche Fakten im Kopf hin- und her wälzte.

Schließlich seufzte er. »Ich höre mich mal um, was man so über die beiden erzählt.«

»Aber pass gut auf dich auf!«

Empört sah er sie an. »Erlaube mal, ich war schon Polizist, als du noch mit deinem Rutscheauto gespielt hast!«

»Es heißt Bobbycar, und du hattest es in deiner ganzen Laufbahn nicht mit einem Serienkiller zu tun!«

Das wirkte. Konrad lehnte sich nachdenklich zurück. »Es muss doch herauszufinden sein, ob Marlene oder Britt zu den Tatzeiten der anderen Morde auf Sylt oder Fehmarn gewesen sind.«

Rieke nickte. »Das habe ich mir auch überlegt. Aber noch mal: keine gefährlichen Alleingänge!«

Konrad sah sie ruhig an. »Übertreib es mal nicht, denn soweit ich weiß, fehlt dir auch jede Erfahrung mit solchen Kapitalverbrechen.«

Mühelos hörte sie aus der Feststellung das raus, was er nicht ansprach. »Und mein neuer Chef hat sie?«

Konrad verzog den Mund. »Ich denke schon. Viel habe ich nicht über ihn rausgefunden, aber ich habe den Verdacht, dass er bei den oberen Chargen einen Stein im Brett hat.«

»Das hat er definitiv.« Rieke tippte auf das Notebook. »Innerhalb eines Tages sind drei Stück davon eingetroffen und innerhalb weniger Stunden haben wir einen hochmodernen Besprechungsraum hingestellt bekommen.«

Konrad pfiff leise. »Und wie geht's dir mit ihm?«

»Weiß ich noch nicht. Er bringt frischen Wind rein, alle sind hoch motiviert, aber …« Sie hob die Hände und ließ sie wieder fallen. »Ich weiß es wirklich nicht«, wiederholte sie.

Lächelnd prostete er ihr zu. »Ich kann mir gut vorstellen, dass du diesen frischen Wind gerne reingebracht hättest, aber mal ehrlich: Hättest du das getan?«

Ein lautes Motorengeräusch ersparte ihr die Antwort. Zunächst dachte sie an einen der Gäste, der zurückkehrte, dann knallte etwas dumpf.

Sie sprang auf und rannte ums Haus herum zum Parkplatz. Eine Geländemaschine jagte die Straße entlang. Spontan wollte Rieke dem Motorrad folgen, aber da bog der Fahrer bereits auf einen Acker ab und entfernte sich querfeldein. Damit hatte sie ohne Luftunterstützung keine Chance, ihn oder sie einzuholen.

Neben ihr pfiff Konrad laut. »Schöne Schweinerei.«

Sie folgte seinem Blick und fluchte. Ein schwerer Stein hatte die Scheibe in der Haustür zerstört.

Natürlich kamen nun auch noch die Feriengäste aus den Wohnungen und sahen sich neugierig um.

Rieke bemühte sich um ein entschuldigendes Lächeln. »Beim Anfahren ist ein Stein hochgewirbelt worden und hat die Scheibe getroffen. Keine große Sache. Tut mir leid, dass es so laut geworden ist.«

Konrad nickte ihr anerkennend zu. »Ich hole mal ein Stück Holz. Morgen reparieren wir es dann ordentlich.« Unschlüssig nickte Rieke. Konrad zwinkerte ihr zu. »Vielleicht spendierst du deinen Gästen auf den Schreck einen von Marthas Apfelschnäpsen. Ich würde auch einen nehmen.«

Rieke atmete tief durch. »Klar, lieben Dank!«

Ein junger Mann half Konrad beim Befestigen einer Spanplatte, während Rieke sich mit seiner Frau und der zweiten Familie unterhielt. Als Martha, ihre Mutter, eintraf, war Konrad gerade fertig. Ihre Mutter kommentierte die Erklärung mit einem leisen Ausruf und eilte in die Küche, um Kekse und Pizzastangen zu holen und anschließend die Gäste in den Garten zu scheuchen. Wenig später wurden noch Stühle und Tische herbeigeschafft und es entwickelte sich ein spontanes, improvisiertes Abendessen, zu dem jeder etwas beisteuerte. Wieder einmal beobachtete Rieke, dass Konrad und ihre Mutter sich verstohlene Blicke zuwarfen. Ob sie es noch erleben würde, dass die beiden sich endlich ihre gegenseitige Zuneigung eingestanden? Als ihr Blick zufällig aufs Notebook fiel, das ihre Mutter mit einer hochgezogenen Augenbraue auf dem ausgetrockneten Vogelbad abgestellt hatte, entschuldigte sie sich kurz.

In der Küche fügte sie einen kurzen Bericht über die zerstörte Haustür zur Fallakte hinzu.

Kaum war sie wieder draußen, vibrierte ihr Handy. »Bist du in Ordnung?«, erkundigte sich Mikkel per WhatsApp.

»Ja, klar. Nur sauer, dass ich keine Chance hatte, den Fahrer einzuholen.«

»Verstehe ich. Wenn was ist, egal was und wie spät, melde dich. Und geh keine Risiken ein. Mir gefällt das nicht.«

»Mir auch nicht. Pass selbst auch auf.«

»Ich glaube nicht, dass jemand weiß, wo ich wohne.«

Das »im Gegensatz zu dir« musste er nicht schreiben. »Verstanden. Dann ist Tjarks Haustür ja sicher. Bis morgen.«

Der lachende Smiley, den sie noch bekam, gefiel ihr.

Irgendwie hatte ihr Chef was – trotzdem nervte er manchmal und sie hätte zu gerne die Ermittlungen geleitet, selbst wenn er tatsächlich kompetenter sein sollte.

Kapitel 21

Mikkel hatte es in der Wohnung oder auf der kleinen Terrasse nicht ausgehalten und es sich mit einer Dose Bier und einem belegten Brot auf der Bank bequem gemacht, die sich zwischen Haus und Meer auf dem Deich befand. Von hier aus hatte er freie Sicht auf den menschenleeren Strand und die Wellen, die mittlerweile recht ordentlich waren. So mochte er die Nordsee: wild und mit Sandstrand, dafür aber ohne Menschenmassen. In Büsum gefielen ihm die alten Häuser und auch mit dem Hafen konnte er sich anfreunden, doch der Rest war ihm einfach zu künstlich. Weder den Rasen als Strand noch die Betoneinfassungen mochte er, doch solange es den Touristen gefiel, die ausreichend Geld in die Gemeindekasse brachten, sollte es ihm recht sein. Ändern konnte er es sowieso nicht.

Während er auf dem Brot herumkaute, das viel zu trocken war, dachte er über die Fakten nach, die sie bisher gesammelt hatten. Als Polizist musste er immer den Königsweg zwischen Bauchgefühl und Fakten finden, doch das war in diesem Fall fast unmöglich. Es gab einige Fragen in Verbindung mit dem Verhalten von Britt Rahlsen. Doch als Mörderin von Eric sah er sie nicht. Wie sollte das auch funktionieren? Die Mutter bat die Tochter, mal kurz den Schlafstrandkorb zu verlassen, damit sie ihrem Lover den Hals durchschneiden konnte? Oder hatte er es doch mit einem wahnsinnigen Mutter-Tochter-Gespann zu tun, das mordend durch die Gegend zog? Dann würde aber der Angriff auf Katharina von Wotersen keinen Sinn ergeben, denn da vermutete er Marlene als Täterin, auch wenn er das nicht beweisen konnte. Mist. Er kam einfach nicht weiter. Weitere Verdächtige waren weit und breit nicht in Sicht. Und jetzt? Scheitern kam nicht infrage. Er würde diesen Fall lösen und hier seine Zukunft beginnen. An seiner Entschlossenheit hatte sich nichts geändert. Ein lautes Räuspern riss ihn aus den Gedanken. Er schrak so heftig zusammen, dass er automatisch zu seinem Gürtelholster griff, um seine Waffe zu ziehen – die lag allerdings ganz oben auf dem Kleiderschrank in der Ferienwohnung.

Tjark sah ihn beinahe mitfühlend an und setzte sich mit einem undefinierbaren Brummen neben ihn.

Mikkel hatte das dumme Gefühl, dass er gerade rot anlief. »Entschuldige. Ich war abgelenkt.«

Tjarks Brummen wurde lauter. Mikkel rechnete nicht mehr mit einem Kommentar und atmete innerlich auf.

»Ich kenne das. Komm drüber hinweg«, sagte Tjark dann doch noch.

»Ich arbeite dran. Eigentlich bin ich deswegen in diese harmlose, ruhige Gegend gekommen.«

Tjark gab einen Laut von sich, der irgendwo zwischen Schnauben und Lachen lag, dennoch fühlte sich Mikkel verstanden.

Eine Zeit lang sahen sie schweigend aufs Meer hinaus. Dann blickte Mikkel ihn fragend an. »Du siehst aus, als ob du aus einem bestimmten Grund hergekommen bist.«

»Jo, es gibt da was, was ich nicht in die Akte geschrieben habe.« Tjark schilderte ihm die Einrichtung des Schlafzimmers und des Raumes, der eher für einen Teenager geeignet war, denn für eine Frau in Marlenes Alter.

Mikkel packte das Brot weg. Der Appetit war ihm vergangen. »Das ist ja gruselig!«

»Jo. Ich habe schon einiges gesehen, hatte da aber echt eine Gänsehaut. Meinst du, die Alte hat echt …« Tjark verzog den Mund. »Also einen Schaden hat sie. Aber ich weiß nicht, wie groß der ist. Oder ob doch beide zusammen …?«

Nachdem er einen Schluck Bier getrunken hatte, stellte Mikkel die Dose auf den Boden. »Das würde nicht zu Marlenes Angriff auf die Klientin von Eric passen.«

»Klientin. Das ist nett ausgedrückt. Du meinst also, dass Marlene die Motorradfahrerin war?«

»Ja. Aber das können wir nicht beweisen. Übrigens hat sie bei Rieke die Haustür eingeworfen.«

»Nicht dein Ernst!«

»Doch. Leider. Und nun erklär mir mal, wie das zusammenpasst: Die Mutter killt den Liebhaber ihrer Tochter und die greift alle möglichen Leute an? Aber wieso Rieke? Und mal ehrlich: Eine Scheibe einwerfen, ist doch Kinderkram.«

»Stimmt. Aber waren sie nicht mal Freunde? Als Kinder?«

Mikkel stutzte. »Du meinst, das wäre der Auslöser? Dass sich Marlene irgendwie von Rieke verraten fühlt? Das würde ja heißen, dass sie ihr eine Mitschuld an Erics Tod gibt.«

»Ja, irgendwie so. Was ist mit den anderen Morden?«

»Wir bekommen morgen die Handyauswertungen, die Anmeldungen von Hotelgästen und alles andere, aber davon verspreche ich mir nichts. Darauf wären schon andere gestoßen. Es gibt ja richtige Teams, die sich um solche Verbindungen kümmern. Alles, was die gefunden haben, war das Telefonat in Büsum.«

Tjark atmete tief durch. »Schöner Schiet.«

Mikkel nickte. »Ja, es passt nichts zueinander und viel schlimmer: Es gibt keine weiteren Verdächtigen. Nirgends. Wir haben nur diese beiden. Jedenfalls wenn Annika richtig liegt und Ellie ausscheidet, aber danach sieht es aus.«

Tjark lehnte sich zurück. »Wenn uns in Afghanistan Dinge fehlten, haben wir uns mit dem begnügt, das wir hatten.«

Mikkel ließ die Worte auf sich einwirken. »Ich nehme mir morgen Britt Rahlsen vor. Vielleicht sind wir dann schlauer.«

»Wieso nicht Marlene? Wenn eine Zeugin sie und Eric gesehen hat, habt ihr doch was gegen sie in der Hand. Das macht sie dringend tatverdächtig.«

Die Frage war berechtigt. Mikkel verzog den Mund zu einem schiefen Grinsen. »Stimmt. Aber da sind die Angriffe mit dem Motorrad, die sie in gewisser Weise entlasten.«

»Entlasten?«, wiederholte Tjark verblüfft. »Tust du das nicht ein wenig zu locker ab? Ohne Fabians Eingreifen hätte Katharina von Wotersen tot sein können!«

Großartig, nun fühlte sich Mikkel wie ein Schuljunge zurechtgewiesen. Er musste jedoch zugeben, dass Tjark recht hatte. Allerdings lag das auch daran, dass er sich zu ungenau ausgedrückt hatte. »Ich habe das nicht vergessen und will den Strang auch weiter verfolgen. Im Moment fehlt mir jedoch ein vernünftiger Ansatz, dem Angriff nachzugehen. Ich habe lediglich zwei Zeugenaussagen oder mit Rickes sind es dann drei. Aber wie soll ich damit Marlene aus dem Verkehr ziehen? Jeder Staatsanwalt würde mich auslachen und ganz bestimmt keinen Durchsuchungsbeschluss beantragen. Mein Gefühl sagt mir, dass sie nicht die Mörderin von Eric ist. Aber natürlich müssen wir dafür sorgen, dass sie aufhört, Leute anzugreifen.«

Tjark sagte nichts, drückte seine Bedenken jedoch mit einem Heben seiner Augenbraue überdeutlich aus.

Mikkel lenkte ein. »Ich denke noch mal drüber nach, was wir mit Marlene machen. Aber erst einmal will ich Britt mit ihren Lügen konfrontieren.«

»Gut, und vergiss nicht die Verbindung nach Fehmarn und Sylt. Da lohnt es sich, nachzuhaken. Ich gehe damit morgen auch mal los.«

»Das gefällt mir. Du warst ja schon mit Rasmus bei der Identifizierung von Britt erfolgreich«, stimmte Mikkel zu.

Tjark stand auf. »Dann haben wir einen Plan. Jetzt komm mal mit. Jakob hat den Grill angeheizt und Annika und Silvia haben ein paar Salate gemacht. Später können wir noch in die Wellen springen. Die Brandung wird noch höher. Über dein dröges Zeug freuen sich die Möwen.«

Als ob er Tjarks Worte bestätigen wollte, landete einer von den respekteinflößenden Riesenvögeln neben der Bank und sah betont unauffällig zu dem Brot. Mikkel warf ihm den Rest zu. Das gefiel ihm wesentlich besser, als alleine herumzusitzen und zu grübeln. »Danke«, sagte er schlicht und suchte seine Sachen zusammen.

Tjark brummte mal wieder und damit war alles gesagt.

Kapitel 22

Die Diskussion, die am frühen Morgen im Besprechungsraum zwischen Mikkel, Rieke, den anderen Polizisten sowie Tjark und Annika entbrannte, grenzte an einen Streit. Im Prinzip gab es zwei Lager: Einmal die, die Mikkels Linie unterstützten, und sich auf die Vernehmung von Britt konzentrieren wollten, und einmal diejenigen, die den Fokus auf Marlene setzen wollten. Sämtliche polizeiliche Regeln gaben ihnen recht, dass die Tochter als tatverdächtig in Bezug auf Eric galt und natürlich waren da noch die Angriffe mit dem Motorrad, die sie ihr jedoch nicht nachweisen konnten.

Schließlich reichte es Mikkel und er klatschte laut in die Hände. Offenbar wurde das als Beifall und nicht als Bitte um Ruhe aufgefasst. Tjark grinste und pfiff schrill. Das hatte Erfolg.

»Ihr habt alle recht!«, begann Mikkel.

»Und ich weiß, wie wir beides kombinieren«, unterbrach Rieke ihn. »Du nimmst dir Britt Rahlsen vor und lässt durchschimmern, dass sie nur gelogen hat, um ihre Tochter zu schützen, was aber umsonst war, weil wir nun Marlene verdächtigen.«

Schweigen breitete sich aus.

Annika nickte erst langsam, dann heftiger. »Sehr guter Ansatz. Wenn wir uns auf die Fakten konzentrieren, ist es doch so, dass wir wissen, dass Britt Rahlsen zur Tatzeit am Tatort war. Ich meine jetzt die Bäckerei. Das ist doch viel konkreter als die Aussage, dass Eric und Marlene in die Kiste, ähm, den

Strandkorb gesprungen sind. Laut Obduktionsbefund war die Tatzeit viel später. Ob Marlene dann noch da war, wissen wir ja nicht.«

Sönke, der sich bisher eher auf Marlene eingeschossen hatte, fluchte leise. »Das stimmt, Annika. So habe ich das noch gar nicht gesehen. Dann machen wir es so, wie Mikkel es vorhatte, allerdings mit der netten Ergänzung, die Rieke ins Spiel gebracht hat.«

»Jo«, stimmte Tjark zu und sah Mikkel fragend an.

Sichtlich unsicher blickten nun auch Tobi, Heiko und Sönke ihn an, nur Rieke sah betont auf den Fußboden.

Mikkel prostete den Polizisten zu. »Deshalb schätze ich bei solchen Ermittlungen eine echte Teamarbeit. Nur gemeinsam kommt man ans Ziel. Eure Impulse waren sehr wertvoll. Genau so machen wir es. Dann legen wir jetzt mal los. Und bitte überlegt noch mal, wie wir auf Verbindungen nach Fehmarn oder Sylt stoßen können. Und wie wir eine Verbindung zwischen Marlene und dem Motorrad herstellen können.«

Heiko reckte sich. »Es ist zwar ein Scheißjob, aber ich fordere mal sämtliche Owis und Bußgelder von den beiden Inseln an. Vielleicht plus eine Woche vor und nach den Taten. Ist zwar vage, aber wer weiß … So'n Parkticket ist schon manchem zum Verhängnis geworden.«

Annika verdrehte die Augen. »Ist das immer noch nicht vernetzt und digitalisiert? Da war man schon dran, als ich noch beim BKA war. Saftladen! Aber verdammt gute Idee.«

Heiko schmunzelte und nickte.

Tobi sah aus dem Fenster und seufzte. »Die alte Frau Landruh ist auf dem Weg. Ich öffne dann mal unser betreutes

Nachbarschaftshilfemodell.« Er nickte Heiko zu. »Ich glaube nicht, dass heute übermäßig viel los ist. Ich kann dir helfen«, bot er noch an, ehe er den Raum verließ.

Sönke gähnte. »Ich denke, es reicht, wenn ich zwei, drei Runden durch die Gemeinde fahre. Was soll schon groß sein? Ich verteile ein paar Ermahnungen oder alarmiere, wenn's ganz schlimm ist, den Abschleppdienst und komme dann auch zurück.«

Rieke stand ebenfalls auf. »Jo, die Sache mit den Feuerwehrzufahrten müssen wir trotz der Morde noch im Auge behalten. Nicht auszudenken, wenn da was passiert.«

Schuldbewusst dachte Mikkel an die Routinetätigkeiten, die er aus dem Blick verloren hatte. Sofort kam ihm ein anderer Gedanke. »Über die Überstunden, weil ihr ja teilweise Doppelschichten schiebt, reden wir natürlich noch.«

Sönke winkte ab. »Machen wir im Winter klar, Chef. Nun müssen wir erst mal 'nen Mörder fangen.«

Mikkel trank seinen Kaffee aus und erhob sich. »Es ist beeindruckend, wie ihr den Laden im Griff habt. Kompliment.«

Rieke grinste spöttisch. »Tja, da fragt man sich, ob man überhaupt einen Vorgesetzten braucht.«

Sönke rollte mit den Augen und legte Rieke einen Arm um die Schultern. »Für den Kleinkram nicht, aber für die großen Fische, nach denen wir neuerdings die Angel auswerfen, ist Mikkel unverzichtbar.«

Die Botschaft kam bei Rieke an. »Sorry, war nicht so gemeint, war 'ne kurze Nacht. Ich habe immer wieder überlegt, ob wir etwas übersehen.«

Einladend deutete Mikkel auf einen der Stühle. »Dann geh noch mal alles in Ruhe durch. Angefangen von dem merkwürdigen Gefühl, das du beim Treffen mit Marlene im Hotel hattest.«

»Stimmt. Das hatte ich ja ganz vergessen.«

Er sah Rieke die Verärgerung deutlich an, verzichtete aber darauf, nachzulegen, obwohl er sie schon vor Ort extra darauf hingewiesen hatte, sich dies zu merken und zu notieren. »Nimm dir die Zeit. Und überleg, warum sie dir eine Mitschuld an Erics Tod geben könnte. Geh dabei zurück bis in eure Kindheit. Vielleicht fällt dir da noch was ein.«

Tjark brummte zustimmend. »Und vergiss nicht die merkwürdige Zimmereinrichtung!«

»Die gab's früher nicht«, erwiderte Rieke und starrte bereits nachdenklich aus dem Fenster.

»Ich sag dir Bescheid, wenn Britt Rahlsen hier ist. Bei der Vernehmung solltest du dabei sein.«

Annika hob eine Hand. »Ich bitte auch.«

Rieke funkelte sie an. »Warum?«

Gelassen erwiderte Annika den verärgerten Blick. »Weil ich viel Erfahrung darin habe, die Körpersprache von anderen Menschen zu entschlüsseln. Das könnte uns helfen.«

»Das bekommen wir hin«, versprach Mikkel. »Eins noch. Tobi, fahr doch bitte mal kurz bei Ellie vorbei. Rede mal mit ihr und vergewissere dich, dass alles in Ordnung ist. Wenn es sich ergibt, lass dir ruhig mal die alten Zündkerzen zeigen. Und wenn ihr Freund da ist, dann frag den mal, ob ihm was zu der Motocross-Maschine ohne Straßenzulassung einfällt.«

Rieke hob die Hände. »Ernsthaft? Ich dachte, wir wären

uns einig, dass sie mit dem Mord nichts zu tun hat.«

Mikkel unterdrückte mit Mühe eine ungeduldige Antwort. »Ich bin sicher, dass sie mit dem Mord an der Verkäuferin nichts zu tun hat. Und ich bin sicher, dass Britt Rahlsen sie absichtlich beschuldigt hat. Aber was Eric angeht … Wir haben mit ihr immerhin eine Ex-Freundin, die ihn noch geliebt hat. Was haben wir denn sonst noch? Ein verdächtiges Mutter-Tochter-Gespann, ansonsten hat jeder Eric gemocht, es gab keine Streitereien, nichts.« Er tippte an die Wand. »So viele Namen und keiner hat uns weitergebracht. Da wäre es fahrlässig, Ellie zu schnell komplett zu streichen.«

Es sprach für Rieke, dass sie sofort nickte. »Du hast recht, da war ich zu voreilig. Aber mir ist noch was eingefallen. Du meintest doch eben, dass die Kiste, die vermutlich Marlene gefahren hat, keine Straßenzulassung hat. Was ist, wenn sie das doch hat?«

Nun hatte sie ihn abgehängt. »Wie meinst du das?«

Die Antwort übernahm Tjark. »Sie meint, dass jemand das Kennzeichen einfach abgeschraubt hat.«

Heiko sprang sofort auf die Idee an. »Na, dann beginne ich mit einer Abfrage aller möglichen Fahrzeuge aus dem Kreis. Kann dein Kumpel das Motorrad noch ein wenig genauer beschreiben?« Fragend sah er Tjark an.

»Jo. Ich aber auch. Lass uns die Abfrage mal gemeinsam machen.«

»Na dann. Legen wir los.«

Kapitel 23

Eine Stunde später waren sie gut beschäftigt. Rieke hatte sich mit einem Schreibblock ins Besprechungszimmer zurückgezogen. Mikkel hatte sie nicht gefragt, was sie vorhatte, sondern würde abwarten. Die Tür zu seinem Büro stand weit offen. Leider hatte seine Aufgabe bisher lediglich darin bestanden, Nachfragen von Carl, besorgten Politikern und der Presse abzuwimmeln, sodass er die eigentliche Recherchearbeit seinen Kollegen überlassen hatte. Immerhin hatten sie bereits eine Liste mit fünfzig Motorrädern aus dem Kreis, die theoretisch als das Fahrzeug von Marlene infrage kämen. Annika war dabei, die einzelnen Maschinen durchzugehen, während Tjark bereits in Büsum unterwegs war, um sich über Britt Rahlsen und vor allem über mögliche Verbindungen nach Fehmarn umzuhören. Mittlerweile ahnte Mikkel, dass dies in erster Linie hieß, mit Rasmus zu reden, doch das war ihm nur recht.

Mikkel sah auf die Uhr. In zehn Minuten würde Britt Rahlsen erscheinen, sofern sie pünktlich war. Sie hatte versucht, ihn bei ihrem Telefonat abzuwimmeln, sodass er ihr die Wahl gelassen hatte, freiwillig vorbeizukommen oder offiziell als Zeugin vorgeladen zu werden. Das hatte gewirkt.

Annika schlug mit der flachen Hand auf den Schreibtisch. »Ich glaube, ich habe was. Und damit haben wir …« Sie brach mitten im Satz ab, weil ein Mann das Revier betrat. Heiko sah von seinem Schreibtisch aus hoch, seufzte laut, erhob sich und ging zum Tresen.

»Sag mir bitte, dass du hier bist, um dein Rad als gestohlen zu melden«, begrüßte er den Neuankömmling.

»Natürlich nicht«, erwiderte der Unbekannte, dessen Haare ihm bis auf die Schultern fielen. Die Farbe lag irgendwo zwischen blond und grau und sein Alter war schwierig einzuschätzen. Vielleicht Mitte vierzig, eventuell auch schon ein paar Jahre älter. Mit den Sandalen, der engen, ausgeblichenen Jeans und dem verwaschenen Hemd mit einem Blumenmuster in Blautönen war er zumindest interessant gekleidet. »Muss ich dich über die Pressefreiheit informieren oder können wir auch so miteinander reden?«

Heiko sah Hilfe suchend zu Mikkel hinüber. Innerlich vor sich hin fluchend trat Mikkel an den Tresen. »Sie sind von der Presse?«

»Ja.«

»Dann hätte ich gerne Ihren Ausweis gesehen.«

»Warum ist der Ausweis wichtig? Ich kann mich auch als besorgter Bürger an Sie wenden!« Trotz seiner Worte zog er einen Ausweis in Scheckkartengröße aus seiner Hosentasche, den Mikkel sofort erkannte. Also handelte es sich tatsächlich um einen hauptberuflichen Journalisten.

»Lass stecken, Hansi. Du weißt, dass der offizielle Weg über die Pressestelle geht. Mikkel, das ist Hansi Ehrwig aus Heide. Er hat so eine Art Onlinezeitung auf Facebook, die recht erfolgreich ist und uns in der Vergangenheit auch schon mal mit seiner Reichweite geholfen hat, wenn's um vermisste Kinder, Tiere oder sichergestelltes Diebesgut ging.«

»Die ist nicht recht erfolgreich, sondern sehr erfolgreich! Ich habe mich mal umgehört und muss feststellen, dass es einige offene Fragen gibt! Wir reden hier also wirklich über zwei Morde?«

Mikkel verzog den Mund. Aus gutem Grund hatte sich die Pressestelle in Heide bisher sehr vage ausgedrückt. »Wenden Sie sich bitte an die zuständigen Stellen.«

»Sehr guter Punkt! Reden wir doch mal über die Zuständigkeit. Ist es richtig, dass Sie von hier aus, also aus Büsum, ermitteln? Ich gehe mal davon aus, dass Sie Mikkel Tvorsen, *Kriminal*-hauptkommissar, sind.«

Die Betonung entging Mikkel natürlich nicht, doch er würde darauf nicht eingehen. Dennoch musste er zugeben, dass der Journalist sehr gut informiert war. »Ja, der bin ich. Aber was die regionale Zuständigkeit bei Ermittlungen angeht, muss ich Sie an Kiel verweisen.«

Hansi verschränkte die Arme vor der Brust. »Ich habe bisher nur Informationen gesammelt, aber auf reißerische Schlagzeilen verzichtet. Dafür kann ich aber auch ein bisschen Entgegenkommen erwarten. Vielleicht kann ich Ihnen sogar helfen, dafür muss ich aber eins wissen: Ist es richtig, dass dem jungen Mann die Kehle durchgeschnitten worden ist?«

Von der Todesursache wussten aus gutem Grund nur eine Handvoll Leute. Nun hatte Hansi Mikkels volle Aufmerksamkeit. »Woher haben Sie die Information?«

»Sage ich Ihnen, wenn Sie mir dies bestätigen, denn ich habe dann noch mehr für Sie. Und hierbei geht's mir nicht um einen Artikel, sondern darum, den Täter zu erwischen.«

Heiko atmete scharf ein und stieß pfeifend die Luft aus. »Du kannst ihm trauen, Chef. Ich kenne ihn schon lange und auf sein Wort ist Verlass.«

»Also gut, das ist richtig. Nun sind Sie dran, Herr Ehrwig.«

»Nennen Sie mich Hansi, das tun alle. Sonst denke ich noch, mein Vater steht hier irgendwo rum, und das macht mir Angst, denn der ist schon lange tot. Helle hat es mir gesagt. Aber nicht aus Sensationsgier, sondern weil ich ihr mal vor Ewigkeiten von meinem schlimmsten Fall erzählt habe. Das war auf Sylt, ein guter Freund von meiner Tochter ist dort ermordet worden. Ich habe da damals als fest angestellter Journalist gearbeitet. Der Täter wurde nie gefasst. Björn und Eric … Da gibt's schon ein paar Parallelen.« Hansi kniff die Augen zusammen und fixierte Mikkel. »Doch damit verrate ich Ihnen offenbar nichts Neues. Es handelt sich also um eine Serie.«

Mikkel wusste nicht, was er zu dieser Schlussfolgerung sagen sollte. Er wollte dies keinesfalls in den Schlagzeilen sehen. Eine Antwort blieb ihm erst einmal erspart. Britt Rahlsen betrat das Revier und machte daraus einen wahren Auftritt.

»Hier bin ich! Wie befohlen! Und nu?«, rief sie laut.

»Annika, führst du Frau Rahlsen bitte in mein Büro und sagst Rieke Bescheid? Ich komme sofort.«

»Na klar.«

Überrascht stellte Mikkel fest, dass die Aufmerksamkeit von Hansi nun Britt Rahlsen galt. »Irgendwoher kenne ich die«, sagte er leise.

Frau Rahlsen bedachte ihn lediglich mit einem Seitenblick und folgte Annika.

»Kennen Sie die Dame hier aus Büsum?«, hakte Mikkel nach.

»Nein, eben nicht. Ich muss da mal drüber nachdenken, meistens fällt es mir später wieder ein. Spontan würde ich sagen, in Verbindung mit Björn, aber sicher bin ich da leider nicht.«

»Es wäre eine große Hilfe, wenn Sie es uns mitteilen, wenn es Ihnen wieder einfällt.«

Mit neu entfachtem Interesse sah Hansi zum Besprechungsraum hinüber. »So ist das also. Mir ist schon klar, dass Sie offiziell nichts bestätigen können, aber ich verstehe so langsam, was passiert ist. Dass die Bäckerei, wo die arme Verkäuferin ums Leben gekommen ist, genau gegenüber von Erics Wohnung liegt, ist ja wohl eher kein Zufall.«

»Wie wäre es mit einer Exklusivstory, nachdem wir den Täter gefasst haben, und bis dahin noch etwas Zurückhaltung?«, bot Mikkel an.

»Darauf können wir uns einigen.«

Mikkel sah zu seinem Büro. »Aber noch was. Passen Sie bitte in den nächsten Tagen gut auf sich auf. Denn sollte die Dame auch Sie wiedererkannt haben, dann … Passen Sie einfach auf sich auf und rufen Sie sofort an, wenn Ihnen etwas komisch vorkommt.«

Statt die Warnung einfach abzutun, wurde der Reporter blass. »Verstanden. Das ist ja mal ein Ding.« Er räusperte sich und grinste Heiko reichlich wackelig an. »Sehen wir uns heute Abend?«

»Na sicher.«

Mikkel musste nicht nachfragen. Heiko sah ihn etwas verlegen an. »Unsere monatliche Skatrunde steht auf dem Programm.«

»Na dann … Ich stürze mich mal ins nächste Vergnügen.«

Kapitel 24

Die Stimmung in seinem Büro war frostig, was Mikkel einfach komplett ignorierte. Er bedankte sich bei Frau Rahlsen nicht fürs Kommen, sondern entschuldigte sich lediglich für die kurze Wartezeit. Da er sich noch gut an die ausschweifenden Antworten von ihrem letzten Gespräch erinnerte, entschied sich Mikkel für eine schärfere Gangart.

»Wieso haben Sie uns verschwiegen, dass Sie in Erics Wohnung waren?«

Die freundliche, vielleicht etwas verärgerte Miene kam gehörig ins Schwanken. Britt Rahlsen blinzelte, fing sich aber schnell wieder. »Das muss ein Irrtum sein. Wer behauptet denn so etwas?«

»Es geht nicht darum, wer Sie gesehen hat, sondern darum, was Sie dort wollten.«

»Ich war nicht in Erics Wohnung. Wer immer das behauptet, der lügt.« Sie lehnte sich zurück.

»Dann verraten Sie mir doch mal, wo Sie zu der Zeit gewesen sind, als unser Zeuge Sie beim Verlassen der Wohnung gesehen hat.«

»Ich war natürlich zu Hause.« Sie stutzte. »Moment. Über welche Zeit reden wir eigentlich?«

Annika hatte sich so hingesetzt, dass sie aus einer Zimmerecke alles beobachten konnte, aber selbst nicht im Blickfeld saß. Über den Kopf von Britt Rahlsen hinweg wechselten Mikkel und sie einen Blick. Der erste Punkt ging eindeutig an die Ermittler. Leider hatte Frau Rahlsen ihren Fehler zu schnell bemerkt und ein guter Anwalt würde die Aussagen entsprechend zurechtbiegen.

Rieke atmete scharf ein. Unwillkürlich musste Mikkel an das Gespräch mit Katharina von Wotersen denken. Seine Kollegin konnte ihre Gefühle einfach nicht verbergen. Offenes Entsetzen zeigte sich in ihrer Miene, ehe sie sich im Griff hatte. Mikkel konnte nur hoffen, dass Britt Rahlsen davon nichts mitbekam, weil sie nebeneinandersaßen und sich bisher die Aufmerksamkeit ihrer Tatverdächtigen auf ihn konzentrierte.

Nun griff Rieke nach ihrer Hand. »Britt, die Aussage war eindeutig. Du warst am Morgen in Erics Wohnung und hast dort einige Sachen entwendet. Warum? Um deine Tochter zu schützen? Das versteht doch jeder, der Kinder hat. Aber wir wissen trotzdem mittlerweile, dass Eric und Marlene ihre Beziehung wieder aufgenommen haben.«

Britt Rahlsen wandte sich Rieke zu. »Es gab keine Beziehung mehr zwischen ihnen. Das ist lange Vergangenheit und aus und vorbei. Zum Glück, denn er war nicht gut für Marlene. Er konnte einfach nicht treu sein. Meine Tochter hat was Besseres verdient. Und egal, wer nun was behauptet: Ich war nicht in Erics Wohnung. Das ist einfach nicht wahr.«

Mikkel glaubte ihr kein Wort, konnte ihr aber auch nicht das Gegenteil beweisen. »Gut, dann kommen wir zu Ihrem zweiten Besuch an dem Tag in der Straße: Ihren angeblichen Einkauf in der Bäckerei und Ihre angebliche Beobachtung, dass Ellie dort weggefahren ist. Da frage ich mich schon, wieso Sie eine Ex-Freundin von Eric und gute Freundin Ihrer Tochter nicht erkannt haben wollen.«

Britt Rahlsen entriss Rieke ihre Hand und sah Mikkel kalt

an. »Was ist damit? Ich wollte Ihnen nur helfen. Dass das Ellie war, habe ich nicht gesehen.«

»Nun, es kann aber nicht Ellie gewesen sein, weil sie nachweislich woanders war. Warum haben Sie behauptet, die junge Frau dort gesehen zu haben?«

»Sie tun ja so, als ob ich Ellie etwas anhängen wollte. Das ist eine Unverschämtheit!«

»Nein, das ist die Wahrheit. Wenn Sie Ellie in den Mittelpunkt schieben, um von Marlene abzulenken, machen Sie Ihre Tochter nur noch verdächtiger.«

»Was heißt denn *noch verdächtiger*?«

Erstmals wirkte eine ihrer Reaktion auf Mikkel ehrlich. Das deutliche Entsetzen konnte nicht gespielt sein. Mikkel lehnte sich zurück und lächelte grimmig. »Die Formulierung heißt genau das, was Sie offenbar korrekt daraus ableiten. Ihre Tochter hatte als letzte vor seinem Tod Kontakt zu Eric, was sie uns verschwiegen hat. Der Beziehungsstatus der beiden ist höchst interessant. Soll ich noch weitermachen? Sie haben also versucht, Marlene zu schützen, indem Sie den Verdacht auf Ellie gelenkt haben?«

Einen Moment breitete sich Schweigen aus, dann schüttelte Britt Rahlsen den Kopf. »Nein. Wenn es nicht Ellie war, habe ich sie verwechselt. Ich wollte nur helfen.«

Interessant, sie war mit keinem Wort auf die Vorwürfe gegenüber Marlene eingegangen. Er wollte gerade nachhaken, als er Annikas warnenden Blick bemerkte.

»Sie haben in der Bäckerei also Joghurtschnitten gekauft«, sagte er stattdessen.

Frau Rahlsen fühlte sich nun offenbar wieder sicher. »Ja,

genau. Die sind dort immer sehr lecker und nicht so fett und süß.«

Mikkel nickte Rieke zu, die die Aufforderung sofort richtig deutete. Sie stand auf und warf die Hände in die Luft. »Warum lügst du uns denn pausenlos an? Die Schnitten sind sehr wohl ordentlich süß und mit ganz viel Sahne verfeinert. Du kennst sie also gar nicht. Und viel wichtiger: An dem Tag haben wir die letzten Stücke aufgekauft. Was wolltest du dort also wirklich? Und noch einmal Britt: Wir wissen, dass du dort schon zum zweiten Mal an dem Tag warst. Nun rede doch endlich mit uns.«

Britt Rahlsen kniff die Lippen zusammen und stand auf. »Ich muss mich hier nicht rechtfertigen. Für gar nichts! Ich habe nichts Falsches gemacht. Wenn jemand noch einmal mit mir reden will, dann nur mit einem Anwalt.«

»Einverstanden«, stimmte Mikkel zu und stand ebenfalls auf. »Wissen Sie eigentlich, wie sehr Ihre Tochter unter Erics Tod leidet?«

Sie funkelte ihn an. »Marlene wird darüber hinwegkommen, denn er war nicht gut für sie!«

Sie verließ den Raum ohne ein weiteres Wort.

Mikkel wartete, bis sie das Revier verlassen hatte, und sah dann Annika fragend an. »Nun bin ich auf deinen Eindruck gespannt.«

Dass er als Erstes ihre externe Beraterin fragte, passte Rieke sichtlich nicht, aber Mikkel wollte den frischen Eindruck von Annika erfahren.

»Sie lebt in einer Scheinwelt und glaubt das selbst, was sie sagt. Das deutet auf erhebliche psychische Probleme hin, dazu passt auch diese merkwürdige Einrichtung, die Tjark erwähnt hat. Ich bin kein Psychologe, aber wir haben es hier auf jeden Fall mit Verlustängsten zu tun, die sie im wahrsten Sinne des Wortes Amok laufen lassen. Wenn du mich fragst, hat sie die drei Männer umgebracht. Das Motiv war, zumindest bei Eric, die Angst, Marlene zu verlieren. Sie denkt aber, sie tut was Gutes, weil sie verhindert, dass ihre Tochter an einen falschen Mann gerät. Dabei ist sie schlau und brandgefährlich, das zeigt die kaltblütige Art, wie sie die Verkäuferin ausgeschaltet hat. Allerdings hält sie sich auch für extrem clever und das könnte ihr noch zum Verhängnis werden, das hoffe ich jedenfalls. Denn wir haben ein gigantisches Problem: Wie weisen wir ihr das nach? Wir haben außer ein paar Lügen nicht einmal Indizien. Ich muss euch ja nicht sagen, in wie vielen Fällen die Täter davonkommen, weil die Beweislage nicht ausreicht und das Gefühl eines Polizisten nun mal nicht zählt.«

Mikkel nickte langsam. »Das weiß ich, aber das wird hier nicht geschehen. Das lasse ich nicht zu.« Er wandte sich an Rieke, die bei Annikas Einschätzung blass geworden war. »Nun du.«

Rieke rieb ihre Handflächen einander, als ob ihr kalt war. »Es klingt alles plausibel, aber ich kann und will es eigentlich nicht glauben. Das liegt aber nur daran, dass ich beide schon seit vielen Jahren kenne. Wenn ich mir die Fakten und ihr Verhalten ansehen, kann ich Annika nicht widersprechen.« Sie atmete tief durch und setzte sich gerader hin. »Solange wir nichts gegen Britt in der Hand haben, würde ich mich auf Marlene konzentrieren. Vielleicht locken wir so ihre Mutter aus der Reserve. Außerdem dürfen wir den Angriff auf Katharina von

Wotersen und …« Sie lächelte flüchtig. »… auf meine Haustür nicht vergessen.«

»Ist dir denn aus der Vergangenheit noch etwas eingefallen?«

Rieke schüttelte den Kopf. »Nein, dabei raucht mir schon der Schädel. Klar, eine gewisse Sonderbarkeit hat man Britt zurecht nachgesagt, aber nichts, das uns heute hilft. Außer vielleicht der Hinweis, wie penibel sie ist.«

Annika reckte sich. »Ich habe noch was. Darauf war ich gerade gestoßen, als der Reporter hereinschneite. In direkter Nachbarschaft von Britt und Marlene wohnt ein älterer Herr um die siebzig, der früher ein bekannter Motocross-Fahrer war. Auf ihn sind gleich drei Motorräder zugelassen und auf eins passt die Beschreibung perfekt. Ich könnte mir vorstellen, dass Marlene sich da bedient hat. Am besten, ich fahre mal hin und sehe mich um.«

Mikkel nickte. »Tu das – aber nicht alleine!«

Annika schnaubte, widersprach aber nicht.

Unschlüssig überlegte Mikkel kurz. »Je nachdem, was Annika über die Maschine rausfindet, nehmen wir uns Marlene heute Abend vor. Bis dahin hoffe ich auf weitere Ergebnisse, insbesondere, was mögliche Aufenthalte von Mutter und Tochter auf Sylt oder Fehmarn angeht.«

»Chef, Rieke, kommt ihr mal? Hier ist jemand für euch«, rief Tobi laut und beendete damit die Zusammenkunft.

Kapitel 25

Rieke stutzte, als sie den Mann sah, der sich sichtlich verlegen gegen den Tresen lehnte. Neben ihm stand eine Frau, die im gleichen Alter war und amüsiert wirkte.

»Hallo Rieke,« sagte der Mann, und als sie ihn nur wortlos ansah, seufzte er. »Ich bin es. Arthur. Wir sind zusammen zur Schule gegangen.«

Das sollte Arthur sein? Sie erinnerte sich nun an einen schmächtigen Jungen, der ständig nach Worten suchte und rot anlief. Er war ein netter Kerl gewesen, auf dem dennoch einige herumgetrampelt hatten. Heute stand ein gut gebauter Mann vor ihr, dessen enges, weißes T-Shirt die breiten Schultern und die schmale Taille betonte. Nur die Unsicherheit hatte er noch nicht ganz abgelegt. Nun wandte er sich an seine Begleiterin. »Ich komme mir so bescheuert vor!«

»Und ich sage dir, es ist richtig, dass du hier bist. Nun erzähl ihr schon, was du dir zusammenklabüstert hast.«

Arthur nickte Mikkel zu. »Meine Frau ist die Schwester von Levke, die zu Erics Surferclique gehört und sie jobbt ein paar Stunden in der Woche im *Küstengold*. Und außerdem liebt sie Krimis.«

Der letzte Satz brachte ihm einen Knuff in die Rippen ein.

»Hey, das ist unfair. Wir waren uns einig, dass Britt Rahlsen und Erics Tod irgendwie zusammenhängen müssen, weil Rieke und ihr neuer Boss nach ihr gesucht haben.«

»Und wenn das so wäre, wieso sind Sie dann hier?«, mischte sich Mikkel ein.

Arthur sah schlagartig aus, als wenn er am liebsten im Boden versinken würde.

»Arthur«, zischte ihn seine Frau an.

»Ist ja gut, aber du kannst dir vielleicht vorstellen, wie bescheuert ich mir vorkomme!« Er stellte sich gerader hin. »Aber meinetwegen. Ich bin mit Rieke und Marlene in eine Klasse gegangen. Erst waren die Mädchen unzertrennlich, aber dann haben wir – also Marlie und ich – hin und wieder was gemacht. Also zusammen gelernt und gespielt und so.«

Mit Mühe verkniff sich Rieke ein Lachen. Nun erkannte sie ihn wieder.

»Genau … ›und so‹« zog ihn seine Frau auf.

Arthur lief prompt rot an. »Na ja, wir waren vierzehn. Da fängt man ja schon an, sich so'n bisschen zu interessieren, was so …«

Mikkel räusperte sich und es klang, als ob er im letzten Moment ein Lachen unterdrückte. »Ich glaube, wir haben verstanden, was Sie so mit vierzehn gemacht haben.«

Rieke und Arthurs Frau lachten nun offen, nach kurzem Zögern schloss sich Arthur ihnen an. Bisher hatte sich Tobi bewundernswert zurückgehalten, nun grinste er auch breit. »Ich kann die Fortsetzung kaum erwarten. Hat die böse Mutter dich dann mit dem Besen vom Hof gejagt, weil du ihr Töchterchen geküsst hast?«

Schlagartig wurde Arthur ernst. »Nein, mit einem riesigen Messer.«

Schweigen breitete sich aus. »Bitte, was?«, brachte Rieke hervor.

»Es stimmt. Ich habe Marlie am frühen Abend zur Hintertür gebracht und da wartete ihre Mutter schon. Marlie musste sofort hoch in ihr Zimmer, ich sollte mit in die Küche kommen. Ich hatte mit einem Anschiss oder einer Standpauke gerechnet, aber stattdessen fuchtelte die Alte plötzlich mit so'm riesigen Messer vor mir herum und drohte mir, es einzusetzen, wenn ich es mit Marlie nicht ernst meinen würde. Ich war heilfroh, dass ich mir da nicht in die Hose gemacht habe, denn mit Rumfuchteln meine ich, dass sie meine Nase nur knapp verfehlt hat. Ich bin dann weg und habe Marlie nie wieder alleine getroffen. Das hat mir echt gereicht. Es hat fast 'nen Jahr gedauert, bis ich wieder mit einem Mädchen losgezogen bin.« Abwartend sah Arthur die Polizisten der Reihe nach an. Als niemand lachte, schluckte er. »Ihr seht nicht so aus, als ob ihr die Story witzig findet. Es war also gut, dass ich das erzählt habe?«

Rieke nickte stumm und räusperte sich. Erst dann traute sie ihrer Stimme wieder. »Hast du einen Moment Zeit? Ich würde das gerne zu Protokoll nehmen. Es war sehr richtig und enorm wichtig, dass du uns das erzählt hast. Ich kann mir gut vorstellen, wie peinlich es dir war.«

Liebevoll hakte sich seine Frau bei ihm unter. »Dabei gibt's da gar keinen Grund für. Er war doch erst vierzehn und sah aus wie zwölf.«

»Danke, Schatz. Das baut mich nun wirklich auf.«

Rieke brachte ein Lächeln zustande. »Na komm. Wenn man sich so toll entwickelt hat wie du, dann darf man dich doch mit früher ein bisschen aufziehen.«

Das Kompliment versöhnte ihren ehemaligen Schulkameraden sofort. Arthur strahlte.

Kapitel 26

Früher war Rieke öfter tagsüber schnell nach Hause gefahren, um Kleinigkeiten zu erledigen, nun kam es ihr wie eine Besonderheit vor. Mikkel hatte nichts gesagt, als sie sich abgemeldet hatte, sondern nur genickt. Eigentlich war er ganz in Ordnung. Doch noch hatte sie ihm nicht verziehen, dass er die Stelle hatte, die sie zu gerne gehabt hätte. Sie stutzte, als ihr bewusst wurde, wie kurz Mikkel erst hier war. Gefühlt waren es bereits Wochen und nicht nur wenige Tage. Es gab nicht einmal einen konkreten Anlass, warum sie nach Hause fuhr, doch sie hoffte, dass ihre Mutter dort war. Riekes Gedanken kreisten in einer Endlosschleife um Marlene und Britt. War Britt wirklich eine Mörderin? Und zwar eine psychisch extrem gestörte? Eigentlich gab es daran nach Arthurs Schilderung kaum noch Zweifel. Doch sie wollte es einfach nicht glauben. Und dann war da Marlene. Wie passte sie ins Bild? Wieso diese Angriffe auf Katharina von Wotersen und auf Riekes Haustür? War sie das wirklich gewesen? Und wenn ja: Warum?

Selbst wenn sie mit ihrer Theorie richtig lagen: Wie sollten sie Marlene und Britt das alles nur jemals sicher nachweisen können? Sie gab es nicht gerne zu, doch sie hatte schlicht und einfach Angst, dass sie am Ende mit leeren Händen dastanden und Britt davonkam. Ihr fiel Mikkels ruhige Versicherung ein, dass er dies nicht zulassen würde. Hatte da ein Unterton in seinen Worten mitgeschwungen? Oder interpretierte sie einfach zu viel in seine Worte hinein?

Sie schaltete das Radio ein und drehte den Song von Bruce

Springsteen lauter. Bloß nicht zu viel grübeln, sonst wurde sie noch restlos irre und sah ihren Chef als Zorro den Rächer durch die Gegend schleichen! Wobei sie ihm das irgendwie schon fast zutraute. Sie hätte zu gerne mehr über seinen Hintergrund erfahren, doch ihren vorsichtigen Fragen war er gekonnt ausgewichen.

Nicht nur der Wagen ihrer Mutter, sondern auch Konrads Kombi stand auf dem Parkplatz. Die Haustür war bereits repariert und in der Küche traf sie auf beide. Die Hand ihrer Mutter war nur Millimeter von Konrads entfernt. Ob die beiden endlich über ihren Schatten springen würden? Dass aus ihrer langjährigen Freundschaft schon längst mehr geworden war, merkte eigentlich jeder – mit Ausnahme der beiden.

»Kind! Was machst du denn um diese Zeit hier? Ist was passiert?«

Rieke ging zunächst zum Kühlschrank und schenkte sich ein Glas Mineralwasser ein. Dann ließ sie sich auf einen der freien Stühle fallen. »Arthur war im Revier und hat uns eine wilde Geschichte erzählt.« Sie fasste die Aussage mit wenigen Sätzen zusammen. »Davor war Britt da und hat erneut versucht, uns zu verarschen.«

»Kind!«

Manche Dinge änderten sich nie! »Ich meine, sie hat uns frech ins Gesicht gelogen.« Auch dieses Gespräch gab sie stark gekürzt wieder. »Und wie war euer Tag so?«, versuchte sie einen Scherz.

Ihre Mutter lächelte. »Ich habe einen neuen Tee für Konrad gemischt, der seinem Magen guttun wird. Überhaupt geht's ihm schon viel besser, seitdem er den Stress losgeworden ist.«

Was fürn Stress?, hätte Rieke fast losgeschrien. So viel war vor diesem Mord nun wirklich nicht los gewesen und sie hatten eine ruhige Zeit gehabt.

Konrad wich ihrem Blick aus. »Deine Mutter denkt da an den elenden Verwaltungskram, den du mir netterweise mehr und mehr abgenommen hast. Es war kein Vergnügen, die Fälle nur noch zu verwalten, statt sie zu lösen.«

Offenbar hatte er ihre Gedanken gelesen. Jetzt konnte sie ihn verstehen. Da sie ihn mehr und mehr vertreten hatte, kannte sie die irre Menge an Vorschriften. »Lass mich raten: Und jetzt vermisst du es. Also ich meine die Mitarbeit an dem Mord.«

Martha schnaubte und stand auf. »Von wegen! Er mischt ja mit!«

»Martha!«, ermahnte er sie.

Die Hände in die Taille gestemmt, funkelte sie Konrad an. »Ich mache jetzt mein berühmtes Bauernfrühstück. Wenn du was abhaben willst, dann erzählst du Rieke, worüber wir eben gesprochen haben! Wenn nicht, darfst du nach Hause fahren.«

Die Erpressung wirkte, denn niemand ließ sich Marthas Bauernfrühstück entgehen, das beinahe ebenso einen Kultstatus hatte wie Hiltruds Rührei mit Krabben.

Konrad sah sie ohne jeden Anflug von Verlegenheit an. »Ich hatte ja angekündigt, dass ich mich umhören wollte. Aber so weit bin ich gar nicht gekommen, denn mir ist ein Fall aus deiner Kindheit eingefallen. Ich verstehe gar nicht, warum ich da nicht früher draufgekommen bin, denn der hatte mich Ewigkeiten verfolgt und ich habe immer wieder mal in die

Akte gesehen. Seit meiner Krankheit dann allerdings nicht mehr und nun sind die Unterlagen in Heide archiviert worden. Aber ich fahre da nachher hin und suche die.«

»Geht's um einen weiteren Fall mit …« In letzter Sekunde erinnerte sich Rieke daran, dass ihre Mutter zuhörte und bestimmt keine blutigen Details hören wollte. »… mit Ähnlichkeiten zu den heutigen Fällen«, vollendete sie den Satz schließlich.

»Nein. Es handelt sich um einen vermissten Mann, von dem nur bekannt ist, dass er zu der Adresse von Marlene und Britt wollte. Angeblich ist er dort nie angekommen. Aber aus heutiger Sicht frage ich mich, ob das wirklich so gewesen ist.«

»Das klingt vielversprechend. Denkst du an Marlenes Vater?«

»Zum Beispiel.«

Martha drehte sich vom Herd aus zu ihnen um. »Altersmäßig würde es passen. Und ich habe noch in Erinnerung, dass der Vermisste recht gut aussah.«

»Hattet ihr Britt denn damals in Verdacht?«

»Nein, ihre Aussage klang damals absolut glaubwürdig. Und niemand ist seinerzeit auf die Idee gekommen, dass die beiden sich vielleicht kennen könnten. Britt hatte das entschieden abgelehnt und war damals ja auch erst kurz vorher hierhergezogen. Wir nahmen an, dass der Mann zu den vorigen Besitzern wollte, die nach Kanada ausgewandert waren.« Konrad interpretierte Riekes fragenden Blick sofort richtig. Er seufzte. »Frag mich nicht, warum wir dem nicht anders nachgegangen sind. Das war einfach so.«

Martha zielte mit dem Pfannenwender auf Konrad. »Wieso

denn auch? Britt hatte schon nach der kurzen Zeit einen sehr guten Ruf. Niemand hätte ihr auch nur zugetraut, einen Groschen zu unterschlagen. Sie war immer überkorrekt, bei allem, was sie angefasst hat.«

»Na, dann bin ich ja gespannt, ob und was du da ausgräbst. Aber komm damit bitte direkt zu mir, denk nicht einmal an einen Alleingang!«

Die Art und Weise, wie er ihrem Blick auswich, gefiel ihr nicht, und sein unverbindliches Brummen noch viel weniger. Leider kannte sie seine Sturheit zu gut und konnte nur hoffen, dass er keine Risiken einging.

»Ist euch denn irgendetwas eingefallen, das Marlene mir vorwerfen könnte?«, wechselte sie das Thema.

Beide schüttelten den Kopf. Seufzend lehnte sich Rieke zurück. »Na, hoffentlich kostet uns das nicht auch noch ein Fenster!«

Martha grinste breit. »Och, die Tür war ja schon recht alt und da dein neuer Chef angeboten hat, die Kosten zu übernehmen, kann Marlene sich gerne noch mehr vornehmen.«

Na, das war eine Logik! Die kommentierte Rieke lieber nicht.

»Wie ist er denn so? Am Telefon klang er sehr nett«, hakte ihre Mutter nach.

»Nett passt schon.«

Konrad hustete leise. »Ist nett nicht die kleine Schwester von schei…«

»Konrad!«, rief Martha prompt empört.

Rieke lachte. »Nein, er ist schon in Ordnung. Ich meinte das im richtigen Sinne des Wortes.« Sie dachte kurz nach.

»Dieses Arbeiten im Team hat was. Das ist mir erst heute so richtig klar geworden. Und es ist ganz erstaunlich, wie alle mitziehen.«

Während die Zwiebeln im heißen Fett brutzelten und einen köstlichen Geruch verbreiteten, schüttelte Martha den Kopf. »Also, das ist ja nun mal euer Job.«

Konrad und Rieke wechselten einen Blick. Es brachte nichts, Martha zu erklären, dass solche Aufgaben sonst nicht zu ihrem Aufgabengebiet gehört hatten und die ganze Situation völlig neu war.

»Vielleicht ist es ganz gut, dass ich gerade weg bin. Ansonsten würde irgendein Sesselpupser aus Heide den Fall verwalten und vieles wäre gar nicht ans Tageslicht gekommen. So wie damals …«

Er sprach nicht weiter, aber Rieke wusste auch so, dass er an den Vermisstenfall dachte. »Warst du damals schon der Chef?«

»Sag mal, hattest du in der Schule auch Mathe? Das ist über zwanzig Jahre her. So alt bin ich dann auch noch nicht. Nicht jeder ist so ein Senkrechtstarter wie dein Mikkel.«

Bei dieser Formulierung wünschte sie sich schlagartig, er wäre wirklich ›ihr‹ Mikkel und sein Grinsen würde öfter ihr gelten, aber den Gedanken verbot sie sich sofort. Beziehungen auf dem Revier waren keine gute Idee und es gab auch nicht das geringste Anzeichen dafür, dass er an ihr interessiert war.

Kapitel 27

Tobi stoppte den Streifenwagen vor dem Haus, in dem sich Ellies Wohnung befand. Das Halteverbotsschild ignorierte er. Wer sollte ihn aufschreiben? Seine Kollegen waren beschäftigt. Er zögerte, auf die Haustür zuzugehen, denn er kannte Ellie seit Jahren. Allerdings beschränkte sich ihr Kontakt auf einen kurzen Gruß und maximal einen unverbindlichen Small Talk, dennoch konnte er sich nicht vorstellen, dass sie kaltblütig einen Mann ermordet hatte. Für Marlene galt dies jedoch auch. Er zog den Gürtel seiner Uniform zurecht, überprüfte, ob alles an seinem Platz war – vom Pfefferspray bis hin zu seiner Waffe, die er natürlich nicht einzusetzen gedachte. Als ihm kein weiterer Grund für eine Verzögerung einfiel, setzte er sich in Bewegung und klopfte an die Tür, neben der ein Schild mit Ellies Namen angebracht war. Sie hatte also einen direkten Zugang zum Garten und damit auch zu dem kleinen Holzhäuschen, in dem sich vermutlich ihre Vespa befand.

Ellie öffnete und sah ihn müde an. »Ich habe auch eine Klingel. Aber komm doch rein.«

Verlegen folgte Tobi ihr. Der sehr kurze Flur führte ins Wohnzimmer, an das sich eine offene Küche anschloss. Auf der Couch lag eine zerknüllte Decke. »Habe ich dich geweckt?«

»Nein, das ist noch von Olav, der hier gepennt hat. Aber er musste los. Nachher kommt er dann wieder.«

»Es ist gut, dass du nicht alleine warst. Deswegen bin ich hier. Ist bei dir alles in Ordnung? War irgendwas?«

»Nö, eigentlich nicht«, erwiderte Ellie, strich sich eine Haarsträhne zurück und wich seinem Blick aus. »Möchtest du ein Glas Wasser oder einen Kaffee?«

»Nee. Ich möchte wissen, was uneigentlich los war.«

»Versprichst du mir, dass du mich nicht für bescheuert hältst?«

Er hatte sie immer für tough gehalten, die unerwartete Unsicherheit berührte ihn. Plötzlich freute er sich darüber, dass ihr Freund offenbar nur ein Freund war und auf dem Sofa geschlafen hatte. »Natürlich. Sag schon.«

Ellie ließ sich aufs Sofa fallen. »Wir haben hier im Dunkeln gesessen, das Rollo war fast komplett unten. Von außen konnte man kaum sehen, dass wir hier jeder an einem Handy gezockt haben, denn draußen sind ein paar Solarleuchten. Gegen halb eins haben wir gedacht, dass jemand am Schuppen war. Als wir nachgesehen haben, konnten wir aber niemanden finden. Trotzdem war es komisch, dass das Schloss offen war, denn ich hatte es ganz bestimmt abgeschlossen.«

»Nutzt du den Schuppen alleine?«

»Ja. Ich mache dafür den Garten. Da drin sind alle möglichen Geräte und eben meine Vespa.«

»Deine Vespa«, wiederholte er nachdenklich. »Hast du dir den Roller mal angesehen?«

»Ja, vorhin, als ich Olav zum Auto gebracht habe. Da war ja heller Tag. Die sah ganz normal aus.«

»Wie viel Ahnung hast du denn von Technik?«

»Ähm …«

»Dann sehe ich sie mir mal an. Bleib besser hier.«

»Nee. Ich komme mit. Was soll denn schon passieren, wenn du auf mich aufpasst?«

Ihre Worte berührten ihn. Vielleicht sollte er in seiner Freizeit doch mal bei den Surfern vorbeigucken. Zeit genug hatte er seit dem Tod seiner Mutter.

Ellie musterte ihn prüfend. »Wieso hast du eigentlich damals mit dem Surfen aufgehört? Ich habe dich vermisst.«

Tobi spürte, dass seine Wangen warm wurden. Hoffentlich lief er nicht gerade rot an. »Ich wusste nicht einmal, dass ich dir aufgefallen bin.«

»Bist du. Du warst so elegant auf dem Brett.«

»Meine Mutter war an MS erkrankt. Sie brauchte mich«, erklärte er schlicht.

Er musste die Krankheit Multiple Sklerose nicht weiter erklären. Ellie verstand offenbar auch so, welche Folgen das gehabt hatte. »Das tut mir leid. Das wusste ich überhaupt nicht. Wie kann das sein? Sonst erfährt man hier doch schon, wenn jemandem ein Pups quer sitzt.«

Die Beschreibung des Dorfklatsches von Büsum brachte ihn zum Lachen. »Wir sind damals nach Niebüll in eine barrierefreie Wohnung umgezogen. Ich bin hier nur weiter zur Schule gegangen.«

Ellie pustete sich eine Haarsträhne aus dem Gesicht. »Puh, das nenne ich einen Schulweg und dazu noch die Pflege deiner Mutter. Respekt, Tobi. Das war mir nie klar. Da merkst du mal wieder, wie egoistisch wir alle sind und nicht sehen, was direkt vor uns ist. Wie geht's deiner Mutter?«

Spontan berührte er sie am Arm und genoss die Wärme ihrer Haut. »Alles gut. Ich habe kein Mitleid erwartet. Meine Mutter hat es hinter sich.«

»Oh, das tut mir leid!«

»Muss es nicht. Sie hat die Prognose der Ärzte deutlich übertroffen und am Ende war es eine Erlösung. Wer weiß, wenn der Fall vorbei ist, komme ich vielleicht mal bei euch vorbei. Jedenfalls, wenn ihr mich noch mitsurfen lasst.«

»Na logisch. Ich würde mich freuen! Sogar sehr.« Nun röteten sich ihre Wangen leicht, was ihr außerordentlich gut stand. »Versteh das bitte nicht falsch. Vorgestern dachte ich noch, ich wäre über Eric nicht hinweg und nun …« Sie lächelte verlegen.

Forschend sah er sie an, fand aber keinerlei Mitleid bei ihr. Gut. »Du musst nichts erklären. Ich verstehe dich.«

Und das tat er wirklich. Mal sehen, was sich ergab. Er hatte einige Ideen, wie sie ihren Kontakt vertiefen konnten, doch zunächst hatte er eine Aufgabe zu erledigen.

Auf dem Weg zum Schuppen verflog seine gute Stimmung und er fragte sich, ob er zu leichtgläubig war. Was war, wenn Ellie doch ein falsches Spiel spielte und ihn nur einlullte? Er warf ihr einen Seitenblick zu. Nein, ausgeschlossen. Das konnte und wollte er nicht glauben.

Die Vespa sah auf den ersten Blick unbeschädigt aus. Doch das würde er genauer überprüfen. »Was dagegen, wenn ich sie mal rausschiebe?«

»Natürlich nicht. Du wirst sie ja kaum klauen!«

»Habe ich nicht vor.«

Es war für ihn eine enorme Erleichterung gewesen, als er erst mit einer 80er und dann mit einer 125er zur Schule fahren konnte und nicht mehr auf den Bus angewiesen war, der eigentlich nie fuhr, wenn er es brauchte. Daher kannte er sich ganz gut mit Motorrädern aus. Tobi zog an der Handbremse und wurde sofort misstrauisch. Er hockte sich neben dem

Roller hin, folgte mit der Hand dem Seilzug bis zum Rad und stieß auf ein loses Ende, das notdürftig mit einem Stück Klebeband am Rahmen befestigt war.

Tief durchatmend stand er auf. »Das ist nicht gut. Beschreib mal, wie du hier losfährst.«

»Was ist denn?« Sie versuchte, an ihm vorbeizusehen.

»Erkläre ich dir gleich. Also?«

»Ich mag deinen Befehlston. Da komme ich auf richtig gute Ideen, was wir mit deinen Handschellen machen könnten.«

Nun war er sicher, dass er rot anlief. »Ellie! Das ist kein Spaß!«

»Weiß ich. Aber dein Blick war genial. Also, ich schiebe sie hier raus, bis auf die Straße und fahre dann los. Da es immer geradeaus geht, gebe ich ordentlich Gas und bremse erst hinten an der Kreuzung.«

»Tja, das wäre dieses Mal nichts geworden. Der Bremszug ist gekappt. Und ich wette …« Tobi drückte auf die Fußbremse, die ungewöhnlich locker wirkte. »… dass die Bremse auch nicht geht. Ihr habt euch heute Nacht nichts eingebildet. Da hat jemand an deiner Kiste rumgeschraubt.«

Es dauerte einige Sekunden, bis die Botschaft angekommen war. Dann wich Ellie zurück und stieß gegen die Wand des Schuppens. Sie war kreidebleich geworden.

»Ich habe dich vorhin angelogen. Olav kommt nachher nicht wieder. Seine Oma wird heute achtzig. Meinst du, ich sollte ins Hotel ziehen?«

»Entweder das oder du akzeptierst mich als Leibwächter, denn alleine bleibst du hier heute Nacht nicht. Falls es dir nicht aufgefallen ist: Deine Fenster sind ein Witz! Die bekommt man innerhalb von Sekunden auf.«

»Das würdest du tun? Ich möchte aber nicht … Stimmt nicht, ich würde mich freuen, wenn du den Job übernimmst. Eine neue Decke habe ich noch und alles im Kühlschrank, um dir Nudeln mit meiner berühmten Paprikasoße zu machen.«

»Dann bringe ich den Wein mit. Ein Glas ist auch für Leibwächter erlaubt.« Unschlüssig sah er den Roller an. »Ich könnte ihn nach Heide schleppen lassen, aber derjenige, der daran herumgeschraubt hat, wird kaum Fingerabdrücke hinterlassen haben. Ich denke, wir nehmen das zu Protokoll und ich rufe einen Kumpel an, der die Kiste repariert. Ich kann gegen sieben hier sein. Was machen wir so lange mit dir?«

»Bringst du mich zu Levke und holst mich da nachher wieder ab? Mit meinem Laptop kann ich auch bei ihr arbeiten.«

»Gute Idee. Das gefällt mir.« Wieder berührte er sie leicht am Arm. »Wir bekommen das hin. Mach dir nicht zu viele Sorgen.«

Zu seiner Überraschung stürzte sie sich in seine Arme und er schaffte es gerade noch, sie aufzufangen. »Danke. Ich danke dir«, flüsterte sie, ihre Lippen waren nur Millimeter von seinem Hals entfernt.

Er drückte sie an sich, bis sie sich beruhigt hatte. Als sie sich von ihm löste, wirkte sie kein bisschen verlegen. »Noch ein Danke. Das habe ich jetzt gebraucht. Bitte löse den Fall ganz schnell, damit ich alles inklusive Eric hinter mir lassen kann. Ich bin schon gespannt, wo das mit uns hinführt.«

Die Erwähnung von Eric hatte den gleichen Effekt auf Tobi wie eine kalte Dusche, aber das »uns« klang dennoch verheißungsvoll.

Kapitel 28

Mikkels Handy vibrierte und zeigte eine Nachricht von Tjark an. Er schmunzelte darüber, dass Tjark genauso wortarm per Messenger kommunizierte, wie er es sonst mit Worten tat. »Komm zu Rasmus«, stand auf seinem Display. Keine Erklärung. Nichts. Nun, das Spiel beherrschte er auch. »Ok«, tippte er lediglich.

Da er versucht hatte, die bisherigen Erkenntnisse für die Staatsanwaltschaft in eine überzeugende Form zu bringen, war er für jede Ablenkung dankbar. Denn mit Gefühlen würde sich weder ein Richter noch ein Staatsanwalt zufriedengeben und an handfesten Beweisen mangelte es im Moment noch ganz gehörig.

Mikkel kam nur bis zum Tresen, dann stoppte er abrupt, weil Heiko einen ohrenbetäubenden Schrei ausstieß.

Erschrocken wirbelte er herum und hatte eine Hand schon aufs Holster seiner Waffe gelegt.

»Tut mir leid, Chef. Aber ich habe was! Einen Strafzettel wegen abgelaufenem Parkschein in Burg auf Fehmarn für einen Wagen, der auf Marlene zugelassen ist.«

Dafür verzieh Mikkel ihm den Schreck sofort. »Und das Datum?«

Heiko schwieg und fluchte dann. »Acht Tage vor dem Mord. Passt nicht.«

»Quatsch! Nun warte doch mal ab. Das ist ein Anfang und genau so etwas habe ich gesucht und vor allem gebraucht.« Ihm kam eine Idee. »Wenn du magst, sieh dir mal an, was ich bisher für die Akte zusammengeschrieben habe. Wenn dir was einfällt, das es irgendwie griffiger macht, tob dich gerne aus.«

Heiko strahlte beinahe. »Sehr gerne, Chef. Sehr gerne. Mit den Listen kann ich morgen weitermachen, da habe ich schon quadratische Augen von, und wenn hier noch was los ist, drücke ich es Sönke aufs Auge.«

»Das habe ich gehört«, kam es vom Schreibtisch, der am anderen Ende des Raumes stand. »Aber du hast schon recht. Ich dachte, ich wäre einer Sache auf der Spur, aber das war nichts.«

»Was haste denn gemacht? Du hast ja reichlich geheimnisvoll getan.«

Erst als Mikkel ihm auffordernd zunickte, stand Sönke auf. »Nun ja, ich habe nach vergleichbaren Fällen im Bundesgebiet gesucht und nach ungewöhnlichen Fällen hier in der Umgebung. Bisher leider ohne Erfolg. Morde mit ähnlichem Vorgehen gibt es einige, aber die meisten sind geklärt. Interessant fand ich, dass es sich ausschließlich um Beziehungstaten handelte, also der Partner hat das Messer geschwungen. Auftragsmorde oder so etwas gab es nicht. Jedenfalls nicht bei den Suchparametern, die ich eingegeben habe.«

»Beziehungstat«, wiederholte Heiko. »Damit wären wir wieder bei Marlene und ihrer Mutter. Ich nehme das mal mit in die Akte auf. Selbst wenn es uns nicht weiterbringt, ist das ein guter und wichtiger Punkt.«

Mikkel verbarg sein Grinsen, als die Kollegen sich nun gegenseitig für ihren Spürsinn lobten. »Ich bin mal bei Rasmus. Tjark hat da was ausgegraben.«

Der Spaziergang zum Hafen half ihm, den Kopf wieder freizubekommen, und er war gespannt, was Tjark für ihn hatte. Carls Vorschlag, mit den beiden Externen zusammenzuarbeiten, war schon mal goldrichtig gewesen.

Neben Rasmus und Tjark stieß Mikkel in der Galerie auf eine Frau in den Fünfzigern. Sie war sehr formell mit einer grauen Hose und einer weißen Bluse gekleidet und sah ihm neugierig entgegen.

Rasmus lächelte ihm zu und begrüßte ihn freundlich, während Tjark lediglich brummte.

»So, meine liebe Lilo. Das ist Kriminalhauptkommissar Mikkel Tvorsen. Mikkel, zeig der lieben Lilo doch bitte mal deinen Ausweis. Den hat sie nämlich bei Tjark vermisst und wollte deshalb nicht weiterreden.«

»Lilo Hülgenstedt, Herr Kommissar. Ich bin Arzthelferin bei Dr. Brüggen hier im Ort.«

Mikkel reichte ihr erst die Hand und zeigte ihr dann seinen Ausweis. »Nun bin ich aber gespannt.«

»Wir sind eine internistische Praxis und können eine Krebsnachsorge übernehmen. Das kann ich ja schon mal sagen, ohne gegen die ärztliche Schweigepflicht zu verstoßen.«

Tjark rollte genervt mit den Augen. Immerhin ahnte Mikkel nun, worum es ging. »Solange Sie uns keine medizinischen Details aus der Patientenakte erzählen, ist rechtlich alles einwandfrei in Ordnung.«

Lilo rang die Hände miteinander.

Tjark brummte dieses Mal eindeutig unwillig. »Mensch, Lilo! Nun mach nicht so ein Drama daraus. Sag Mikkel einfach, ob Britt auf Fehmarn zur Reha war oder nicht!«

Mikkel nickte. »So eine Information ist definitiv in Ordnung. Wenn es Ihnen hilft, können wir Ihnen zusichern, dass wir Ihren Namen aus der Akte heraushalten. Wir lassen uns einfach von der entsprechenden Klinik den Aufenthalt bestätigen.«

»Oh, das wäre mir sehr recht, Herr Kommissar. Also ja, Frau Rahlsen war vor ungefähr einem Jahr zur Reha auf Fehmarn. Die genauen Daten müsste ich heraussuchen. Der Name der Klinik ist ziemlich kitschig, aber die haben einen hervorragenden Ruf. Sie heißen *Zur schönen Aussicht*.«

Damit hatten sie den zweiten Hinweis, der jeder Nachfrage durch die Staatsanwaltschaft standhalten würde. Die Schlinge zog sich enger.

Rasmus packte drei Postkarten in eine Papiertüte. »Die gehen heute aufs Haus. Sag mal, jenseits der ganzen medizinischen Dinge: Wie ist denn so dein Eindruck von Britt und ihrer Tochter?«

Freudestrahlend griff sie nach der Tüte. »Danke. Das ist aber lieb. Zu Marlene kann ich nichts Schlechtes sagen. Aber ihre Mutter ist schon eine Nummer für sich. Nach außen hin nett und freundlich und immer sehr auf Stil bedacht, aber ich finde sie kalt. Manchmal dachte ich, dass sie nichts wirklich berührt. Sogar ihre Krankheit hat sie regelrecht abgearbeitet, was ja vielleicht richtig ist, aber es war beinahe unmenschlich. Ich mag sie nicht und sie ist mir ein wenig unheimlich.« Ihre Hand mit der Tüte fuhr zu ihrem Mund. »Das bleibt aber auch unter uns!«

»Selbstverständlich, meine Liebe«, versicherte Rasmus ihr.

Beruhigt nickte sie ihnen zu und eilte dann ins Freie. Mikkel sah ihr mit gemischten Gefühlen nach. Der Hinweis war wertvoll und half ihm, aber dieses typische Zeugengebaren nach dem Motto »ich weiß was, aber offiziell sage ich nichts« nervte ihn.

Tjark schüttelte den Kopf. »Man kann sich das Leben auch kompliziert machen … Das Lob gebührt übrigens meiner Frau. Silvia ist eingefallen, dass nach den meisten überstandenen Krebskrankheiten eine Reha ansteht, die in relativer Nähe zum Wohnort stattfindet. Wir hatten ja eigentlich auf Sylt gehofft, aber man kann nicht alles haben. Fehmarn passt ja auch.«

Mikkel starrte Tjark übertrieben überrascht an.

»Was?«, erkundigte der sich prompt.

»Na, dass du so viele Sätze hintereinander sprichst, hätte ich nie erwartet.«

Rasmus lachte laut, während es bei Tjark immerhin zu einem Heben der Mundwinkel reichte.

»Das ist der Einfluss seiner Frau«, legte der Galeriebesitzer noch nach.

Tjark schnaubte. »Ich wollte mir Fischbrötchen holen und hätte Mikkel ja eingeladen, mitzukommen, aber so …«

Sofort lenkte Mikkel ein. »Sorry, ich nehme alles zurück und bin froh, wenn ich mal durchatmen kann. Wir haben eindeutig eine neue Phase erreicht: Wie weisen wir unserer Tatverdächtigen Nummer eins den Mord nach?«

»Meinst du Mutter oder Tochter?«, fragte Rasmus.

Die Antwort musste er im Moment schuldig bleiben, doch sein Bauchgefühl sagte ihm, dass Britt die Täterin war. Aber ob Marlene wirklich unschuldig war? Dagegen sprach schon der

Angriff auf Katharina von Wotersen. »Wo ist eigentlich Annika?«, fiel ihm prompt ein.

Tjark sah auf sein Handy. »Hm, noch unterwegs. Sie hatte jedoch angekündigt, dass es etwas dauern kann.«

Es gefiel Mikkel nicht, dass Annika alleine Nachforschungen über das Motorrad anstellte, aber andererseits war sie eine erfahrene BKA-Beamtin. Er hatte sie zwar aufgefordert, nicht alleine loszuziehen, konnte sich jedoch gut daran erinnern, dass sie weder zugestimmt noch abgelehnt hatte.

»Dann auf zum Fischbrötchen«, sagte er und Tjark nickte.

»Wir bringen dir eins mit«, versprach Mikkel dem Galeriebesitzer.

»Danke. Ich dachte schon, ihr vergesst mich komplett. Bitte ohne Zwiebeln, nur mit einem Ministück Gurke und wenn es geht mit einem fettarmen Fisch. Ein Vollkornbrötchen wäre auch sehr schön.«

»Deshalb habe *ich* es ihm nicht angeboten«, sagte Tjark und ging.

Mikkel seufzte und folgte ihm.

Kapitel 29

Hörte die Frau denn niemals auf zu reden? Annika würde das Gespräch gerne auf einem freundlichen Weg beenden, doch bisher war jeder Versuch schon im Ansatz fehlgeschlagen. Emilia Krücksen hatte die Nachbarschaft fest im Blick und war auf sie zugestürzt, kaum dass sie ihre Enduro abgestellt hatte. Zunächst war die Frau eine wertvolle Hilfe gewesen. Von ihr hatte Annika erfahren, dass Marlene und der ältere Herr häufig Zeit miteinander verbracht hatten und dass der ehemalige Motorradweltmeister schon seit drei Wochen auf Mallorca weilte, während Marlene sich vorbildlich um die Hühner im Garten und die Blumen im Haus kümmerte.

Nun brannte Annika darauf, sich auf dem Grundstück oder genauer gesagt in dem großen Holzschuppen umzusehen. Sie war sicher, dort auf die Geländemaschine zu stoßen, mit der die Anschläge verübt worden waren. Wenn Rieke oder Katharina von Wotersen das Motorrad wiedererkannten, hatten sie endlich ein Druckmittel gegen Marlene in der Hand. Mikkel hatte sie zwar für den frühen Abend aufs Revier vorgeladen, doch sie wussten alle, dass sie kaum etwas gegen die Frau in der Hand hatten. Das könnte sich entscheidend ändern.

Frau Krücksen erzählte nun wortreich von den Anwohnern, die in den letzten Jahren weggezogen waren. Es reichte! Allmählich wurde Annika in ihren Motorradklamotten gekocht. Sie hob eine Hand und unterbrach sie einfach. »Sie haben mir wirklich sehr geholfen, aber nun muss ich mal gucken, ob auf dem Grundstück auch alles in Ordnung ist. Tut mir wirklich leid, aber sonst bekomme ich noch Ärger mit meinem Chef, der sich bestimmt fragt, warum ich so lange brauche.«

»Also diese Jugend heutzutage! Immer auf dem Sprung. Das liegt doch garantiert an dem ganzen elektronischen Firlefanz! Die Marlene hat auch nie Zeit, wenn sie kommt.« Die ältere Dame sah auf die Uhr. »Ich wundere mich gerade, wo sie heute bleibt. Sonst war sie um diese Zeit immer schon hier. Sie nutzt immer die Mittagszeit, wissen Sie. Aber vielleicht war sie ja auch gestern da, denn sie kommt ja nur alle zwei Tage. Das reicht den Blumen und den Hühnern. Und gestern, da war ich ja beim Doktor. Die Gelenke machen ja auch nicht mehr so mit wie früher.«

»Äh ja. Und vielen Dank noch mal.« Das fehlte Annika gerade noch, dass sie hier mit Marlene zusammentraf. »Einen schönen Tag und bleiben Sie gesund!«, fügte sie noch hinzu, wandte sich ab und lief um das Haus herum in den Garten.

Sie pfiff beim Anblick der weitläufigen Rasenfläche leise. Das war mal ein Grundstück! Rechts bildeten hohe Büsche eine natürliche Hecke, links war eine große Voliere mit einem Freilauf, in dem sich eine Handvoll Hühner und ein prächtiger Hahn tummelten. Ein gepflasterter Weg führte an den Büschen entlang zu einem Schuppen, an den sich ein Doppelcarport anschloss. Annika lief dorthin und spähte durchs Fenster. Wie erwartet standen im Inneren gleich drei Motorräder. Leider war das Glas für ein vernünftiges Foto zu dreckig und außerdem war es im Inneren zu dunkel. Die Tür war versperrt, aber für das Schloss reichte ihr Taschenmesser. Mit einem leisen Klick sprang es auf. Annika sah sich rasch um und entdeckte niemanden. Ihre Aktion war zwar haarscharf am Rand der Legalität oder vielleicht auch schon auf der anderen Seite, doch sie sah sich ja nur um und wollte ein Motorrad fotografieren. Das konnte eigentlich nicht wirklich verboten sein. Oder wenn, dann nur ein bisschen.

Vorsichtig drückte Annika die Tür auf und ging in den Schuppen. Das Holzgebäude war viel größer, als sie gedacht hatte. An der Rückwand war ein Regal, in dem in akribischer Ordnung Werkzeuge lagen, daneben war noch Platz für zwei Motorradjacken und zwei Helme. Die Motorräder standen so weit auseinander, dass man bequem rangieren oder gleich aufsteigen und losfahren konnte. Sie entdeckte einen Lichtschalter und drückte ihn. Neonröhren an der Decke tauchten den Schuppen in helles Licht.

Neugierig musterte Annika den Fußboden. Die mittlere Maschine war eindeutig vor Kurzem bewegt worden, denn es gab eine gut sichtbare Spur aus Sand, während der restliche Bereich sauber war. Die Beschreibung passte auch. Sie ging um das Motorrad herum und pfiff erneut leise. Das Nummernschild war abgeschraubt worden. Sie entdeckte es im Regal neben einem Sortiment Bohrer. Damit war die Sache so gut wie klar. Mit ihrem Handy schoss sie eine ganze Serie Fotos. Die hätten zwar keinen künstlerischen Wert wie die Aufnahmen von Tjark, würden ihnen aber ordentlich weiterhelfen.

Ein leises Knacken alarmierte sie. Sie fuhr herum. Die Tür war eingeschnappt, dabei hatte sie die absichtlich angelehnt gelassen. Rasch lief sie hin und zog an der Klinke. Nichts, die Tür rührte sich nur wenige Millimeter. Auch kräftiges Zerren und Rütteln brachte nichts. Sie überprüfte das Schloss. Das war geöffnet. Etwas musste von draußen den Ausgang blockieren. Das war nicht gut. Sie spähte aus dem Fenster, entdeckte jedoch niemanden. Ihr Puls beschleunigte sich, sie glaubte keine Sekunde daran, dass dies ein unglücklicher Zufall war. In der Nähe der Tür hatte es nichts gegeben, das sie hätte blockieren können.

Annika hätte einiges darauf gewettet, dass Marlene sich draußen herumtrieb. Doch was sollte die davon haben, sie hier einzusperren? Annika betrachtete nachdenklich das Handy. Gerne bat sie nicht um Hilfe, aber in diesem Fall blieb ihr wohl nichts anderes übrig. Sie schickte zunächst die Fotos an Tjark und Mikkel und bat dann möglichst unverfänglich darum, dass sie ihr halfen, aus dem Schuppen herauszukommen.

Sie hatte die Nachricht kaum auf den Weg gebracht, da hörte sie ein leises Knistern. Ehe sie es richtig einordnen konnte, sah sie Rauch an der Wand vor den Motorrädern. Im nächsten Moment loderten Flammen an gleich drei Seiten des Schuppens empor. Das Gebäude brannte wie Zunder! Kein Wunder, trockenes Holz und vielleicht noch ein bisschen Benzin als Brandbeschleuniger waren eine tödliche Mischung. Sie überlegte, die Feuerwehr anzurufen, aber bis die hier war, war sie tot. Sie musste hier raus, und zwar sofort!

Annika lief zu dem Regal, dort war die einzige Wand, die noch nicht brannte, und schlug heftig gegen das Holz. Das war zu stabil. Keine Chance, dort ein Loch reinzuhauen, nicht einmal, wenn sie den Hammer oder einen der Schraubenzieher nutzen würde. Die Flammen kamen näher, die Luft war stickig und sie musste husten. Sie hockte sich hin und atmete tief durch. Sie verfügte zwar über gewisse Grundkenntnisse im Umgang mit Bränden, aber das half ihr auch nicht viel weiter, sondern brachte ihr nur wenige Sekunden. Wenn sie nicht sofort eine Idee hatte, dann … Vielleicht hätte sie doch auf Mikkel hören sollen und wäre mit einem Partner losgezogen, doch dafür war es nun zu spät.

Kapitel 30

Dieser Ort hatte gute Chancen, Mikkels Lieblingsort zu werden – gleich nach dem Strand direkt hinter Tjarks Haus. Der Hafen war so klein, dass er mit den beiden Kuttern und einer Handvoll Segelbooten schon überfüllt wirkte. Das Hafenbecken war nur durch eine schmale Durchfahrt zu erreichen, die den Deich teilte. Für den Fall eines Hochwassers befanden sich riesige Stahltore rechts und links der Einmündung. Einige Radfahrer hatten sich hierher verirrt, ansonsten war der Ort vor Touristen offenbar weitestgehend sicher. Neben einem kleinen Haus mit Reetdach war ein Räucherofen im Einsatz und es roch einfach köstlich.

Tjark und er gönnten sich gleich drei der dick belegten Brötchen. Als Mikkel um ein weiteres mit Makrelenfilet bat, verzichtete er darauf, Rasmus' umfangreiche Sonderwünsche zu erwähnen. Sollte dem Galeriebesitzer die Wahl missfallen, so würde Mikkel sich opfern und es essen.

Tjark hatte ihn bis zum Hafenbecken gelotst und Mikkel gebeten, direkt neben einer Bank zu parken. Das war der perfekte Ort, um die Brötchen ihrer Verwendung zuzuführen. Er hätte zu gerne ein kühles Bier getrunken, aber Alkohol und Dienst passten nicht zusammen, sodass er sich für ein Mineralwasser entschieden hatte, das wenigstens eiskalt war.

Außer dem leisen Plätschern des Wassers, das an die Boote schwappte, und einem gelegentlichen Knarren von irgendwelcher Takelage war es still.

Die Radfahrer waren weit genug entfernt und widmeten

sich ihrem eigenen Essen. Perfekt. Wie erwartet schmeckten die Brötchen genauso gut, wie sie aussahen.

Eine Zeit lang aßen sie schweigend und achteten lediglich darauf, dass die großen Möwen ihnen nicht zu nahe kamen. Die Vögel ließen ihr Essen nicht aus den Augen und warteten auf ihre Chance. Doch die würde nicht kommen.

»Ich dachte, die Brötchen, die du gestern mitgebracht hattest, wären nicht mehr zu toppen. Ich habe mich geirrt. Gut, dass dieser Geheimtipp noch geheim ist und sich keine Scharen von Touristen hierher verirren.«

Tjark brummte zustimmend. »Was machst du mit Marlene?«

»Ich nehme sie mir vor. Einiges habe ich ja mittlerweile in der Hand, leider fehlen noch richtige Beweise.«

Überzeugt wirkte Tjark nicht.

»Hast du eine bessere Idee?«

»Lass Rieke mit ihr reden.«

Mikkel dachte über den Vorschlag nach, während er sich den Rest des ersten Brötchens schmecken ließ. »Sie waren mal enge Freundinnen, aber das liegt lange zurück. Sie haben sich total entfremdet.«

»Ich habe das Gefühl, die Vergangenheit ist bei beiden plötzlich wieder sehr präsent.«

Ohne nachfragen zu müssen, wusste Mikkel sofort, was Tjark meinte, allerdings war er noch nicht so weit gewesen, es zu formulieren und die richtigen Schlüsse ziehen zu können. »Stimmt. Dann probiere ich es so. Denn eins ist sicher: Wir müssen Marlene stoppen, ehe noch etwas passiert und sie jemanden verletzt.«

»Jo!«

Die nächsten beiden Brötchen verschlangen sie in Rekordzeit. Tjark tippte auf die Tüte mit der Bestellung von Rasmus. »Du weißt schon, dass er sich was anderes vorstellt?«

»Sicher. Aber ich mache mich doch hier nicht zum Affen! Was soll denn Fiete von mir denken?«

Tjark grinste breit. »Und genau deswegen habe ich Rasmus ignoriert. Du wirst ja sehen, was passiert, wenn du damit ankommst.«

»Lass mich raten: Er wird mit Todesverachtung und mit ganz viel Geseufze das Brötchen so akzeptieren und es dann mindestens so schnell aufessen wie wir.«

Tjark lachte. »Exakt so und nicht anders.«

»Lass uns mal zurückfahren«, schlug Mikkel schließlich vor, obwohl er gerne den Rest des Tages hier gesessen hätte. Doch so würde er Marlene oder ihre Mutter niemals überführen.

Tjark brummte eine Zustimmung, stand auf, suchte ihren Müll zusammen und stopfte alles in eine Papiertüte, die er im Mülleimer entsorgte.

Mikkel hätte schwören können, dass die große Möwe, die sich betont unauffällig in ihrer Nähe aufgehalten hatte, sie beleidigt ansah.

Mikkel war gerade in die Straße eingebogen, über die sie in einer Viertelstunde Büsum erreichen würden, als sein Handy vibrierte. Tjark hielt sein eigenes Smartphone bereits in der Hand und wischte übers Display. »Planänderung. Fahr mal zu Fabian. Annika hat uns Bilder von einem Motorrad geschickt. Die Beschreibung passt, aber Fabian kann die Kiste bestimmt sicher identifizieren.«

»Wo muss ich hin?«

»Ich sag dir rechtzeitig Bescheid, wenn du …« Das Handy vibrierte wieder. »Nächste Planänderung! Gib Gas. Annika ist in Schwierigkeiten!«

Mikkel trat das Gaspedal durch. Als vor ihm ein Kombi langsam dahin tuckerte, sorgte er mit Hupe und Fernlicht dafür, dass der Fahrer ihm Platz machte. Als er das Ziel erreicht hatte, stoppte er Hedwig mitten auf dem Fußweg direkt neben Annikas Motorrad. Tjark sprang raus, als der Wagen noch rollte und Mikkel folgte ihm nur einen Sekundenbruchteil später.

Eine ältere Dame stellte sich ihm in den Weg. »Es riecht hier so angebrannt. Das ist ja schon ein bisschen merkwürdig, denn …«

»Rufen Sie die Feuerwehr«, brüllte Mikkel ihr zu und sprintete an ihr vorbei.

Im Garten standen ein Schuppen und ein angrenzender Carport bereits in Flammen. Wenn Annika da noch drin war, dann …

Tjark und Mikkel ließen sich weder von der Hitze noch dem Qualm aufhalten und rannten über den Rasen. Plötzlich tauchte mitten in dem Flammenmeer ein schwarzer Umriss auf, der direkt auf sie zuflog.

Tjark warf sich zur Seite und in letzter Sekunde gelang auch Mikkel ein Hechtsprung, der ihn außer Reichweite des Geschosses brachte, das auf sie zuraste.

Ein Geländemotorrad bremste dicht neben ihm so stark, dass es umkippte. Tjark erreichte den Fahrer als Erster und riss ihm den Helm herunter.

»Annika!«

Hustend versuchte sie sich aufzurichten und schaffte es mit Tjarks Hilfe. »Das war knapp«, brachte sie halbwegs verständlich hervor.

Mikkel fehlten noch die Worte. Schließlich legte er ihr eine Hand leicht auf die Schulter. »Genialer Stunt, aber in Zukunft nur noch mit Partner. So was halten meine Nerven nicht aus. Lass mich raten, du hast dich drinnen umgesehen und dann hat jemand gezündelt.«

»Ganz genau. Ich hätte auch einen Tipp. Marlene soll sich regelmäßig um die Blumen kümmern und mittags hier vorbeischauen.«

Da das Heulen von Martinshörnern stetig lauter wurde, musste er die Feuerwehr wohl nicht mehr alarmieren. Er holte dennoch sein Handy hervor, wählte die Nummer des Hotels und erkundigte sich nach Marlene. Wie erwartet war sie nicht im Haus. An ihnen rannten Feuerwehrmänner in voller Montur vorbei, die einen Schlauch mit sich führten.

»Macht mal Platz«, rief ihnen einer zu.

Tjark hob das Motorrad auf und schob es zur Seite.

»Brauchst du einen Arzt?«, erkundigte sich Mikkel mit reichlicher Verspätung.

»Nee. Bis auf ein paar blaue Flecken geht's mir gut, aber mein Stolz hat ziemlich was abbekommen. So ein Mist.«

»Ach was. Ich bin einfach nur froh, dass du da heil rausgekommen bist. Das hätte auch schiefgehen können.«

Ihr Lächeln war reichlich wackelig. »Ist es aber nicht.«

Sie schielte zu dem Schuppen hinüber, den die Feuerwehrleute gerade löschten.

»Wie gut, dass das Ding weit genug von den Hühnern und dem Haus weg ist«, stellte Tjark fest. Mikkel fand die Reihenfolge richtig und nickte. »Kannst du Annika nach Hause fahren? Ich schnappe mir ihr Motorrad und sehe bei deinem Kumpel vorbei?«

Tjark sah ihn verblüfft an. »Andersrum. Du fährst sie nach Hause und ich checke, ob das da unser gesuchtes Motorrad war. Bis ich dir erklärt habe, wo du das Ferienhaus findest, ist Weihnachten.«

Annika verschränkte die Arme vor der Brust. Die drohende Geste wurde allerdings durch einen Hustenanfall stark abgeschwächt. »Hallo? Ich bin hier! Redet nicht, als ob ich nicht anwesend wäre! Und ich kann wunderbar alleine nach Hause fahren.«

Mikkel ignorierte sie und blickte Tjark an. »So können wir es auch machen. Alternativ stecken wir sie wegen Verdacht auf Rauchvergiftung in einen Krankenwagen und …«

Annika schnaubte. »Ist ja gut. Ich habe es verstanden. Da draußen ist so eine Nachbarin, die alles weiß. Wir sollten sie fragen, ob sie Marlene gesehen hat.«

»Guter Punkt«, lobte Mikkel. »Ich wette, sie steht vorm Haus und beobachtet die Feuerwehr.«

Wenige Minuten später hatten sie die Bestätigung, dass Marlenes Motorroller noch vor wenigen Minuten neben Annikas Enduro geparkt hatte, ehe sie dann sehr schnell weggefahren war. Nun noch eine Identifizierung der Geländemaschine, mit der Frau von Wotersen bedroht worden war, und sie hatten genug Argumente für einen Durchsuchungsbeschluss.

Kapitel 31

Rieke war länger als geplant geblieben und es wurde Zeit, dass sie sich im Revier zurückmeldete. Besonders, nachdem Heiko ihr eine kurze Zusammenfassung über das gefundene Motorrad und den Brandanschlag gemailt hatte. Das Gespräch mit Konrad und ihrer Mutter hatte sie nicht direkt weitergebracht, doch sie sah die Vergangenheit nun klarer. Vieles war bisher verschwommen gewesen – eine Mischung aus verfälschten Erinnerungen, Ärger und tatsächlichen Ereignissen. Sie hatte es richtiggehend verdrängt, wie eng Marlene und sie befreundet gewesen waren. Damals hatte Marlene häufig die Nachmittage und auch die Nächte bei Rieke verbracht. Sie hatten sich so nahe gestanden wie Schwestern und alles geteilt. Dann hatte es plötzlich geendet. Statt die Sache zu hinterfragen und vielleicht in Ordnung zu bringen, war Rieke einfach nur verletzt gewesen und hatte sich neuen Freunden zugewendet. Dann war ihr Vater gestorben und die Monate nach seinem Unfall waren wie in einem dichten Nebel verborgen. Rieke hatte seit Jahren nicht mehr daran gedacht, doch da war diese eine Nacht gewesen, als Marlene weinend an der Hintertür gestanden hatte. Rieke hatte sie schroff abgewiesen, weil die Trauer um ihren Vater alles beherrscht hatte. Danach waren sie sich aus dem Weg gegangen und es hatte nur für oberflächliche Floskeln gereicht. Daran hatte sich bis heute nichts geändert. Doch nun musste Rieke herausfinden, was ihre ehemalige Freundin damals gewollt hatte. Ihr Gefühl sagte ihr, dass dies die Antwort auf viele Fragen war.

Rieke verabschiedete sich von den beiden, winkte auf dem Parkplatz einem Feriengast zu und fuhr los. Sie hatte es so eilig, dass die Reifen im Sand durchdrehten. Doch kaum war sie von der Stichstraße, die zu dem alten Haus führte, auf die breitere und gut ausgebaute Landstraße abgebogen, bremste sie wieder und sah nachdenklich zu dem Gebäude hinüber, in dem früher Marlene und ihre Mutter gewohnt hatten. Spontan setzte sie den Blinker und fuhr zu dem reetgedeckten Haus. Als sie den Mini sah, der dort parkte, atmete sie tief durch. Der Wagen gehörte Marlene. Damit war wohl die Zeit für ein klärendes Gespräch gekommen. Sie stoppte neben dem Kleinwagen.

Kurz überlegte sie, ob sie tatsächlich aussteigen sollte, denn ihre Dienstwaffe lag sicher verstaut im Schließfach auf dem Revier. Im Gegensatz zu Mikkel hatte sie keinen Grund gesehen, die Pistole zu tragen. Nun bereute sie ihre Entscheidung. Tief durchatmend stieg sie aus. Schließlich war sie auch ohne Pistole nicht komplett wehrlos und außerdem war sie es sich und auch ihrer alten Freundin schuldig, die Sache zu klären.

Vor dem Haus war niemand. Rieke musterte den Vorgarten und die Tür. Alles war neu und sah sehr gepflegt aus. Soweit sie wusste, hatte ein Paar aus Hamburg das alte Gebäude gekauft und mit viel Aufwand renoviert. Rieke ging den Weg entlang, der zum Eingang führte, und umrundete dann das Haus, um in den Garten zu gelangen. Dort fand sie Marlene, die auf einem Holzstuhl saß und auf einen blühenden Busch starrte, der mitten auf dem Rasen wuchs.

Rieke ging zu ihr und setzte sich auf den Stuhl neben ihrer

ehemaligen Freundin. Die Gartenmöbel samt dem dazu passenden Tisch sahen genauso teuer aus wie eigentlich alles. Nichts erinnerte mehr an die Umgebung, in der Marlene ihre Kindheit verbracht hatte.

»Hat sich alles ganz schön verändert«, begann sie das Gespräch.

»Es stinkt nach Geld, aber ich muss zugeben, dass die neuen Besitzer Geschmack haben. Es gefällt mir.«

Rieke nickte. »Mir auch. Denkst du noch oft an früher? Mir ist erst heute bewusst geworden, wie viel ich verdrängt habe.«

Marlene ballte die Hände zu Fäusten. »Ich habe versucht, nicht mehr an früher zu denken.«

»Das heißt aber nicht, dass es dir gelungen ist.«

»Manchmal ja, manchmal nein. Warum bist du hier?«

»Weil ich wissen will, was mit dir los ist. Du und Eric?« Rieke betonte die Frage exakt so, wie sie früher über ihre Schwärmereien für Filmstars gesprochen hatten.

Marlene stieß einen Laut aus, der irgendwo zwischen Lachen und Schluchzen lag. »Ja. Ich hatte gedacht, alles wird jetzt gut.«

»Und was ist passiert, nachdem du den Schlafstrandkorb verlassen hast?«

Marlene sprang so schnell auf, dass der Stuhl hinter ihr zu Boden krachte. Ihre Unterlippe zitterte. »Das klingt so, als ob du nicht glaubst, dass ich ihn getötet habe.«

Rieke hatte Mühe, ruhig zu bleiben. Sie war so kurz davor. »Ich weiß, dass du ihn nicht getötet hast, weil du ihn geliebt hast. Wir wissen beide, wer ihn ermordet hat. Warum? Und wie lange soll das noch so weitergehen?«

Jede Trauer oder Unsicherheit verschwand aus Marlenes Miene. »Du weißt gar nichts!«

»Dann erkläre es mir!« Rieke stand auf und stützte die Hände auf den Tisch. »Eine Frau mit dem Motorrad und einem Messer zu bedrohen?« Sie schnaubte verächtlich. »Früher wäre dir was Besseres eingefallen!«

Marlene drehte sich um, hob den Stuhl auf und setzte sich wieder. »Ich habe Mist gebaut, weil ich Angst hatte und sauer war.«

»Erklär es mir! Wieso sind Katharina von Wotersen und ich an Erics Tod schuld? Weil ich dich damals weggeschickt habe? Ich konnte nicht mehr klar denken und stand komplett neben mir.«

Das Flackern in Marlenes Blick verriet ihr die Wahrheit. Rieke nickte langsam. »Gut, dann haben wir einen Punkt geklärt. Den haken wir ab, die kaputte Tür ist repariert. Haken wir ebenfalls ab.«

Sichtlich überrascht sah Marlene sie nun direkt an. Rieke nickte noch einmal bewusst kräftig. »Mein Wort drauf. Das war damals falsch von mir. Ich hätte zumindest später zu dir gehen müssen. Dass ich selbst komplett neben der Spur war, ist zwar eine Erklärung, aber dennoch kein Grund. Es tut mir leid, dass ich nicht für dich da war.«

»Ich bin ja zuerst gegangen.«

»Stimmt. Und ich habe nie begriffen, warum.«

Marlene fuhr wieder hoch. »Ich hatte nach der Ausbildung so viele Jobangebote! Weißt du eigentlich, dass ich Hotel-Management studiert habe? Ich hätte ins Ausland gehen können. Aber nein, ich bin brav hiergeblieben und arbeite an der Rezeption. Wenn ich gegangen wäre, dann wäre ich heute so ähnlich wie Katharina von Wotersen drauf. Nicht ganz so reich, aber schon sehr ordentlich. Und was habe ich stattdessen?« Sie warf die Hände in die Luft. »Den Mann verloren, mit dem ich noch einmal neu anfangen wollte! Und ich habe ziemlichen Mist gebaut, der mich endgültig meine Zukunft kosten wird. Erreicht habe ich damit exakt nichts, denn meine Mutter ist nun trotzdem alleine und ich kann sie nicht …« Eine einzelne Träne lief ihre Wange hinab. Sie kniff die Lippen zusammen. »Ist auch egal. Ich soll nachher auf dem Revier erscheinen und dein neuer Chef wird mich garantiert nicht mehr gehen lassen.«

»Wegen des Angriffs auf Katharina von Wotersen?«

»Ja. Mir ist schon klar, dass sie mich wiedererkannt hat. Ich will es aber auch gar nicht leugnen. Das ist schon okay, denn mittlerweile weiß ich, dass ich nur einen Sündenbock gesucht habe, und da bot sich Katharina von Wotersen eben an.«

Rieke verbarg ihre Überraschung. Das war ein lupenreines Geständnis, doch wie passte das zu dem Anschlag auf Annika? »Das verstehe ich und du hast gute Chancen, mit einem blauen Auge davonzukommen, wenn du dem Richter und dem Staatsanwalt beschreibst, wie es dir ging. Aber was ist mit dem Brand?«

»Was für ein Brand?«

»Marlene! Wenn ich dir helfen soll, musst du ehrlich zu mir sein. Annika wäre beinahe in dem brennenden Schuppen umgekommen.«

Entweder lieferte Marlene gerade eine oscarreife Vorstellung ab oder sie hatte das Feuer nicht gelegt. Sie wirkte durch und durch ehrlich ratlos. »Warst du heute bei Harald Wilfang, dem ehemaligen Motorradweltmeister?«, fragte Rieke schließlich gezielt nach.

»Nein. Wieso denn auch? Ich war gestern da und habe die Tiere gefüttert und die Pflanzen gegossen.« Verständnis dämmerte in ihrer Miene. »Hat es dort gebrannt? Ich war das nicht. Aber ich sag dann lieber nichts mehr.«

»Wenn du es nicht warst, wissen wir beide, wer es war. Du musst jetzt alle Karten auf den Tisch legen.«

»Das kann ich nicht.«

»Wenn du es nicht tust, sterben noch mehr Menschen.«

Marlenes verschlossene Miene sprach für sich.

Seufzend breitete Rieke die Hände aus. »Fahr mit mir aufs Revier. Ich versuche alles, damit dir die U-Haft erspart bleibt.«

Wie erwartet nickte Marlene sofort. So war es schon früher gewesen. Zu dem Mist, den sie verzapft hatte, stand sie, aber sie war keine Petze. Leider war das hier eine andere Dimension als ein harmloser Schülerstreich.

Kapitel 32

Mikkel verbarg sein Staunen, dass im Revier nicht nur Rieke, sondern auch Marlene bereits auf ihn wartete. Obwohl es Annika nicht gepasst hatte, hatte er sie bei ihrem Mann abgeliefert und dafür gesorgt, dass sie sich den Rest des Tages freinahm und sich ausruhte. Egal, wie sehr sie es herunterspielte, weder die ausgestandene Angst noch die höllische Fahrt mit dem Geländemotorrad durch die Flammen waren etwas, das man mal eben so abschüttelte. Jakob hatte das genauso gesehen und erstaunlicherweise hatte Annika auf ihn gehört und ihre Proteste eingestellt.

Er nickte Rieke zu und musterte Marlene prüfend. Ein Gedanke nagte an ihm, den er zunächst nicht zu fassen bekam, dann fiel ihm ein, was ihn störte. Vor dem Revier stand der Mini, der auf sie zugelassen war. Da Heiko Marlene bereits durch alle Datenbanken gejagt hatte, wusste er, dass sie auch noch einen Roller fuhr. Für ihn hatte sich damit der Verdacht gegen sie erhärtet, denn sie hätte gewusst, wie sie die Bremsleitung manipulierte, und natürlich besaß sie auch eine Fahrerlaubnis für Motorräder.

»Ich dachte, wir wären später verabredet«, begann er das Gespräch.

Marlene nickte stumm, stattdessen antwortete Rieke. »Wir haben uns zufällig getroffen und ich habe sie überredet, mitzukommen. Sie möchte dir, also uns, etwas sagen.«

»Meinetwegen. Eine Frage vorweg: Sie sind mit dem Wagen hier? Nicht mit Ihrem Roller?«

»Ja. Ich musste heute Morgen ein paar schwere Sachen mit ins Hotel nehmen, da ist es praktischer, wenn ich …« Sie stoppte mitten im Satz. »Wieso ist das wichtig?«

»Hier läuft es heute so, dass ich die Fragen stelle. Haben Sie Ihren Roller heute bewegt?«

»Nein. Ich war nur im Hotel, bin in der Mittagszeit etwas durch die Gegend gefahren und habe dabei Rieke getroffen.«

Nun hatte Mikkel Mühe, zu verbergen, dass gerade sein Bild von ihr gehörige Risse bekommen hatte. Doch sofort passte er ihre Theorie an die neuen Erkenntnisse an. Wenn nicht Marlene mit dem Roller unterwegs gewesen war und den Brand gelegt hatte, dann blieb nur eine Person übrig: Britt Rahlsen.

»Geht schon mal in mein Büro. Ich habe noch etwas für Heiko.«

Mikkel wartete, bis die Tür geschlossen war. »Fahr bitte zum Brandort. Dort gibt es eine ältere Dame, die behauptet hat, Marlene und ihren Roller gesehen zu haben. Hake da mal bitte nach.«

»Ist klar. Ich weiß, was du meinst. Ich werde sie besonders nach der Figur der Fahrerin fragen! Schließlich hat die Mutter ein paar Kilos mehr, die sie auf die Waage bringt. Nebenbei wette ich einen ordentlichen Betrag darauf, dass der Roller noch heute von der alten oder der jungen Rahlsen als gestohlen gemeldet wird.«

»Da halte ich nicht gegen.«

»Wat' nen Schlangennest. Ich beneide dich nicht um dein Gespräch mit der Tussi.«

Mit einem Nicken in Richtung Sönke verabschiedete sich

Heiko und verließ das Revier.

So ganz unrecht hatte Heiko mit seiner Einschätzung nicht. Die vor ihm liegende Vernehmung würde kein Vergnügen werden.

Er betrat sein Büro und setzte sich hinter den Schreibtisch. Die beiden Frauen wirkten auf ihn plötzlich wieder befreundet und beinahe vertraut. Diese Entwicklung überraschte ihn.

»Kann ich anfangen?«, fragte Marlene überraschend zurückhaltend.

»Sicher.«

»Ich war wieder mit Eric zusammen, auch in der Nacht, bevor er ermordet wurde. Ich war das nicht. Ich habe ihn geliebt und hätte ihm nie wehtun können. Wir haben Zukunftspläne gemacht. Ja, ich war mit seinem Job nicht einverstanden, aber er hatte mich davon überzeugt, dass ich keinen Anlass zur Eifersucht hatte.«

»Wenn Sie mit ihm zusammen waren, als er ermordet wurde, müssen Sie etwas gesehen haben.«

»Nein, da war ich nicht mehr dort. Ich hatte irgendetwas gegessen, dass mir nicht bekommen war. Der Abend war wunderschön, bis mein Magen verrückt spielte. Gegen halb eins hat Eric mir ein Taxi gerufen und ich bin nach Hause gefahren. Er wollte unbedingt mit, doch das wollte ich nicht. Es war mir peinlich, dass ich ständig am Würgen war und zur Toilette stürzen musste. Ich wollte einfach nicht, dass er mich so sieht. Wir mussten ziemlich lange warten, bis der Wagen kam, aber Eric ist nicht von meiner Seite gewichen. Dann bin ich nach Hause und er zurück zum Korb.«

»Wann haben Sie von seinem Tod erfahren?«

Ein Schleier schien sich über ihre Miene zu legen.

Rieke sprang auf. »Marlene! Es hat doch keinen Sinn. Du musst jetzt die Wahrheit sagen.«

Ehrliches Bedauern zeigte sich bei Marlene, doch sie schüttelte den Kopf. »Nein, das muss ich nicht. Ich kann auch einfach die Aussage verweigern. Es tut mir leid, Rieke. Ich würde es gerne tun, dir zuliebe, aber ich kann es einfach nicht. Es geht nicht.«

Mikkel interpretierte ihre Worte so, dass sie ihre Mutter nicht beschuldigen wollte. In der Tat war es so, dass der Gesetzgeber vorsah, dass man gegen engste Familienangehörige nicht aussagen musste, wenn man sie dadurch belastete. »Dann weiter im Text. Was war das auf dem Deich mit dem Motorrad?«

»Das war ich und es tut mir ganz fürchterlich leid. Den ganzen Tag war ich zwischen Trauer und Wut hin- und hergerissen. Ich wollte sie aber nicht wirklich verletzen oder anders ausgedrückt: Ich bin wirklich und ehrlich froh, dass der Mann dazwischen gegangen ist. Das war, als ob jemand einen Schleier von meinen Augen entfernt hat. Ich hätte ja theoretisch das Messer werfen können, habe ich aber nicht.«

Mikkel beugte sich etwas vor. Merkwürdigerweise glaubte er ihr jedes Wort und erinnerte sich an eine Situation, in der er selbst einmal beinahe falsch abgebogen wäre. »Was war denn das für eine Waffe?«

»Ich weiß nicht, wie das Ding heißt. Es hängt sonst bei uns am Kamin.«

Riekes Kopf fuhr hoch. »Das Teil in der geschnitzten Scheide, das deinem Vater gehört hat?«

»Ja, genau das. Es stammt aus Marokko und ist höllisch scharf.«

»Wie ist dein Verhältnis zu Wilfang, dem ehemaligen Motorradweltmeister?«

Marlene grinste Rieke spöttisch an und einen Moment lang bekam Mikkel einen Eindruck, wie die Mädchen früher miteinander umgegangen waren. »Ich weiß, was er ist. Wir haben uns durch Zufall kennengelernt, als ich mit meinem Roller mal nachts liegen geblieben bin. Wir haben uns gut verstanden und angefreundet. Er hat mir eine Menge Tricks mit dem Motorrad beigebracht und ich habe ihm beim Schrauben geholfen. Ich hätte mit ihm nach Mallorca fahren sollen, aber da war ja Eric. Harald hat mich übrigens überzeugt, ihm eine Chance zu geben. Tja, da hat er wohl falschgelegen. Und nun würde ich gerne wissen, was es mit dem Schuppen und meinem Roller auf sich hat.«

Rieke sah ihn fragend an. Langsam nickte er.

Ohne auf Details einzugehen, fasste Rieke die Ereignisse zusammen. Mit jedem Wort wurde Marlene blasser.

Mikkel gab ihr keine Möglichkeit, sich zu erholen, sondern tippte heftig auf sein Notebook. »In amerikanischen Serien dauert es nur Minuten, bis die Spurensicherung alles ausgewertet hat, in Deutschland ungefähr vierundzwanzig Stunden. Wir haben schon jede Menge Indizien, die auf Ihre Mutter hindeuten. Nicht mehr lange und wir haben Beweise. Wollen Sie wirklich so lange warten? Sie wissen doch selbst, dass es jederzeit noch mehr Tote geben kann!«

»Sie übertreiben!«, schrie Marlene und in ihren Augen funkelten Tränen.

»Wenn ein Kollege nicht zufällig ein wenig Ahnung von Technik hätte, wäre Ellie jetzt auch tot!«, schoss Mikkel zurück.

»Ellie?«, keuchte Marlene.

Mikkel lehnte sich zurück und verschränkte die Arme vor der Brust. »Es bringt nichts, wenn Sie sich die Realität zurechtlügen. Wir wissen alle, was tatsächlich passiert ist.« Er stieß sich mit Schwung ab, sprang auf und stemmte die Hände auf die Tischplatte. »Hier, auf Fehmarn und auf Sylt!«

Marlene zuckte zurück, als ob er sie geschlagen hätte. »Ich kann nicht ... Ich muss ...« Sie verstummte.

Rieke fasste nach ihrer Hand. »Du musst nur eins tun: Dich von allem befreien. Wir helfen dir.«

Marlene schüttelte den Kopf, aber das wirkte mechanisch, einstudiert, nicht mehr überzeugt. »Kann ich heute Nacht bei dir schlafen? Ich möchte nicht nach Hause.«

Rieke nickte, deutete aber auf Mikkel. »Wenn mein Chef zustimmt, geht das klar.«

»Kommt drauf an. Was war das gestern mit der Haustür von Rieke? Wollen Sie heute das ganze Haus auseinandernehmen?«

Marlene lief knallrot an. »Nein, für den Schaden komme ich natürlich auch auf. Ich fühlte mich von Rieke für eine Sache verraten und habe ihr in gewisser Weise eine Mitschuld an allem gegeben. Aber das ist geklärt.«

»Rieke?«, fragte Mikkel. Rieke nickte und er entnahm ihrem Blick, dass er zustimmen sollte. »Na gut. Meinetwegen. Aber der Mini bleibt hier stehen. Du nimmst deine Waffe mit und passt auf, dass sie nicht in falsche Hände gerät. Ich möchte nicht, dass irgendjemand weiß, wo sich Marlene aufhält. Ist das klar?« Das Unausgesprochene ›vor allem die Mutter nicht‹ war überlaut zu hören.

Kapitel 33

Heiko warf die letzten Karten auf den Tisch. »Der Rest gehört dann mir. Dumm gelaufen, Jungs.«

Hansi stöhnte. »Wie gut, dass wir nur um Cents spielen, bei deinem Kartenglück wäre ich ja ein Vermögen losgeworden.«

»Glück? Das ist Können.«

Fiete, der Besitzer der Fischbude am Hafen und das dritte Mitglied ihrer Skatrunde, verdrehte die Augen. »Na sicher doch. Mit dem Omablatt kann man ja gar nicht verlieren.« Er sah auf die Uhr. »Es ist spät. Wir beginnen dann beim nächsten Mal mit drei Bock und drei Ramsch.«

»Jo«, stimmten die anderen zu.

Obwohl es unsinnig war, gefiel es Hansi nicht, dass seine Freunde sich verabschiedeten. Heiko sah ihn mit schief gelegtem Kopf an. »Ich kann heute Nacht hier pennen.«

Anscheinend standen ihm seine Gedanken auf die Stirn geschrieben. »Dein Boss hat mir zwar gehörig Angst eingejagt, aber solange ich niemandem die Tür öffne, ist ja alles gut.«

Fiete stürzte den Rest seines Biers hinunter. »Ich kann auch hier pennen. Ist gar kein Problem. Wenn hier echt eine Alte Amok läuft, sollten wir kein Risiko eingehen.« Er hob eine Hand und ballte sie zur Faust. »Ich habe noch längst nicht alles vergessen und hau die Olle um.«

Heiko schnaubte. »Na sicher, Fiete. Und während du noch ausholst, schlitzt sie dir die Kehle auf. Das lass mal.« Er tippte auf das Gürtelholster, das er erstmalig in seiner gesamten Laufbahn außerhalb der Dienstzeit trug. »Ich verlasse mich lieber auf das hier.«

Fiete lehnte sich zurück. »Mal ehrlich, ich kapier's nicht. Ihr wisst doch, dass sie es war, wieso steckt ihr sie nicht in den Knast?«

»Wir glauben es, wir wissen es nicht. Wir haben *Hin*weise, aber keine richtigen *Be*weise, das ist das Problem. Dennoch sitzt mein Boss in diesem Moment garantiert noch am PC und versucht, eine überzeugende Geschichte für den Staatsanwalt zusammenzuzimmern.«

»Scheiß System«, kommentierte Fiete.

Die anderen beiden Männer nickten.

»Wie ist er denn so? Dein Chef?«, fragte Hansi. »Ich frage als Kumpel nicht als Journalist«, schob er noch hinterher.

»Schwer in Ordnung. Kein Korinthenkacker, sondern jemand, der nicht lange schnackt, sondern macht. Dass wir durch seine Qualifikation nun echte Kriposachen bearbeiten, ist für mich ein Quantensprung. Nichts gegen Konrad, aber das hier ist eine andere Liga. Ich fühle mich wie der HSV, der von der 2. Liga in die Champions League aufgestiegen ist.«

Fiete tippte auf das leere Schnapsglas. »Haste zu viel von dem Klaren intus? Ehe das beim HSV passiert, fallen Weihnachten und Ostern auf einen Tag. Aber ich verstehe, was du meinst. Was sagt denn die Kleine dazu, die Konrads Nachfolgerin werden wollte?«

»Sie arrangiert sich damit, würde ich sagen. Was mich heute echt beeindruckt hat, war Mikkels Anruf bei Konrad. Ich hatte ihm gesteckt, dass bei Konrad und Riekes Mutter was geht. Ihm war nämlich richtig unwohl dabei, dass Rieke Marlene zu sich eingeladen hat. Prompt ruft also Mikkel Konrad an, stellt sich vor und bittet ihn, ein Auge auf Rieke zu haben. Wenn jemand sich nicht scheut, um Hilfe zu bitten, finde ich das ganz groß.«

Hansi hob einen Daumen. »Klingt gut.«

Fiete brummte eine Zustimmung. »Darauf noch einen Klaren!«

Keiner widersprach und wenig später stießen die Gläser klirrend aneinander. Eine halbe Stunde später brachte Hansi seine Gäste zur Tür und verabschiedete sich von ihnen.

Nach einem Abstecher ins Badezimmer machte er sich daran, die Gläser abzuräumen und stöhnte, als er Heikos Handy entdeckte. Ausnahmsweise hatte sein Kumpel das Gerät auf den Tisch gelegt, weil er befürchtete, dass noch etwas passierte. Prompt hatte er es vergessen.

Es klopfte an der Haustür. Da hatte Heiko seinen Verlust ja schnell bemerkt.

»Komme. Hab das Ding schon gefunden«, rief Hansi und eilte zur Tür. Er riss sie auf und hatte das Gefühl, sein Herz bliebe stehen. Nicht sein Skatfreund, sondern Britt Rahlsen stand vor ihm.

»Überraschung«, sagte sie mit einem breiten Lächeln. Ehe er den Gegenstand erkannt hatte, den sie in der Hand hielt, durchzuckte ihn ein stechender Schmerz am Hals. Er versuchte, rückwärts auszuweichen, konnte sich aber nicht kontrolliert bewegen und stürzte zu Boden. Sie hatte einen Elektrotaser eingesetzt und kam nun mit einem Messer in der Hand auf ihn zu.

»Wie schade, dass Sie mich wiedererkannt haben. Und das nach dieser langen Zeit. Nun ja. ›Wat mutt, dat mutt‹ heißt es ja bei uns. Keine Angst, es geht ganz schnell und tut auch nicht weh.«

Sie beugte sich über ihn. Vergeblich versuchte er, etwas zu sagen oder wenigstens zurückzukriechen. Nichts ging mehr. Die nächste Runde Skat würden sie ohne ihn spielen, schoss ihm durch den Kopf.

Der Schmerz war nicht der Rede wert, vielleicht lag es an der Betäubung durch den Stromschlag, vielleicht war es einfach so. Nicht mehr als ein kurzes Brennen, doch er spürte, wie das Blut und damit sein Leben aus ihm herausfloss.

Alles verschwand in einer weiten Ferne. Einen kurzen Augenblick hatte er das Bild seiner Tochter vor Augen, doch ehe er einen Gedanken fassen konnte, wurde es schwarz um ihn herum und er konnte nichts dagegen tun.

Kapitel 34

Heiko wartete vor dem Mehrfamilienhaus, in dem Hansis Wohnung lag, ungeduldig darauf, dass das Taxi endlich erschien. Diesen Teil des Abends hasste er. Es gab einfach keine vernünftige Möglichkeit, mit öffentlichen Verkehrsmitteln von Heide nach Büsum zu kommen. Für das Rad war es zu weit und außerdem schied auch das aus, wenn er ein, zwei Bierchen zu viel getrunken hatte. Zum Glück trafen sie sich das nächste Mal wieder bei ihm, dann hätte er das Problem nicht. Trotzdem waren ihm die Skatrunden den Aufwand wert. Er fasste nach seinem Handy, um nachzusehen, ob es eine Nachricht von dem Taxiunternehmer gab. Verdammt. Das Telefon war nicht dort, wo es sein sollte. Natürlich! Er hatte es auf den Tisch gelegt und dann dort vergessen. Großartig.

Heiko drehte sich um und klingelte bei Hansi, damit der die Haustür öffnete. Nichts. Das gab's doch nicht! War der schon eingepennt? Oder vielleicht saß er gerade auf dem Pott. Anrufen konnte er ihn aus naheliegenden Gründen nicht. Er drückte erneut auf die Klingel. Dieses Mal länger. Er hörte das Geräusch aus dem ersten Stock bis ins Erdgeschoss. Wieder keine Reaktion. Schlagartig hatte er ein ungutes Gefühl.

Wenn er falschlag, konnte er sich immer noch entschuldigen. Heiko drückte mit der flachen Hand auf alle Klingeln, die er zu fassen bekam. Wütende Nachfragen ertönten aus dem kleinen Lautsprecher.

»Polizei! Öffnen Sie. Schnell!«

Hinter der Haustür erkannte er eine schemenhafte Gestalt.

Das Glas war so geschliffen, dass er kein klares Bild hatte. Verdammt. Warum öffnete derjenige nicht? Der Bewohner ging anscheinend ins Kellergeschoss. Endlich. Ein Summen ertönte und die Tür ging auf. Heiko stürmte die Treppe hinauf ins erste Stockwerk. Hansis Nachbarin sah ihm verärgert entgegen. Das interessierte ihn nicht. Wieso stand die Tür zu Hansis Wohnung offen? Mit der Waffe in der Hand stürmte er in den Flur. Blut. Viel zu viel Blut. Und mittendrin Hansi. Kreidebleich.

Heiko schaltete auf Autopilot und steckte seine Waffe zurück ins Holster. *Vitalzeichen überprüfen!* Vorhanden, aber kaum spürbar. *Blutung stoppen.* Er riss sich seine Jacke herunter und presste den dünnen Baumwollstoff fest auf die Wunde am Hals.

»Oh nein«, schrie jemand hinter ihm. Die Nachbarin.

»Rufen Sie 112. Los. Machen Sie schon. Schnittverletzung, starker Blutverlust, Schock.«

Erstaunlicherweise tat die Nachbarin dies mit sicherer Stimme und beorderte gefasst und ruhig den Rettungswagen zu dieser Adresse. Sie zwängte sich an Heiko vorbei in die Küche und kehrte mit zwei Geschirrhandtüchern zurück. Sie hockte sich neben Hansi hin und drehte seinen Kopf etwas zur Seite.

»Er erstickt sonst am Blut. Machen Sie Platz. Ich drücke ab, Sie überprüfen die Atmung.« Heiko sah sie fragend an. »Ich bin Krankenschwester.«

Das reichte ihm. Er tat, was sie ihm sagte. Überraschend schnell hörte er polternde Schritte, dann überließ er dem Notarzt und den Rettungssanitätern das Feld. Heiko fand sich plötzlich mit der Nachbarin in Hansis Küche wieder.

»Heike«, sagte sie und hielt ihm die Hand hin.

Er drückte sie und begann zu lachen. »Sorry, das ist nicht witzig, das müssen die Nerven sein. Heiko.«

Ihre Mundwinkel zitterten, dann kicherte sie. »Doch, das ist witzig.«

Er spähte über ihre Schulter hinweg zum Notarzt. »Hansi lebt.«

»Ja. Ich glaube, der oder die hat nicht richtig getroffen und die Ader nur angeritzt. Das reichte aber auch. Zum Glück war er bewusstlos, das verringert den … Ach egal. Ich hoffe so sehr, dass er es schafft.«

»Ich auch.« Seine Hände zitterten. Entschieden riss er sich zusammen. Er war es seinem Freund schuldig, wie ein Polizist zu denken. »Ist dir vielleicht jemand aufgefallen? Oder irgendwas?«

Heike nickte. »Ich habe ein Klopfen gehört. Dann hat etwas gepoltert: Ich bin zur Tür und wollte gerade nachsehen, da hast du geklingelt. Ich habe den Öffner gedrückt und … Warte mal, jemand ist weggelaufen. Da bin ich sicher, aber ich habe das leider nur gehört. Aber ich bin ganz sicher, dass es eine Frau war. Männer gehen irgendwie anders.«

Das passte. Er wollte etwas sagen, doch zwei uniformierte Kollegen betraten die Küche, die plötzlich überfüllt war. »Moin. Sie sind Zeugen und können uns sagen, was hier passiert ist?«

Heiko ging einen Schritt auf den jüngeren Polizisten zu. »Gib mir mal das Funkgerät. Aber flott.«

Da der Mann keine Anstalten machte, seiner Forderung nachzukommen, entriss er es ihm einfach. Zum Glück handelte es sich um ein altes Handgerät und keines der neueren, die auf der Schulter getragen wurden.

Er drückte den Knopf, der ihn mit der Leitstelle verband. »Polizeikommissar Heiko Carlsen vom Revier Büsum, meine Dienstnummer ist scheißegal, ich brauche sofort eine Fahndung nach Britt Rahlsen. Sie ist entweder mit einem Roller oder einem PKW der Marke Nissan unterwegs.« Er ratterte die amtlichen Kennzeichen herunter. »Verdacht auf mehrere Tötungsdelikte, unterwegs im Raum Heide, vermutliches Fahrtziel Büsum. Macht mal hinne, damit wir sie kriegen!« Entschuldigend sah er den Kollegen an, der ihn völlig verdattert anblickte. »Das da ist mein Freund und wir sind an der Tussi schon dran. So ein Schiet«, erklärte er reichlich zusammenhangslos.

Der ältere Kollege räusperte sich. »Mir hat besonders der Spruch mit ›meine Dienstnummer ist scheißegal‹ gefallen, aber hast du trotzdem mal 'nen Ausweis, der das Tragen der Walther erklärt?«

»Ja klar.« Heiko reichte ihm das gewünschte Dokument. »Ich muss mal eben mein Handy aus dem Wohnzimmer holen. Das hatte ich da vergessen. Mein Chef sollte hiervon erfahren.«

»Wer ist denn dein Chef?«

»Mikkel Tvorsen aus Büsum.«

Der Ältere nickte. »Jo, alles klar. Wir haben gehört, dass ihr unserer Kripo Konkurrenz macht – oder sie entlastet – je nach Betrachtungsweise. Dann kannste ja den Schreibkram zu diesem Vorgang übernehmen.«

»Mach ich. Aber erst …« Er drängte sich an ihnen vorbei, zögerte aber an der Schwelle, drehte sich um und nickte Heike zu. »Ich melde mich noch mal. Danke.«

Dass sie sofort nickte, gefiel ihm. Dann eilte er ins Wohnzimmer. Sein Handy lag dort, wo er es erwartet hatte. Als er es nahm, durchzuckte ihn ein Gedanke. Ob Hansi die Tür so leichtsinnig geöffnet hatte, weil er dachte, er wäre gekommen, um das Telefon zu holen?

Die Schuldgefühle führten zu einem Übelkeitsanfall, den er entschieden bekämpfte. Er wollte Mikkels Nummer wählen, wurde aber durch Geräusche im Flur abgelenkt. Eilig kehrte er dorthin zurück. Weitere Sanitäter kamen in die Wohnung und stellten eine Trage neben Hansi ab. Er versuchte, eine Frage zu stellen, bekam aber keine Worte formuliert.

Der Notarzt verstand ihn auch so. »Stabil, aber nicht außer Gefahr. In vierundzwanzig Stunden wissen wir mehr.«

Nicht außer Gefahr … »Hey, Kollegen! Er braucht Polizeischutz. Rund um die Uhr. Niemand darf zu ihm, besonders keine gut aussehende, etwas füllige Blondine in den Fünfzigern!«, brüllte er los.

Der Jüngere nickte ihm zu. »Verstanden. Wir kümmern uns darum.«

Er sollte sich eigentlich nach den Namen der Kollegen erkundigen, aber plötzlich war ihm alles zu viel. Er ging rückwärts zurück ins Wohnzimmer, ließ sich auf einen der Stühle fallen und wählte Mikkels Nummer.

»Chef, es ist was passiert«, begann er. Seine Stimme brach, aber wieder riss er sich zusammen und erstatte einen knappen Bericht.

»Bin unterwegs. Gut gemacht, halte noch kurz durch. Bin gleich da.«

Gleich war bei der Fahrtzeit relativ, dennoch fühlte er sich sofort besser.

»Was ist denn hier los? Hat hier irgendwer ein Taxi bestellt?«, rief jemand aus dem Treppenhaus.

Heiko verzichtete auf eine Antwort. Irgendwann zog der Typ grummelnd von dannen. Plötzlich war Heike wieder da und schob ihm ein Glas zu. »Trink mal. Gilt als Medizin.«

Wenn sie als Krankenschwester das sagte …

Kapitel 35

Mikkel hielt seinen Polizeiausweis gut sichtbar in der Hand, als er die Wohnung betrat. Ein uniformierter Kollege nickte ihm zu.

»Heiko ist im Zimmer geradeaus durch.«

»Danke.«

»Ich warte auf die Spusi, aber viel wird die nicht finden. Es ist alles kontaminiert: Heiko, eine Nachbarin, Notarzt, Sanis.«

Mikkel sah kurz auf die Blutlache und nickte dann. »Da gebe ich dir recht, aber hilft ja nichts. Wat mutt, dat mutt.«

Im Wohnzimmer fand er Heiko, der blicklos vor sich hinstarrte. Erst als er Tjark bemerkte, reagierte er.

Mikkel beantwortete die unausgesprochene Frage. »Mein Wagen sprang nicht an, da hat Tjark Taxi gespielt.«

»Taxi«, wiederholte Heiko, dann sprudelte die ganze Geschichte aus ihm heraus, nun wesentlich detaillierter als zuvor am Telefon. Als er die schemenhafte Gestalt erwähnte und seine Entscheidung, zunächst nach Hansi zu sehen, stutzte Mikkel.

»Sekunde mal«, bat er und ging zurück zu dem Kollegen, der überflüssigerweise den Tatort bewachte. »Kannst du dir mal mit Tjark zusammen den Keller ansehen? Ich kenne solche Häuser, meistens kann man von einem Gebäude zum anderen gelangen, ohne rauszumüssen. Seht euch mal um, achtet auf verwertbare Spuren und schmeißt die Anwohner aus dem Bett, ich will wissen, ob jemand unsere Tatverdächtige gesehen hat.«

»Klar, machen wir. Alles ist besser, als hier herumzustehen

und auf den Blutfleck zu gucken«, stimmte der Polizist sofort zu. »Ich bin übrigens Hannes Schlüter.«

»Danke, Hannes.«

Tjark brummte und ging ins Treppenhaus.

»Hey, warte. Ich komme mit. Immerhin bin ich bewaffnet.«

»Ich auch«, erwiderte Tjark lediglich.

Mikkel verzichtete auf den Hinweis, dass die Täterin garantiert schon längst den Gebäudekomplex verlassen hatte. Ansonsten hätte er die beiden niemals alleine dorthin geschickt, sondern wäre gemeinsam mit Tjark losgezogen.

Er kehrte zu Heiko zurück, der sofort weiterredete, als ob es keine Unterbrechung gegeben hätte. »Mein Handy ist schuld« endete er schließlich. »Hätte ich es nicht vergessen, wäre Hansi niemals so leichtsinnig gewesen, die Tür zu öffnen.«

»Du spinnst. Er hätte auf jeden Fall durch den Spion sehen müssen, dafür ist der doch da. Und wir hatten ihn ausdrücklich gewarnt! Du bist nicht an dem Überfall auf ihn schuld, sondern dafür verantwortlich, dass er noch eine Chance hat. Ich denke, du hast die Täterin mit deinem wilden Geklingel vertrieben, vielleicht sogar im entscheidenden Moment abgelenkt.«

»Das sehe ich auch so«, sagte eine Frau vom Flur aus. »Hallo, ich bin Heike, die Krankenschwester von nebenan. Ich habe mich nur rasch frisch gemacht und angezogen.«

Sich mit einem Kollegen zu duzen, war für Mikkel normal, aber mit einer potenziellen Zeugin?

Seine Zurückhaltung führte zu einem verlegenen Lächeln. »Entschuldigung, Heike Carlsen. Ich bin noch ein wenig durcheinander.«

Heiko deutete auf den Stuhl neben sich. »Mach dir keinen Kopp und für mich bleibst du Heike. Setz dich doch.«

Sie ließ sich neben ihm nieder und griff nach seiner Hand. »Mensch, ich bin ja aus meinem Job so einiges gewohnt, aber das hier war noch mal was anderes. Ich weiß gar nicht, was ich jetzt machen soll.«

Mikkel überlegte kurz. »Wir können die Aussagen auch morgen aufnehmen. Sollen wir euch ins Krankenhaus zu – ähm – Hansi fahren? Oder ein Hotelzimmer suchen?« Er stutzte. »Also zwei natürlich.«

Heiko grinste flüchtig. »Krankenhaus klingt gut.« Unsicher wandte er sich an Heike. »Kann ich dich denn alleine lassen? Sonst bleibe ich bei dir und penne auf deinem Sofa.«

»Nö, ich komme einfach mit und ernenne mich zu deinem Übersetzer in der Klinik. Mit mir werden sie eher reden als mit dir.«

»Danke. Das bedeutet mir viel.«

Mikkel verkniff sich gerade noch einen frotzelnden Kommentar. Erst Tobi, der offensichtlich fasziniert von Ellie war, und nun noch Heiko und Heike.

Die Rückkehr von Tjark und Hannes sorgte für eine Ablenkung, die er gut gebrauchen konnte.

Beide wirkten dermaßen zufrieden, dass Mikkel gespannt war, was sie herausgefunden hatten.

Mit seinem Smartphone in der Hand kam Tjark zu ihm. »Im Nachbarhaus gibt es eine erbitterte Fehde zwischen Herrmann Lütgens und Dietmar Boltze. Die beiden beschuldigen sich seit Monaten aller möglichen Dinge und nun kommt's. Lütgens hat seinen Eingangsbereich mit einer Kamera abgesichert, die bis zur Haustür reicht. Das Ding habe ich mit Hinweis auf den Datenschutz einkassiert und sichergestellt und nun sieh dir mal an, was die Kamera aufgenommen hat. Ich habe das vom Display mal abfotografiert.«

Eigentlich hätte er ja lieber Tjarks ungewohnten Redefluss kommentiert, doch Mikkel reichte ein Blick aufs Handy und er ballte die Hand zur Faust. Die Frau war nur von hinten aufgenommen worden, doch das reichte ihm. »Wir haben endlich einen konkreten Beweis. Jetzt können wir dem Staatsanwalt das Gesamtpaket mit sämtlichen Indizien vorlegen! Damit gibt er uns alles: Vom Durchsuchungsbeschluss bis zum Haftbefehl. Perfekt. Ich schmeiße den Herrn aus dem Bett, kündige ihm die Beweismittel an und gebe die Fahndung nach Britt Rahlsen raus.«

»Klingt nach einem Plan, nur die Fahndung kannst du dir schenken, die hat Heiko schon veranlasst«, meinte Hannes und drehte lauschend den Kopf zur Seite. »Die Kollegen kommen. Ich weise die mal ein.«

Mikkel nickte. »Und wir fahren euch beide in die Klinik und dann zu Rieke und ihrem Übernachtungsgast. Mein Gefühl sagt mir, dass die Nacht noch nicht zu Ende ist.«

»Willst du Rieke nicht anrufen oder ihr eine Nachricht schicken?«, fragte Tjark.

Ohne zu zögern, schüttelte Mikkel den Kopf. »Das machen wir persönlich. Ich habe keine Ahnung, wie die Tochter darauf reagiert, dass wir die Mutter im Sack haben. Das ist mir zu riskant, da bin ich lieber vor Ort, ehe Marlene doch noch auf Rieke losgeht.«

Tjark brummte zustimmend. »Ich sage Annika und meinem

Bruder mal Bescheid. Die können das Haus zusätzlich im Auge behalten.«

»Guter Punkt. Mach das.«

Kapitel 36

Es war wie früher und dennoch völlig anders. Weder Rieke noch Marlene konnten schlafen. Sie unterhielten sich über belanglose Themen und schlichen um die eigentlichen Fragen herum. Rieke hatte für Marlene das Schlafsofa in ihrem kleinen Wohnzimmer in ein Bett verwandelt und sich selbst in ihren Lieblingssessel gekuschelt. Das Ungetüm mit den riesigen Ohren stammte noch von ihrer Uroma, war jedoch mittlerweile neu bezogen worden und passte mit dem königsblauen Stoff perfekt zu ihrer sonstigen Einrichtung, die einen deutlich maritimen Touch hatte.

»Deine eigene Wohnung im Haus ist schon praktisch«, sagte Marlene unvermittelt, nachdem sie gerade noch über Filmstars geredet hatten, für die sie früher geschwärmt hatten und die mittlerweile schon ergraut waren.

»Na ja, eine echte Küche fehlt. Die kleine Ecke auf dem Flur würde bei einem richtigen Abendessen nicht ausreichen, aber wenn ich mal was Großes kochen will, kann ich das auch unten machen. Wie habt ihr euch denn eingerichtet? Ihr habt doch auch Platz ohne Ende.« Rieke ließ sich nicht anmerken, dass sie genau wusste, wie Marlenes Zimmer aussah.

Einen Moment lang starrte Marlene in ihr Weinglas. Aus gutem Grund war Rieke nach einem halben Glas auf Wasser umgestiegen, während sie ihrer ehemaligen Freundin bereits dreimal nachgeschenkt hatte.

»Geht dir die Nähe zu deiner Mutter nicht auf die Nerven?«, fragte Marlene, statt die Frage zu beantworten.

»Eigentlich nicht. So oft sehen wir uns auch nicht, weil wir beide unser eigenes Leben haben. Und es ist ganz praktisch, dass wir uns mit der Wäsche abwechseln. Aber damit hat es sich auch schon. Den Rest macht jeder für sich alleine. Es fehlte mir noch, dass meine Mutter mich ermahnen würde, dass ich mal wieder Staubsaugen solle.«

»Dann hast du es gut. Ich hatte mal ein eigenes Leben, aber das ist schnell wieder vorbei gewesen. Diese miese Krankheit hat alles kaputtgemacht.«

»Hattest du eine eigene Wohnung?«

»Ja, direkt im Hotel. Woanders bekommst du auf Sylt kein Zimmer. Das hat mich aber auch nicht gestört, im Gegenteil. Es war perfekt. Kein Arbeitsweg, das Meer vor der Tür, in der Küche gab's für uns Angestellte immer geniale Reste und mit dem Rad bin ich überall hingekommen. Besonders zum Ellenbogen. Dort ist es abseits der Besucherströme traumhaft.«

Marlene hatte auf Sylt gearbeitet? Das war ein weiteres Puzzlestück, das perfekt passte. Rieke verbarg, dass ihr die Information neu war. »Das klingt wirklich gut. In welchem Hotel warst du denn?«

Den Namen, den Marlene nannte, kommentierte Rieke mit einem Pfiff. »Wow, den Laden kenne ja sogar ich. Was hast du da gemacht?«

»Ich hatte das gesamte Housekeeping unter mir, das waren fast vierzig Angestellte. Es lief nach einigen Anfangsschwierigkeiten wie ein Schweizer Uhrwerk. Der Generalmanager hatte mir schon einen Aufenthalt in New York und danach eine Beförderung in Aussicht gestellt.«

Rieke nippte an ihrem Wasser. »Und stattdessen bist du

zurück nach Büsum und hier an der Rezeption von so 'nem kleinem Ding gelandet. Schöner Mist. Aber deiner Mutter geht's doch jetzt gut. Könntest du jetzt nicht wieder durchstarten?«

Marlene starrte wieder in ihr Glas. »Das hat Eric auch gesagt und ich habe ernsthaft darüber nachgedacht. Er hat gesagt, dass es ganz egal wäre, wohin es mich verschlagen würde, er würde dort auch einen Job finden. Ich glaube, deswegen habe ich so aggressiv auf Frau von Wotersen reagiert. Sie hat mir vor Augen geführt, was ich hätte haben können.« Sie verzog den Mund. »Na ja, außerdem war ich auch eifersüchtig, dass sie mit Eric abhing. Ich habe ihm geglaubt, dass da nichts ist, aber so ganz konnte ich meine Eifersucht nicht abstellen.«

»Wieso habt ihr denn aus eurer Beziehung so ein Geheimnis gemacht?«

»Na, wegen meiner Mutter. Damit sie nicht …« Marlene stoppte mitten im Satz. Rieke rechnete schon nicht mehr damit, dass sie weitersprach, aber nach einem tiefen Atemzug und einem großen Schluck Wein setzte Marlene sich aufrechter hin. »Meine Mutter ist nicht wie deine. Sie kann mich nicht loslassen. Sie meint es gut und möchte mir schlechte Erfahrungen ersparen, aber dabei greift sie zu Mitteln … Du bist Polizistin und du bist clever. Du weißt, was ich meine, aber ich werde es nicht aussprechen. Was soll ich denn machen?«

In der Frage lag Marlenes ganze Verzweiflung, die Rieke nicht kalt ließ. Sie stand auf, setzte sich auf dem Sofa neben Marlene und griff nach ihrer Hand. »Es darf so nicht weitergehen. Sie hat Eric ermordet und dich um die gemeinsame

Zukunft gebracht.«

»Ich kann ja verhindern, dass so etwas wieder passiert. Ich muss nur …«

Rieke drückte die Hand fester. »Du hast ein Recht auf ein eigenes Leben. Meine Mutter meinte mal, dass es der schwierigste Teil am Elternsein ist, die Kinder loszulassen. Aber das gehört nun mal dazu. Wie ist dein Leben im Moment bei deiner Mutter? Willst du das wirklich die nächsten vierzig Jahre ertragen? Ich würde an deiner Stelle bei jeder Begegnung daran denken, was sie mir genommen hat: Ein eigenes Leben, die glänzende Karriere – und Eric.«

»Sie hat zugestimmt, dass ich eine eigene Wohnung im Haus bekomme. Als Entschädigung für Eric.«

Marlenes Worte klangen wie ein Selbstgespräch und waren es wohl auch.

Mit einem Ruck entzog Marlene Rieke ihre Hand. »Du hast recht. Aber sie ist meine Mutter. Sie würde doch im Gefängnis nicht überleben.«

»Ich glaube nicht, dass sie dort landen wird. Für mich klingt das Ganze nach einem Fall, in dem ein Mensch professionelle Hilfe braucht. Sieh dir die Kliniken im Internet mal an, die haben nichts mehr mit diesen grauenhaften Irrenhäusern von früher gemeinsam. Da gibt es hochmoderne Institutionen, in denen den Patienten geholfen wird.« Allerdings gab es keine Garantie, dass Britt in einer solchen Anstalt landen würde, denn es gab auch genug Kliniken, in denen die kranken Menschen nur verwahrt wurden, doch das erwähnte Rieke nicht. Im Moment galt es, Britt endgültig aus dem Verkehr zu ziehen, ehe noch mehr Menschen starben.

»Willst du wirklich so weitermachen?«, hakte Rieke nach und verstärkte vorsichtig den Druck auf Marlene.

»Es wäre alles anders gekommen, wenn wir damals miteinander gesprochen hätten, als dein Vater gestorben ist.«

Entschieden verbarg Rieke die Trauer und konzentrierte sich auf ihren Job als Polizistin. »Es wird mir immer leidtun, dass ich dir damals nicht zugehört habe. Was wolltest du mir denn erzählen? Sag es mir jetzt. Es ist über zehn Jahre her, alles, was dir schaden könnte, ist verjährt.« Wobei dies nur für Marlene galt, denn Mord verjährte nie, aber mittlerweile war Rieke sicher, dass Britt die alleinige Täterin und Marlene ein Opfer war.

»Als meine Mutter hörte, dass dein Vater gestorben war, hat sie irre reagiert. Sie tat das als lächerliche Bagatelle ab und meinte, dass du froh sein könntest. Sie hatte da schon einige Gin Tonic intus. Ich fragte nach, ganz unauffällig. Da hat sie verächtlich gelacht und gemeint, dass sie schon dafür gesorgt hätte, dass ich niemals diesen Versager kennenlerne, der zufällig mein Erzeuger gewesen ist.« Marlene ballte die Hände zu Fäusten. »Ich weiß nicht wieso, aber plötzlich hatte ich einen sehr netten Mann vor Augen, der uns besucht hatte. Ich wollte wissen, wie sie das meinte und ob er das gewesen wäre.«

Nach einem tiefen Atemzug leerte Marlene das Weinglas in einem Zug.

»Sie sagte nur noch, dass sein Verschwinden niemals geklärt werden und niemand ihn jemals vermissen würde. Aber da hatte sie sich geirrt. Ich habe ihn vermisst, obwohl ich ihn gar nicht kannte. Das wollte ich dir damals sagen.«

Rieke stand auf und goss sich jetzt doch noch einen

Schluck Wein ein. »Hätten wir darüber geredet, wären all die anderen Morde nicht geschehen«, überlegte sie laut, während sie sich wieder neben Marlene setzte.

»Ja. Deshalb hatte ich dir eine Mitschuld gegeben und den Stein geworfen. Aber das war falsch. Ich brauchte nur einige Zeit, um klar sehen zu können.« Sie rieb sich fahrig über die Augen. »Ich weiß nicht mal, wer er war. Alles, was ich von ihm habe, ist dieses alte Messer, das am Kamin hing, und ein paar wirre Erinnerungsfetzen.«

Plötzlich lag die Lösung vor Rieke. Nicht einmal der Verlust von Eric würde Marlene dazu bringen, ihre Mutter offiziell zu beschuldigen, aber bei ihrem Vater sah es ganz anders aus. Das war der Hebel, den sie gesucht hatte, und sie wusste genau, wie sie ihn nutzen würde.

Kapitel 37

Die Fahrt in die Notaufnahme des Westküstenklinikums dauerte keine Viertelstunde, bei Tjarks Fahrstil deutlich weniger. Mikkel hatte gedacht, dass die Zeit locker ausreichen würde, um den Staatsanwalt, der Bereitschaft hatte, zu überzeugen, dass der Tatverdacht gegen Britt Rahlsen auf einem soliden Fundament stand. Nach seiner Erfahrung hatten sie mehr als genug in der Hand, um einen Haftbefehl zu bekommen, doch der Mann, mit dem er telefonierte, sah dies anders.

Schon als er sich mit einem knappen ›von Rönnau‹ vorgestellt hatte, war Mikkel klar gewesen, dass es Probleme geben könnte. Trotz der wenigen Worte war dem Kerl anzumerken, dass er von der Störung extrem genervt war. Dass dies sein Job war und er dafür bezahlt wurde, schien ihn nicht zu interessieren.

»Ich denke, Sie sollten meinem Kollegen morgen die gesamte Akte vorlegen. Dann wird zeitnah eine Entscheidung getroffen.«

Das war das Ergebnis der Zusammenfassung, die Mikkel ihm geschildert hatte? Das konnte nicht wahr sein. Er ermahnte sich, ruhig zu bleiben, obwohl er den Typen zu gerne angebrüllt hätte. Hier musste er anders vorgehen.

»Gar kein Problem, Herr Rönnau. Ihnen ist aber klar, dass weitere Todesopfer dann auf Ihr Konto gehen. Ich werde unverzüglich ein Protokoll dieses Telefonats in unsere Fallakte einpflegen.«

»*Von* Rönnau«, korrigierte der Staatsanwalt prompt, als ob

sie keine anderen Probleme hätten. »Und nun mal nicht so eilig, Herr Tvorsen. Wieso gehen Sie von weiteren Opfern aus?«

»Das habe ich Ihnen gerade erklärt. Die Frau ist hochgradig gefährlich und wird alles tun, um ihre Taten zu verschleiern und ihre krankhafte Beziehung zu ihrer Tochter zu sichern.«

»Das sind Mutmaßungen.«

»Natürlich. So arbeiten wir nun mal. Aber unsere Theorie wird durch Beweise untermauert, die absolut wasserdicht sind. Und was die Persönlichkeit der Tatverdächtigen angeht, so kann ich hier auf das Urteil einer erfahrenen Kollegin vom BKA zurückgreifen.« Das war noch nicht einmal gelogen.

Tjark steuerte den Wagen weiterhin mit Höchstgeschwindigkeit durch die Stadt, in der zu dieser Zeit kaum Verkehr unterwegs war.

»Nun gut. Liegt Ihnen dieses Gutachten schriftlich vor?«

Es wurde immer schlimmer. »Nein, es basiert auf einer Vernehmung und die Einschätzung wurde nur mündlich vorgetragen. Für das Erstellen des Dokuments war noch keine Zeit.«

»Nun, ich denke, Sie übertreiben. Das, was Sie dort schildern, mag in Großstädten vorkommen, aber doch nicht hier an der Küste. Melden Sie sich doch bitte, wenn Sie mehr haben.«

Die Verbindung wurde getrennt. Mikkel starrte das Handy an und konnte es nicht glauben. »Wieso geraten wir an den größten Idioten, den die Staatsanwaltschaft zu bieten hat?«

Heiko beugte sich vom Rücksitz aus vor. »Weil die einen solchen Personalmangel haben, dass sie jeden Idioten einstellen. Was machen wir jetzt?«

»Weiter, als ob wir einen Haftbefehl hätten. An der Fahndung ändert sich ja nichts und die Festnahme nehme ich auf meine Kappe. Aber erst einmal müssen wir sie erwischen.«

Tjark stoppte mit qualmenden Reifen direkt vor der Notaufnahme. »Endstation für euch«, sagte er und blickte dabei in den Rückspiegel.

Heike und Heiko kletterten aus dem Wagen.

Durch das offene Seitenfenster sah Heiko Mikkel an. »Ich hoffe, Hansi schafft es. Ich werde die Ärzte dann so lange löchern, bis sie mich zu ihm lassen. Mit seiner Aussage ist alles wasserdicht.«

Mikkel nickte nur stumm und wies nicht darauf hin, dass der Reporter noch längst nicht außer Lebensgefahr war.

»Fahrt ihr zu Rieke?«

»Ja.«

»Dann passt auf euch auf.«

»Machen wir«, versprach Mikkel, während Tjark bereits wieder anfuhr.

»Ätzend, solche Typen«, sagte Tjark, als er mit Höchstgeschwindigkeit Richtung Büsum fuhr.

Ausnahmsweise beschränkte sich Mikkel auf ein Brummen.

Tjark nahm die Kurven dermaßen schnell, dass Mikkel sich am Griff oberhalb des Fensters festhielt. »Weißt du, wo Rieke wohnt?«

»Jo.«

»Wie sieht's da aus?«

»Unübersichtlich. Großes Haus mit Nebengebäude. Viel Platz, um sich zu verstecken.«

»Also auch mit Jakob, Annika und Konrad vor Ort ein Risiko für Rieke.«

»Jo. Wenn Britt darauf kommt, wo ihre Tochter ist.«

Mikkel überlegte fieberhaft, wie hoch die Wahrscheinlichkeit war, dass die Frau zu Rieke unterwegs war. Immer noch hielt er es für zu gefährlich, Rieke telefonisch über den neuen Mordanschlag zu informieren. Er konnte Marlenes Reaktion einfach nicht einschätzen. Hätte er sie doch nur in U-Haft gesteckt! »Ich könnte mir vorstellen, dass Britt es aus zwei Gründen auf Rieke abgesehen hat: Sie hält sie als Polizistin für eine Gefahr und sieht sie als ein Hindernis an, weil sie eine Vertrauensperson für ihre Tochter sein könnte, die ihrer kranken Beziehung im Weg steht.«

»Eigentlich ist das nur ein Grund und seit wann drückst du dich so schräg aus?«

»Es kann ja nicht jeder nur in verschiedenen Tonarten brummen«, gab Mikkel zurück, lenkte dann aber ein. »Ich habe ein extrem ungutes Gefühl. Deshalb klang ich wie ein Protokoll.«

Mikkel wünschte sich, dass Tjark ihm widersprechen würde, stattdessen senkte sein Fahrer nur ruckartig das Kinn. Anscheinend hatten sie die gleichen Befürchtungen. Das war nicht gut und beruhigte ihn nicht im Geringsten.

Kapitel 38

Riekes Gedanken überschlugen sich, während sie sich das ins Gedächtnis zurückrief, was sie über traumatische Erlebnisse und verdrängte Erinnerungen wusste. Sie spürte, dass dies bei Marlene zutraf und vieles erklären würde. Doch ihre ehemalige Freundin brauchte noch einen gehörigen Schubs, ehe auch sie die Realität so sah, wie sie nun einmal war.

Innerlich korrigierte Rieke sich und strich das Wort ›ehemalig‹. Eigentlich waren sie auf dem besten Wege, wieder Freundinnen zu werden, doch sie fragte sich, wie Marlene darauf reagieren würde, wenn Rieke sämtliche Ereignisse zu einem Gesamtbild zusammenfügte, dass Marlenes Mutter als das zeigte, was sie war: Eine Serienkillerin, wenn auch eine psychisch gestörte. Doch keine Krankheit der Welt rechtfertigte diese Taten.

Zunächst bemühte sie sich um einen ruhigen, gelassenen Ton. »Ich weiß, wie wir alle deine Fragen zu deinem Vater beantworten und klären können.«

Jedenfalls hoffte sie, dass sie das tun konnten. Denn letztlich hatte sie die Nachricht von Konrad nur überflogen, in der er die Akte und den brisanten Inhalt beschrieben hatte.

Marlene sah sie ungläubig an. »Wie soll denn das gehen? Meine Mutter hat ihn vertrieben und mit irgendwelchen Lügengeschichten von mir ferngehalten.«

Es kostete Rieke einige Anstrengung, ihre gelassene Miene beizubehalten. Sie war definitiv auf dem richtigen Weg. Marlene hatte sich einige Dinge so zurechtgebastelt, dass sie in ihre

Realität passten. Doch sie war sicher, dass Marlene viel zu intelligent war, um ihr Lügengebilde nicht zumindest unterbewusst zu durchschauen. Rieke nahm ihr Handy vom Tisch und wählte Konrads Nummer. Als er sich meldete, verzichtete sie auf jede Begrüßung. »Passt es dir, wenn Marlene und ich uns mal die Unterlagen ansehen, die du heute geholt hast?«

»Ja, natürlich. Wir sitzen noch bei einem Glas Wein auf der Terrasse. Kommt einfach dazu.«

Rieke trennte die Verbindung, stand auf und steckte das Telefon in die Tasche ihrer Jeans. »Komm. Unten gibt's Wein, frische Luft und die Wahrheit über deinen Vater.«

Marlenes leichtes Zusammenzucken verriet Rieke, dass sie den ersten empfindlichen Treffer gelandet hatte. Sie rechnete schon damit, dass Marlene zurückrudern würde, doch obwohl ihre Hand deutlich zitterte, erhob sie sich ebenfalls.

»Ja. Lass uns alles klären«, sagte sie so leise, dass Rieke sie kaum verstand.

Auf der Terrasse sah Konrad ihnen entgegen. Vor ihm lag ein Pappordner, der einen ganzen Stapel Blätter enthielt.

»Setzt euch«, bat er. »Martha ist drinnen, um Gläser und eine neue Flasche zu holen.« Er tippte auf die leere Flasche neben seinem Stuhl. »Diese haben wir schon geleert.« Mit einem herzlichen Lächeln sah er Marlene an. »Ich freue mich, dass du runtergekommen bist. Das ist sehr mutig. Und eins möchte ich dir schon jetzt sagen: Wir alle, damit meine ich Martha, Rieke und natürlich mich, sind für dich da. Ganz egal, was heute Abend passiert.«

Diese Art, auf andere einzugehen und ihnen ein Gefühl von

Sicherheit zu geben, war schon immer eine seiner größten Stärken gewesen. Rieke hatte in den letzten Jahren unzählige Male verfolgt, wie kleine Straftäter am Ende eines Gespräches froh waren, ihre Verbrechen zugegeben zu haben. Plötzlich war sie sicher, mit Konrad an ihrer Seite, den Fall endgültig klären zu können – und Marlene zu helfen.

Martha kehrte mit einem voll beladenen Tablett zurück, stellte Marlene und Rieke zwei Gläser hin und füllte sie.

»Es ist unglaublich, dass ihr nun schon alt genug seid, um mit uns ein Glas Wein zu trinken. Mir kommt es vor wie gestern, dass ich euch mit einem warmen Kakao verwöhnt habe.«

Sie prosteten sich zu und dann war es Marlene, die auf die Akte deutete. »Was hat das mit meinem Vater zu tun?«

Konrad zog ein Bild aus dem Stapel hervor und legte es vor ihr auf den Tisch. »Kommt dir dieses Gesicht bekannt vor?«

Marlenes weit aufgerissene Augen beantworteten die Frage, noch ehe sie nickte. »Ja, ich kenne ihn. Wenn ich an meinen Vater denke, habe ich dieses Gesicht vor Augen. Es verschwimmt alles. Es gibt da Szenen, in denen er mit mir lacht, dann lange nichts. Irgendwann verspricht er mir, dass alles gut wird, doch dann ist er einfach weg. Ich habe so lange gehofft, dass er wiederkommt, aber das ist er nicht.«

Konrad stellte sein Weinglas zur Seite und sah Marlene direkt an. »Das hat er bestimmt vorgehabt, doch er konnte es nicht.«

Marlene war blass geworden und wich Konrads Blick aus.

Rieke schlug mit der flachen Hand leicht auf den Tisch. »Keine Ausflüchte und keine Ausreden, Marlene! Du wirst die Augen nicht länger vor der Wirklichkeit verschließen!«

»Wieso konnte er nicht?«, fragte Marlene und schien Riekes Worte gar nicht wahrgenommen zu haben.

Konrad beugte sich etwas vor. »Eigentlich müsste ich dich das doch fragen. Du weißt doch, was damals passiert ist. Erinnere dich an den Freitag vor nun mehr fast fünfundzwanzig Jahren. Dein Vater ist zu euch ins Haus gekommen. Er hat sich gefreut, dich zu sehen, aber auch deiner Mutter Vorwürfe gemacht, dass er sie so lange suchen musste. Und jetzt bist du dran.«

Etliche Sekunden starrte Marlene an Konrad vorbei, dann sackte sie ein wenig zusammen. »Sie haben sich gestritten. Ich musste ins Kinderzimmer und sie sind in die Küche. Doch ich bin ganz leise die Treppe wieder herunter und habe sie gehört. Mama wollte, dass er geht, doch er hat sich geweigert. Er hat zu ihr gesagt, dass sie krank wäre und dass er mich mitnehmen würde.« Ihre Stimme klang wie die eines Kindes. Marlene hielt die Tischplatte so fest umklammert, dass ihre Knöchel weiß hervortraten. »Es wurde immer lauter. Dann hat Papa gebrüllt, als ob er sich wehgetan hat und dann hat es gepoltert. Ich habe vor Schreck ganz laut geschrien. Plötzlich war Mama da und hat mit mir geschimpft. Ich musste hoch. Mama hat mich am Arm gepackt und es hat wehgetan. Dann hat sie mich bis zum nächsten Morgen eingeschlossen. Danach durfte ich nie wieder von Papa reden, weil er uns verlassen hat.« Sie sog heftig Luft durch die Nase ein. »Ich habe die ganzen Jahre nicht mehr daran gedacht. Aber das Bild. Es hat alles zurückgebracht. Nun erinnere ich mich an den Tag.«

Konrad fasste über den Tisch nach Marlenes Hand und löste behutsam ihren Griff. »Du warst damals gerade fünf Jahre alt. Sei nicht zu streng zu dir.«

Marlenes Unterlippe zitterte. »Er ist nie zurückgekehrt, weil sie ihn umgebracht hat.«

Rieke ging auf das Offensichtliche nicht ein. »Was war auf Sylt? Du erinnerst dich doch noch an Björn, den Surflehrer?«

»Natürlich. Er hat mich an Eric erinnert. Aber damit lag ich falsch. Wir haben nur einen Abend miteinander verbracht, denn mir war sofort klar, dass er der falsche Typ für eine richtige Beziehung ist. Er hat sich von älteren Damen aushalten lassen, also so richtig, und ansonsten auch nichts anbrennen lassen. Es war lustig mit ihm, wir haben gelacht und viel Spaß gehabt. Und das war es auch, was wir beide wollten: Einfach ein bisschen Spaß haben. Mehr nicht.«

Marlene schwieg und starrte an Konrad vorbei in die Ferne.

Überraschenderweise war es Martha, die nun die Initiative ergriff. »Spaß ist erlaubt, daran ist nichts Böses. Was ist dann passiert?«

Marlene räusperte sich. »Ich weiß es nicht genau. Es gab da einen Abend, an dem er einen Gast ins Hotel begleitet hat. Also nur bis ins Foyer. Ich kam da zufällig lang. Und Björn hat mich so begrüßt, wie man es eben tut, und gefragt, ob wir uns noch sehen könnten. Ich habe gar nicht bemerkt, dass sie auch da war und auf mich gewartet hat. Am nächsten Tag ist Björn ermordet worden, den Täter hat man nie gefasst.«

Rieke biss sich auf die Lippen, um nicht nachzufragen, ob Marlene da keinen Verdacht geschöpft hatte. »Und später dann auf Fehmarn war es das Gleiche?«

»Nicht ganz. Ich hatte mich mit Thies verabredet, denn er war sehr um mich bemüht, sah gut aus und gefiel mir. Aber am

Abend habe fürchterliche Magenschmerzen bekommen und bin ins Bett gegangen. Am nächsten Tag dann …« Ihre Stimme brach.

»Magenschmerzen«, wiederholte Rieke. »Wie bei Eric.«

Marlene nickte. »Auf Fehmarn hatte ich das erste Mal einen Verdacht, den aber als Hirngespinst abgetan. Schließlich war sie damals noch auf ihren Rollator angewiesen.«

Martha nickte energisch. »Natürlich hast du das! Das ist ja auch so absurd, dass man es nicht wahrhaben will. Das ist völlig verständlich. Aber nun ist doch wohl alles klar, oder?«

Rieke wagte es nicht zu atmen, doch Marlene nickte. »Ja. Ich weiß, dass sie panische Angst davor hatte, dass ich sie verlasse, aber ich hätte nie gedacht, dass sie so weit gehen würde. Als es mit Eric ernst wurde, habe ich alles getan, um das vor ihr zu verbergen. Vielleicht habe ich es doch geahnt. Aber es hat nicht gereicht.«

Langsam stieß Rieke die angehaltene Luft aus. »Es war kein Zufall, dass dir schlecht geworden ist.«

Marlene ballte die Hände zu Fäusten. »Nein. Sie hatte mich zum Abendessen eingeladen und einen Salat gemacht.«

»Warum hatte sie es jetzt auf Eric abgesehen und damals nicht, als ihr das erste Mal zusammen gewesen seid?«

Nachdem sie einen großen Schluck Wein genommen hatte, atmete Marlene tief durch. »Es hat erst nach der Diagnose angefangen. Vorher hat sie nur gegen Eric gehetzt. Mit Worten. Das war alles. Sylt war zwei Wochen, nachdem der Arzt ihr das Ergebnis der Untersuchung mitgeteilt hat. «

Mehr musste sie nicht sagen. »Ich verstehe«, sagte Rieke, und das meinte sie auch so. Natürlich hatte sie keinerlei Verständnis für die Morde, doch Auslöser und Motiv waren nun deutlich erkennbar.

Impulsiv fasste sie nach Marlenes Hand. »Es tut mir so unendlich leid für dich. Das Ganze. Ich begreife gar nicht, wie du bei unserem Treffen im Hotel die Fassung behalten konntest.«

»Habe ich gar nicht. Ich war total schockiert und habe nur noch geheult, nachdem ihr weg wart. Es ging ja nicht nur um Eric, plötzlich war alles klar, aber ich wollte es nicht sehen. Bis heute habe ich erfolgreich verdrängt, was ich eigentlich wusste. Trotzdem war es natürlich da und lauerte im Hintergrund. Ich bin heilfroh, dass es nun raus ist. Was passiert mit ihr?«

Rieke fiel auf, dass Marlene ihre Mutter kein einziges Mal mehr so bezeichnet hatte. Sie räusperte sich und sah Konrad an, der ihr leicht zunickte. »Nun, wir werden …«

Weiter kam sie nicht. Wie aus dem Nichts stürmte eine Gestalt hinter dem alten Apfelbaum hervor und kam erst direkt hinter Martha zum Stehen. Ehe Rieke reagieren konnte, presste Britt Rahlsen ihrer Mutter ein Messer an den Hals.

»Es wird Zeit, dass wir gehen, mein Kind«, sagte Britt und klang so normal, als ob es sich um einen Freundschaftsbesuch handeln würde.

Kapitel 39

Mit jedem Meter, den sie sich ihrem Ziel näherten, wuchs Mikkels Nervosität. Es hätte nicht viel gefehlt und er hätte Tjark angebrüllt, schneller zu fahren, dabei steuerte der sein Ungetüm von Geländewagen schon mit Höchstgeschwindigkeit über die enge Straße.

Endlich tauchten vor ihnen das alte Bauernhaus und die Scheune im Licht der Scheinwerfer auf. Aber das war nicht alles. Annika, Jakob und einige unbekannte Menschen standen dort ebenfalls und wirkten teilweise extrem aufgeregt. Das sah nicht gut aus.

Mikkel wartete nicht, bis der Wagen richtig stand, sondern sprang schon vorher raus. Aufs Schließen der Tür verzichtete er.

»Was ist?«, fuhr er Annika an, die zwar ihre Waffe in der Hand hielt, jedoch auf den Boden zielte.

»Ich wollte dich gerade anrufen, als ich eure Scheinwerfer gesehen habe. Geiselnahme. Riekes Mutter. Britt hält ihr ein Messer an die Kehle. Noch hat Britt nicht realisiert, dass es vorbei ist. Wenn das geschieht, dann … Ich befürchte, sie ist nun komplett durchgeknallt. Kein freies Schussfeld. Ich wollte näher ran, aber da ist sie fast ausgetickt. Sie möchte mit ihrem ›Kind‹ nach Hause. Mehr weiß ich nicht, ich habe mich lieber zurückgezogen.«

Jakob, Annikas Mann, hatte schweigend zugehört und nickte lediglich. Mikkel wandte sich an ihn. »Schaff die Leute hier weg. Alle.«

Tjark stand bereits neben ihm. Mikkel sah ihn an. »Wer trifft mit einer Pistole genauer. Du oder Annika?«

Annika deutete auf Tjark. »Er.«

»Gut. Ich rede mit Britt. Wenn du eine Gelegenheit hast, dann drück ab.«

Tjark war blass geworden. Annika fluchte. »Verdammt, daran habe ich nicht gedacht. Ich kann das übernehmen.«

»Nein. Schon gut«, wehrte Tjark ab.

Mikkel spürte, dass hinter dieser Reaktion eine ernste Geschichte steckte, doch dafür hatten sie keine Zeit. »Sicher?«, hakte er nach.

Tjark senkte das Kinn um wenige Millimeter. Das reichte Mikkel.

Er vergewisserte sich, dass er seine entsicherte Dienstwaffe schnell und ungehindert ziehen konnte. Dann gab es keinen Grund mehr, länger zu warten.

Offen ging er an den beiden Gebäuden vorbei auf den Garten zu. Ein großer Bereich lag im Dunkeln, das würde Tjark helfen, sich in eine geeignete Position zu bringen. Die eigentliche Terrasse wurde von Solarleuchten ausreichend erhellt. An einem Tisch saßen Rieke und ein Mann in den Sechzigern, bei dem es sich um Konrad handeln musste. Marlene stand ungefähr einen bis zwei Meter vor einer Frau im gleichen Alter wie Konrad, die von Britt Rahlsen bedroht wurde. Das konnte nur Riekes Mutter sein. Ein Messer, dessen Schneide im Licht der Lampen glitzerte, wurde ihr gegen den Hals gedrückt.

Riekes Hände lagen flach auf dem Tisch, doch sie wirkte gefasst und sprungbereit.

»Lass es doch einfach. Martha hat mit all dem nichts zu tun!«, forderte Marlene.

Britt lachte und es klang hysterisch. »Du ergreifst gegen mich Partei? Ich weiß noch, dass du früher schon lieber hier warst als zu Hause.«

»Das lag nur daran, dass ich gerne mit Rieke gespielt habe. Das ist doch für ein Kind normal.«

Mikkel hielt den Atem an. Die Erklärung war nicht geeignet, um die Situation zu entschärfen. Schnell trat er noch näher. Immerhin hatte Britt bisher nicht auf seine Anwesenheit reagiert. »Guten Abend. Ich störe diese Runde nur ungern, aber ich möchte nicht, dass noch jemandem etwas passiert. Das wäre doch überflüssig und hilft niemandem.«

Es war ihm gelungen, ruhig zu sprechen. Gut. Die Aufmerksamkeit von Britt galt nun ihm.

»Wieso mussten Sie meine Kreise stören? Die Trottel in Heide hätten nie die richtigen Schlüsse gezogen.«

Unwillkürlich dachte Mikkel an sein Gespräch mit Carl zurück. Er verdrängte den Ausflug in die nahe Vergangenheit und zwang sich zu einem Lächeln. »Das nehme ich mal als Kompliment. Marlene, bitte treten Sie etwas zurück, damit sich Ihre Mutter nicht bedrängt fühlt.«

Britt nickte zufrieden. »Danke, Herr Tvorsen. Das kommt mir sehr entgegen.«

Dann war ihr wohl nicht klar, dass es ihm nur darum ging, dass Marlene nicht länger einem finalen Rettungsschuss im Wege stand.

Sichtlich widerwillig ging Marlene zwei Schritte zurück. »Du kannst unser Zuhause nicht mit dem Elternhaus einer Freundin vergleichen. Natürlich war ich gerne zum Spielen hier. Aber mehr auch nicht.«

»Und das heute? Wieso bist du nicht daheim gewesen?«

»Ich habe mich mit Rieke auf ein Glas Wein getroffen. Wir haben über alte Zeiten geredet.«

Rieke nickte. »Das war alles. Und weil Marlene ein Glas zu viel getrunken hatte, habe ich ihr das Sofa fertig gemacht.«

Das Messer entfernte sich um einige Millimeter von Marthas Hals. Riekes Mutter atmete einmal tief durch. »Britt, meine Liebe, willst du dich nicht zu uns setzen und wir reden über alles?«, bot sie an.

Die Einladung war so absurd, dass Mikkel die Lippen fest zusammenpresste, um sie nicht zu kommentieren. Für einen Moment wirkte es, als ob Martha Erfolg hatte. Dann schüttelte Britt den Kopf und sah Marlene an. Ihre Unterlippe zitterte. »Ich habe das alles nur für dich gemacht.«

Marlene trat wieder näher an ihre Mutter heran. »Ich weiß. Aber heute ist nun Schluss damit. Du wirst Martha nichts tun, sondern das Messer weglegen. Dann reden wir darüber, was wir jetzt machen.«

Britts Blick huschte unsicher umher. Mikkel ahnte, dass der Wahnsinn sie beherrschte und jedes logische Denken ausschaltete.

Marlene ging einen weiteren Schritt nach vorne. »Lass es. Es ist vorbei.«

Britts Hand fuhr so schnell zu Marlene herum, dass Mikkel nur einen silbernen Schemen wahrnahm. Dann hechtete Marlene vor und riss ihre Mutter zu Boden. Konrad reagierte blitzschnell und zerrte Martha zur Seite. Gemeinsam mit ihr rutschte er seitlich vom Stuhl. Mikkel überbrückte die Entfernung zu Mutter und Tochter mit wenigen Schritten und richtete seine Waffe auf beide. Rieke stand an seiner Seite – lediglich mit einer Weinflasche bewaffnet.

Britt schrie unverständliche Worte, während Marlene auf ihr lag und sich nicht rührte. Ehe Mikkel die Situation sortiert hatte, bückte sich Rieke und schlug Britt mit der geballten Faust gegen die Schläfe. Die Schreie verstummten.

»Marlene!«, rief Rieke laut und voller Panik.

Sanft drehte Mikkel die Tochter auf die Seite und erschrak, als er das Messer erkannte, das sich in ihre Bauchgegend gebohrt hatte. Eine Blutlache wurde schnell größer.

»Notarzt. Sofort!«, befahl er und überprüfte die Vitalzeichen. Marlenes Puls war schwach, aber regelmäßig.

Rieke hielt ihr Telefon bereits in der Hand. Mit einer Serviette in der Hand kam Konrad zu ihm. »Entfernen?«, fragte er und klang so unsicher, wie Mikkel sich fühlte.

»Nein, dann bekommen wir die Blutung nicht mehr in den Griff. Wir müssen auf den Notarzt warten. Hilf mir, Atmung und Puls zu überprüfen.«

Konrad setzte sich auf den Boden und legte Marlene sanft einen Finger an die Halsschlagader. »Das war so mutig von ihr. Sie hat sich der ganzen Vergangenheit gestellt und dann noch gegen ihre Mutter Position bezogen. Wir dürfen sie nicht verlieren.«

Mikkel nickte lediglich und überprüfte die Atmung, indem er eine flache Hand auf den Brustkorb platzierte.

»Lass mich das machen«, bat Rieke.

Bereitwillig machte er ihr Platz und trat zur Seite. Aus der

Dunkelheit kam Tjark zu ihm.

»Was für ein Wahnsinn! Wir sollten …« Weiter kam er nicht. Die Augen weit aufgerissen starrte er an Mikkel vorbei.

Mikkel fuhr herum und hatte seine Waffe bereits wieder gezogen. Gleich zwei Schüsse hallten durch die Nacht und klangen dabei wie einer. Mit einer stark blutenden Schulter sackte Britt Rahlsen zusammen. Ein weiteres Messer fiel aus ihrer kraftlosen Hand.

»Verdammte Scheiße«, brüllte Mikkel los und war dabei eigentlich nur auf sich selbst sauer. Er hätte die Mörderin sichern und dafür sorgen müssen, dass sie keinerlei Gefahr mehr war. Das würde er nun nachholen. Mit Plastikhandschellen fesselte er die bewusstlose Frau trotz der Verletzung. Sollte sie verbluten, war das definitiv nicht sein Problem.

»Sie hatte es auf ihre Tochter abgesehen«, sagte Tjark und schüttelte den Kopf.

»Klar, lieber gemeinsam tot, als … Was für ein Irrsinn!«, brach es aus Tjark heraus.

Blaulichter zuckten durch die Nacht. Fahrzeuge hielten auf der Rasenfläche. Schließlich landete ein Hubschrauber auf der Weide neben dem Haus und es wurde hektisch. Sanitäter und Ärzte riefen sich Anweisungen und Werte zu. Es dauerte eine gefühlte Ewigkeit, bis ein wenig Ruhe einkehrte.

Konrad trat zu ihm. »Ich fahre mit Rieke zusammen in die Klinik, in die Marlene gleich geflogen wird. Es sieht nicht gut aus.«

»Mach das. Die Formalitäten können warten. Danke für deine Hilfe.«

»Dafür nicht. Aber was machen wir mit Martha?«

Im Gegensatz zu Konrad hatte Mikkel gesehen, dass sich Riekes Mutter ihnen genähert hatte. »Die ist schon groß und kann auf sich selbst aufpassen!«, schnappte sie. »Pass du auf meine Tochter auf.«

Konrad ging, dafür kamen Annika und Jakob zu ihnen. »Wir haben gehört, worum es ging, und bleiben hier«, kündigte Jakob an. »Nach so etwas sollte niemand alleine sein.« Er musterte seinen Bruder streng. »Niemand. Das gilt auch für dich und Mikkel. Viel konnten wir euch ja nicht helfen, aber wir können wenigstens jetzt für euch da sein, wenn der ganze Quatsch erledigt ist.«

Tjark sah Mikkel an. »Mich zieht es nach Hause. Aber ich warte, bis du so weit bist.«

Jakob wirkte, als ob er widersprechen wollte, schwieg nach einem Rippenstoß von Annika jedoch. Seine Frau nickte energisch. »Das klingt doch alles nach einem sehr guten Plan. Dann kannst du ja mal mit Martha eine Kanne Kaffee kochen. Es dauert bestimmt noch, bis die ganzen Leute wieder abrücken.«

»Und was machst du?«

»Lagebesprechung mit Tjark und Mikkel. Und ein Becher Kaffee würde mir wirklich gefallen.«

»Na dann …« Jakob bot Martha galant seinen Arm an. »Ich fürchte, meine Frau hat mir gerade einen unmissverständlichen Auftrag erteilt. Dann lass uns mal dafür sorgen, dass die Damen und Herrschaften nicht einpennen. Außerdem können wir uns ja noch eine Geschichte für deine Gäste überlegen, die fast aus dem Fenster fallen, weil sie unbedingt herübergucken wollen.«

»Oh. Die habe ich ja ganz vergessen. Ein paar Kekse habe

ich bestimmt auch noch.« Sie hakte sich bei Jakob unter.

Mikkel wartete, bis die beiden außer Hörweite waren. »Der Schock wird bei ihr noch einsetzen, dann ist es gut, wenn ihr hier seid.«

Annika nickte. »Jo, aber sie ist zäh. Sie hatte bestimmt mehr Angst um Rieke als um sich. Aber trotzdem. Mensch, das war ja ein Finale. Die Beweislage ist nun zwar eindeutig, aber darauf hätte ich verzichten können. Hoffentlich schafft Marlene es. Ich konnte ja einiges hören, sie hat sich komplett gegen ihre Mutter gestellt.«

Tjark brummte und atmete dann tief durch. »Und dass nicht nur verbal, sondern sie hat sie trotz des Messers angegriffen. Wobei ich das Gefühl hatte, dass Britt es im letzten Moment auf die eigene Tochter abgesehen hatte.«

»Ja. So war es«, stimmte Mikkel zu und sah zu den Sanitätern hinüber. Während der Hubschrauber mit Marlene an Bord bereits gestartet war, kümmerten sich die Männer um Britt. Mikkel versuchte vergeblich, die Gedanken zu verdrängen, die ihm durch den Kopf gingen. Es wäre für alle eine Erleichterung, wenn Britt die Wunden nicht überleben würde. Doch dann hätten Tjark und er vermutlich ein schlechtes Gefühl, obwohl die Schüsse absolut gerechtfertigt gewesen waren. Er war kein Experte für psychische Krankheiten, doch er war sicher, dass Britt nicht zu helfen war.

Tjark sah schweigend in die Richtung und sagte nichts.

Annika seufzte. »Ich kann eure Gedanken förmlich hören. Ihr habt ja recht, dennoch hoffe ich, dass sie überlebt, weil euch das sonst ewig verfolgen würde.«

»Ich wusste nicht, dass ich so leicht durchschaubar bin«,

beschwerte sich Mikkel nur halb im Scherz.

Annika blieb ernst. »Das liegt daran, dass wir alle gleich ticken. Hey, da kommt Sönke. Ich dachte, der hätte schon Feierabend.«

Den hatte der Polizist auch gehabt, aber als er die Martinshörner gehört hatte, war er einfach losgefahren, um seine Hilfe anzubieten.

Mikkel bedankte sich herzlich und brachte ihn auf den neusten Stand, wobei er mit dem Anschlag auf Hansi in Heide begann.

»Das ist ja ein Ding«, kommentierte Sönke den Bericht schließlich. »Na, ich bringe dann mal ein bisschen Ordnung in die Sache rein und ihr macht Schluss. Das schaffe ich auch alleine.«

Mikkel wollte sich gerade bedanken, als sein Handy vibrierte. Sein Puls raste, als er eine Nachricht von Heiko entdeckte. Die Buchstaben verschwammen vor seinen Augen, doch dann hatte er den Sinn entziffert und spürte, dass er breit lächelte. »Hansi ist übern Berg.«

Tjark schlug die Faust in die flache Hand. »Perfektes Ende.«

Noch nicht ganz, dachte Mikkel, sagte es aber nicht laut. Erst wenn Marlene überlebte, war der Fall für ihn wirklich perfekt zu Ende gebracht worden.

Kapitel 40

Es war stockdunkel. Nur die flackernde Flamme einer Petroleumlampe, deren Docht Tjark jedoch maximal heruntergedreht hatte, spendete etwas Licht. Der Wind hatte zugenommen und die Wellen schlugen hinter dem Deich lautstark an den Strand.

Mikkel und Tjark saßen schweigend auf der Terrasse. Es war alles zwischen ihnen gesagt und in stiller Einigkeit saßen sie hier und warteten darauf, dass auf Mikkels Handy eine Nachricht einging. Sie wollten wissen, ob Marlene ihre Verletzung überleben würde. Erst dann war an Schlaf zu denken. Die Entwarnung bezüglich des Zustands von Britt Rahlsen war bereits vor über einer Stunde erfolgt. Tjark hatte die Information nicht einmal mit einem Brummen gewürdigt. Das sagte alles.

Mikkel war erstaunt gewesen, wie offen Tjark seiner Frau sämtliche Ereignisse des Abends erzählt hatte, war jedoch nicht eingeschritten. Nachdem er sie darauf hingewiesen hatte, dass er Hansi die Exklusivstory versprochen hatte, war sie sehr nachdenklich geworden und schließlich reingegangen.

Im Wohnzimmer hinter ihnen ging das Licht an. Blinzelnd setzte Mikkel sich gerader hin, als Silvia mit ihrem Notebook in der Hand die Terrasse betrat. Sie platzierte das Gerät vor Mikkel. »Bitte einmal querlesen und freigeben.«

Erstaunt las Mikkel die Überschrift. Silvia hatte den Artikel im Namen von Hansi geschrieben und wollte ihn auf seiner Seite veröffentlichen. Fragend sah er sie an. »Ist das denn überhaupt erlaubt? Ich meine wegen Urheberrecht und so.«

»Weiß ich nicht, aber mir erscheint es fair. Und er hat sich so gefreut, dass er fast aus dem Bett gesprungen wäre. Allerdings ist er mitten in der Diskussion mit Heiko eingeschlafen. Ich soll dir ausrichten, dass Heiko und Heike nun auch nach Hause fahren und er sich morgen früh meldet.«

Mikkel sah auf die Uhr. Bereits halb eins und er hatte noch keine Sekunde geschlafen. Gähnend machte er sich daran, den Artikel zu lesen, und hatte keinerlei Einwände. »Passt für mich.« Er wollte das Gerät hochheben, drückte dabei aber aus Versehen eine Taste des Mausfelds und stellte es schnell wieder ab. »Ups. Ist jetzt was passiert?«

Silvia lachte leise. »Nun ja, du kannst es jetzt einfach zuklappen, denn du hast den Artikel gerade online gestellt. Das System ist ein wenig doof. Frag mich aber nicht, was das rechtlich heißt: Hansis Name steht drüber, ich hab's geschrieben und du gepostet.«

Mikkel zog es vor, nicht darüber nachzudenken. »Das ist eine wirklich nette Geste von dir«, sagte er stattdessen.

»Reine Notwehr. Morgen werden sich alle Medien auf den Fall stürzen und Hansi hätte keine Chance gehabt, da mitzuhalten.«

»Und was ist mit dir? Wolltest du nicht auch darüber schreiben?«

Silvia winkte lässig ab. »Ich kloppe mich doch nicht mit den anderen um die Nachrichten und bringe die neunzigste Fassung des gleichen Sachverhalts. Mir geht es um andere Aspekte und darum kümmere ich mich, wenn ihr zur Ruhe gekommen seid. Mich reizt zum Beispiel diese Vermisstengeschichte, also wie alles begann.«

Mikkel seufzte. »Morgen geht die Suche auf dem Grundstück von Marlene und Britt los, also dort, wo sie früher gewohnt haben. Wir sind sicher, dass wir auf die Leiche von Marlenes Vater stoßen werden, der wohl Britts erstes Opfer war. Es ist mir ein Rätsel, dass der Sache damals nicht richtig nachgegangen wurde.«

Silvia stand auf. »Ich hole Getränke und komme dann wieder. Was deine Frage angeht, habe ich eine Theorie.«

Als sie zurückkehrte, balancierte sie ein gefülltes Rotweinglas und zwei kleinere Gläser mit einer braunen Flüssigkeit in den Händen.

Mikkel schnupperte an dem Getränk und nickte. Das roch wie ein hochklassiger Rum. Er prostete den beiden zu und sie tranken zunächst in Ruhe einen Schluck. Der Rum war so gut, wie er es gehofft hatte. Eine milde Schärfe, kombiniert mit einem Hauch Honig und irgendwie auch einem Holzaroma. Er musste unbedingt nach der Marke fragen.

Als Silvia ihr Glas abgestellt hatte, atmete sie tief durch. »Ich kannte Britt nur vom Sehen, ich hätte nicht mal ihren Namen gewusst, aber diese Verbrechen hätte ich ihr niemals zugetraut. Ich wette, so ging es damals dem zuständigen Polizisten auch. Ich glaube, der Fall hat's gar nicht bis zur Kripo geschafft. Wer sollte sich schon für einen unbekannten Mann, den niemand richtig gesehen hatte, interessieren? Es gab doch nur die Nachfrage seiner Schwester, die lediglich die Adresse kannte, zu der er unterwegs gewesen war. Ich finde das damalige Verhalten zwar schlampig, aber auch nachvollziehbar. Vermutlich werden wir die Geschichte dahinter nie erfahren, aber ich will wenigstens versuchen, herauszufinden, woher Britt und Marlenes Vater sich kannten, wieso sie sich getrennt haben und so weiter. Mich interessiert das wirklich.«

Ihn weniger, aber ihm gefiel es, dass Silvia weder wie einer dieser Sensationsreporter unterwegs war, noch einfach nur Reuters-Meldungen abtippte. »Meinst du, die Leute wollen das lesen?«

»Ja, ich denke schon. True Crime und deren Hintergründe zieht ordentlich und ich habe einen guten Draht zum *Stern.*«

»Na dann. Viel Glück bei deinen Recherchen. Wenn ich dir helfen kann, sag es.«

»Mache ich.«

Bisher hatte Tjark schweigend getrunken, nun beugte er sich etwas vor und durchbohrte Mikkels Handy förmlich mit Blicken. »Für Marlene wäre es wichtig, das alles zu erfahren.«

Da gab Mikkel ihm sofort recht. Er wollte ihn gerade damit aufziehen, dass er das Gerät nicht zwingen konnte, eine Nachricht anzuzeigen, als eine eingeblendet wurde.

Drei Köpfe schossen nach vorne und drohten zusammenzustoßen. Mikkel entsperrte lediglich das Display und ließ das Handy auf dem Tisch liegen, sodass jeder mitlesen konnte. Die Worte stammten von Konrad und waren denkbar knapp: »Stabil. Noch 24 h unsicher, aber Ärzte sind optimistisch. Rieke schläft auf den Bänken im Wartebereich. Bis morgen.«

»Das war's dann und ihr könnt auch endlich ins Bett«, stellte Silvia fest.

Tjark brummte und Mikkel schloss sich ihm an. An diese Art der Verständigung konnte er sich durchaus gewöhnen. Schließlich war damit alles gesagt.

Kapitel 41

Als Mikkel am nächsten Morgen um neun Uhr auf dem Revier eintraf, war er so müde, dass er sich nach einem knappen Nicken in Richtung Sönke und Tobi sofort zur Kaffeemaschine begab. Erst als er einen Becher in einem Zug zur Hälfte geleert hatte, fühlte er sich fit genug, mit den beiden zu reden.

Tobi wies mit dem Kopf aufs Telefon. »Das Ding steht nicht still. Jeder will alles wissen. Ich überlege schon, einen Kurzbericht als Sprachnachricht abzuspeichern und abzuspielen.«

Die Vorstellung brachte Mikkel zum Lachen. Er wollte gerade entsprechend antworten, als sein Handy einen Anruf von Carl anzeigte.

»Mist, das ist Kiel. Da muss ich rangehen.«

»Na, die werden dich ja wohl nur loben«, meinte Sönke und gähnte so stark, dass Mikkel Angst um dessen Kiefer bekam.

»*Uns* loben!«, korrigierte er, während er den Anruf bereits annahm.

Prompt hörte er Carls tiefes Lachen. »Schreibst du mir nun schon vor, was ich dir sagen soll?«

»Nun ja, wenn du mich so fragst …«

Carl lachte erneut. »Wenn ich das mache, bist du dann zu einer gemeinsamen Pressekonferenz mit dem LKA und einem Polizeidirektor aus Heide bereit?«

»Muss das sein? Und was haben wir denn mit Heide zu tun?«

»Nichts, aber wir müssen deren Ego ein wenig streicheln, nachdem du so einen rasanten Start in ihrem ehemaligen Revier hingelegt hast. Das war verdammt gute Arbeit und noch so viel mehr, als ich mir erhofft habe. Wie geht's dir damit?«

Mikkel musste keine Sekunde überlegen. »Gut, sehr gut. Ich mag die Leute hier.«

»Sehr schön. Dann schickt Thea dir gleich den Termin.«

»Bist du auch dabei?«

»Ja, warum?«

»Weil ich dann dir die Bühne überlassen kann. Ich habe keine Ahnung, was ich da sagen soll.« Sein Blick fiel durch die offene Tür auf Sönke und Tobi. »Wobei ich eine Sache tatsächlich loswerden möchte.«

»Das heißt dann wohl, dass du kommst. Wir sehen uns nachher. Ach ja, nimm dir heute Abend mal nichts vor. Ich habe hier eine sehr interessante Einladung bekommen.«

Carl legte auf, ehe Mikkel nachfragen konnte, was damit gemeint war.

Die Antwort erhielt er wenige Minuten später. Thea schickte ihm eine Einladung für den heutigen Abend. Als Ort war Tjarks Adresse angegeben, die Teilnehmerliste umfasste die Reviermannschaft, ergänzt um ihre freien Mitarbeiter und … Mikkel scrollte durch die Liste und staunte. Irgendwie hatte Thea die wichtigsten Personen ausfindig gemacht, die ihnen geholfen hatten. Konrad und Rasmus waren ebenso aufgeführt wie Riekes Mutter.

»Hey Chef, was hat es denn mit der Einladung auf sich? Wer ist Thea Wölke?«

»Die Assistentin von unserem obersten Boss in Kiel. Und

mehr weiß ich auch nicht. Ich hoffe, sie hat das mit Tjark abgestimmt. Ich kann mir gut vorstellen, wie er sonst auf den Überfall reagiert.«

»Klingt doch nett. Ich freue mich.«

Mikkel nickte langsam und seufzte innerlich, als Tobi sich begeistert auf den Satz stürzte, in dem Thea betonte, dass die Einladung auch für die Partner galt. Prompt kündigte Tobi an, Ellie zu fragen.

»Ich wette, Heiko fragt Heike. Aber das passt schon«, überlegte Mikkel laut und erntete beifälliges Nicken seiner Mitarbeiter.

Die Pressekonferenz verlief exakt so, wie Mikkel es geahnt hatte. Er überließ die Lorbeeren bereitwillig dem LKA und der Kripo Heide, aber die Reporter waren nicht bereit, dieses Spiel mitzumachen. Sie überhäuften ihn mit Fragen, die er, so gut es ging, beantwortete und dabei dann doch zugeben musste, dass sein Team die entscheidenden Fakten entdeckt und zusammengefügt hatte. Als er um ein abschließendes Fazit gebeten wurde, war die Gelegenheit gekommen, auf die er gewartet hatte.

»Ich möchte noch einmal ganz deutlich betonen, dass die Lösung eines solchen Falls niemals einem einzelnen Menschen zugeschrieben werden kann. Viele Dinge haben hier ineinandergegriffen. Das fing mit der Idee von meinem Chef Carl von Hornleben an, dass wir die herrschenden Strukturen ein wenig aufknacken und flexibler werden.« Damit hatte Mikkel dann zwar dem Heider Polizeichef verbal gegen das Schienbein getreten, aber damit konnte er gut leben. »Es ging weiter mit einem hoch motivierten Team von Mitarbeitern auf dem Büsumer Revier, das die Region und die Menschen sehr gut kennt und perfekt vernetzt war. Ohne diese besonderen Kenntnisse hätten wir niemals eine Chance gehabt, den Fall zu lösen. Und *last* aber ganz bestimmt nicht *least* möchte ich an die Kollegen erinnern, die im Hintergrund arbeiten und uns sehr geholfen haben. Die Analysen der Kriminaltechniker und die akribische Arbeit der Spurensicherung waren eine unverzichtbare Hilfe.«

Carl nickte ihm beifällig zu und Mikkel bemerkte, dass dies auch für einige der Reporter galt. Damit hatte er sein Ziel erreicht. Denn es war ihm wichtig gewesen, dass nicht nur sein Name mit der spektakulären Mordserie verbunden war.

Ein Journalist, der ihm vorher schon durch seine kompetenten Fragen und seine Mütze, die ihm das Aussehen eines Seemannes gab, aufgefallen war, hob eine Hand und lächelte. »Dann waren wir also Zeugen der Geburt der *SoKo Küste*.«

Mikkel lachte unwillkürlich. »Sie wissen bestimmt, dass eine SoKo sonst anders definiert ist, aber der Begriff passt tatsächlich schon deshalb, weil wir unterschiedliche Kompetenzen perfekt kombiniert haben.«

Kapitel 42

Tjarks Terrasse wäre mit der Menge an Besuchern reichlich überfüllt gewesen, sodass die beiden Grills direkt am Strand aufgebaut worden waren. Mikkel und Tjark hatten auf Theas Anweisung Tische und Stühle hergeschleppt und sich schon vorm Eintreffen der ersten Gäste das erste Bier gegönnt.

Trotz der Stühle saßen sie im warmen Sand und stießen ihre Flaschen gegeneinander.

»Verrätst du mir jetzt, woher du Thea und Carl kennst?«

Tjark trank einen Schluck. »Über den Leiter des MEK und einige seiner Männer. Eigentlich arbeite ich Trainingsszenarien für Soldaten und Sondereinheiten aus.«

Mikkel brummte und musste dann lachen. »Deine Art der Kommunikation färbt wirklich ab. Und was hast du jetzt vor? Bei diesem Hausmeisterservice einsteigen? Dann sorge bitte dafür, dass du bei Bedarf ausreichend Zeit für uns hast. Das nächste Verbrechen kommt bestimmt.«

»Ich hoffe, das gilt auch für mich«, sagte Annika und ließ sich neben ihnen in den Sand fallen.

Mikkel schüttelte den Kopf. »Eigentlich nicht.«

Verdutzt sah sie ihn an, bemerkte dann jedoch sehr schnell, dass Mikkel und Tjark grinsten. »Was heißt das genau?«

»Ich würde mich freuen, wenn du fest bei uns einsteigst. Natürlich bei der Kripo und nicht der Schutzpolizei. Mit deiner Qualifikation ist das ein Kinderspiel und damit du Zeit genug für deine Inneneinrichtungen und Umbauten hast, biete ich dir eine Teilzeitstelle an, damit du flexibel bleiben kannst.«

Annika nahm Tjark die Bierflasche aus der Hand und trank einen Schluck, ehe sie ihm die Flasche zurückgab. »Wow, das ist eine Überraschung. Was sagt Rieke dazu?«

»*Ich* denke, dass Rieke eine Menge von dir lernen kann und so automatisch in die großen Fälle hineinwächst.«

Die subtile Betonung, dass er der Chef war, kam bei Annika an. »Verstehe. Warum eigentlich nicht. Dir ist aber schon klar, dass Jakob und ich auch an einem eigenen Projekt arbeiten?«

Tjark verschluckte sich prompt an seinem Bier und musste husten. Mikkel lächelte jedoch nur. »Nette Formulierung. Aber ja, mir ist klar, dass bei dir und vielleicht auch bei Rieke das Thema Familie eine Rolle spielt und genau dann wäre ich froh, wenn immer eine von euch an Bord wäre.«

»Na, dann bleibt ja nur eine Frage offen«, meinte Annika.

»Und welche wäre das?«

»Wer holt uns das nächste Bier?«

Tjark stand auf. »Ich.«

Als nach und nach die Gäste eintrafen, stellte Mikkel fest, dass er sich nicht getäuscht hatte. Seine Mitarbeiter waren zu einem Team geworden. Als er Rieke über seinen Entschluss informierte, Annika fest ins Team zu holen, verzog sie zwar den Mund, nickte dann jedoch. »Ich habe mittlerweile gesehen, was uns fehlt, und dass deine und auch Annikas Erfahrung unser Wissen perfekt ergänzen. Von daher freue ich mich auf die Zusammenarbeit, auch wenn es immer noch ein wenig pikt, dass ich die Revierleitung nicht bekommen habe. Allerdings ist mir mittlerweile auch klar, dass ich den Job nur ohne zusätzliche Kripo-Aufgaben geschafft hätte.«

»Und was macht das mit dir?«, hakte er ruhig nach, als sie gedankenverloren an ihm vorbei auf die Wellen blickte.

»Darüber habe ich lange nachgedacht, als wir im Krankenhaus gewartet haben, und auch mit Konrad darüber geredet. Wenn die Alternativen lauten, eine Zusammenarbeit mit dir und richtige Kripo-Aufgaben oder aber eine Leitungsfunktion für mich und normale polizeiliche Tätigkeiten, dann nehme ich Variante eins. Denn dafür bin ich Polizistin geworden, obwohl ich das zwischenzeitlich vergessen hatte.«

Langsam schüttelte Mikkel den Kopf. »Ich habe nicht den Eindruck, dass du das vergessen hattest, sondern dass es von den ganzen Verwaltungstätigkeiten erstickt worden ist. Dass wir das besser verteilen und verschlanken, ist unser nächstes Ziel – neben möglichen neuen Fällen.«

»Das gefällt mir. Und der Name, den sie uns verpasst haben, gefällt mir auch. *SoKo Küste*.«

Ihre traurige Miene passte nicht zu ihren Worten und Mikkel ahnte, was sie beschäftigte. »Warte kurz.«

Überrascht blickte sie ihm nach, als er zu der großen Kühltasche neben einem der Stühle ging. Er holte sich eine neue Flasche Bier und ein Glas Wein für Rieke. Als er ihr das Getränk überreicht hatte, sah er sie ernst an. »Hör bitte auf, dir Vorwürfe zu machen. Niemand hätte ahnen können, was sich hinter Britts Fassade verbirgt.«

»Das weiß ich, ich muss nur noch daran arbeiten, es auch zu glauben. Mir macht viel mehr zu schaffen, dass vielleicht alles anders gekommen wäre, wenn ich Marlene damals zugehört hätte, als sie über ihren Vater sprechen wollte. Gemeinsam mit Konrad hätten wir dann darauf kommen können, dass Britt Marlenes Vater umgebracht hat.«

»Ich finde, da erwartest du zu viel von dir, denn du hattest gerade erst deinen eigenen Vater verloren.«

»Ich weiß nicht. Aber danke, dass du es so siehst. Hattest du noch die Mail gelesen, dass man in Britts Haus das Notebook und das Handy von Eric gefunden hat?«

»Ja. Obwohl wir die Geräte nicht mehr als Beweismittel brauchen, rundet es die Akte schön ab.«

»Und meinst du, sie finden noch die Leiche von Marlenes Vater?«

»Ja, da bin ich ganz sicher. Morgen kommen die Spürhunde aus Kiel. Hast du gehört, wie sich das Hamburger Ehepaar aufgeregt hat, weil man an einigen Stellen im Garten gebuddelt hat?«

Rieke lachte. »Ja und mein Mitleid hält sich deswegen in sehr engen Grenzen.«

»Meins auch.«

Dass nun auch der letzte Rest Traurigkeit aus Riekes Miene verschwunden war, gefiel Mikkel. Er hob seine Flasche zu einem Gruß. »Dann sind wir uns ja einig.«

Rieke nickte und prostete ihm mit dem Weinglas zu. »Das sind wir. Ich bin gespannt, wo das alles mit uns noch hinführt.«

Mikkel war nicht sicher, ob er tatsächlich einen gewissen Unterton aus dem letzten Satz heraushörte. Ihr Blick war ausnahmsweise unergründlich. Die Formulierung konnte durchaus zweideutig gemeint sein. Das würde sich dann in den nächsten Wochen ihrer Zusammenarbeit zeigen.

Er trank einen Schluck und sah sich um. Plötzlich entdeckte er überall Paare: Rasmus und seinen Mann, Annika und Jakob,

Silvia und Tjark, Tobi und Ellie, Heiko und Heike, Sönke mit seiner Frau Karin. Sogar Thea und Carl wirkten so vertraut, dass er sich wieder einmal fragte, ob die beiden überzeugten Singles vielleicht nicht doch mehr verband, als sie zugaben. Konrad legte in diesem Moment einen Arm um Riekes Mutter und küsste sie zärtlich mitten auf den Mund.

»Sieht so aus, als ob wir die einzigen Singles hier sind«, überlegte Rieke prompt laut.

Vorsichtshalber entschied sich Mikkel für ein unverbindliches Brummen.

Ende

Danke

Nun also auch noch ein Nordseekrimi. Ich höre förmlich das Stöhnen und das Geflüster. Schließlich warten so viele andere Bücher darauf, geschrieben zu werden: Der Wolf fordert laut heulend den dritten Band, Fox und Mike streiten sich immer noch darum, wer als Nächstes dran ist und auch Azad musste der Nordsee den Vortritt lassen.

Ich kann mich da nur wiederholen: Ich muss ab und zu neue Wege gehen, um gleichbleibend gute Geschichten zu schreiben und den Spaß nicht zu verlieren. Falle ich in ein 08/15-Schema, habt ihr als Leser keinen Spaß mehr und ich vorher beim Schreiben auch nicht. Außerdem muss ich zugeben, dass mich das Wiedersehen mit Tjark unglaublich gereizt hat, und ich bin gespannt, was er und die *SoKo Küste* als Nächstes erleben werden. Ich hoffe sehr, der Ausflug an die Nordsee hat euch gefallen!

Ein erster Dank gilt dieses Mal der lieben Kristina Günak, mit der ich die Liebe und Meer (Love & Thrill) Serie geschrieben habe, in der die Brüder Johanson ihre Partner finden. Danke, dass ich da ansetzen durfte, wo wir aufgehört haben, und du mit dem Umzug von Rasmus einverstanden warst.

Dann geht ein lieber Dank an Tina, die mich nach 50 Seiten überzeugt hat, dass es sich lohnt, weiterzuschreiben, und für ihre Hinweise!

Lieben Dank wie immer an Susanne und Miriam fürs Korrigieren und Lektorieren und an Marie fürs wie immer geniale Cover.

Lieben Dank auch an alle zweibeinigen Familienmitglieder, dass ihr mir den Raum fürs Schreiben gebt, und an alle vierbeinigen, dass ihr einfach da seid!
Und wie immer ein ganz herzliches Danke an euch Leser, die ihr meine Bücher kauft oder leiht! Für euer Feedback und für eure Wertschätzung, die ihr auf so viele Arten ausdrückt. Ich danke euch, dass ihr mir diesen Weg ermöglicht.

Liebe Grüße aus dem Norden und bis bald – an der Nordsee, in Hamburg oder Kalifornien
Stefanie Ross

Weitere Bücher

Liebe und Meer (ehemals Love & Thrill)

Band 1 Bernadette & Piet
Band 2 Silvia & Tjark
Band 3 Rosa & Lasse
Band 4 Annika & Jakob

Die LKA/SEALs-Serie

Band 1 Fatale Bilanz
Band 2 Zerberus – Unsichtbare Gefahr
Band 3 Hydra – Riskante Täuschung
Band 3,5 Verhängnisvolles Vertrauen (Novelle)
Band 4 Kaleidoskop – Doppeltes Spiel
Band 5 Labyrinth – Tödliche Spekulation
Band 5,5 Riskante Weihnachten (Novelle)
Band 6 Nemesis – Verkaufte Unschuld
Band 7 Pandora – Gewagte Befreiung
Band 8 Odyssee – Dunkle Vergangenheit
Band 8,5 Tödliches Meer (Novelle)
Band 9 Midas – Operation Gold
Band 10 Terror – Unbekannter Feind
Band 10,5 ;Mission Training

Die DeGrasse-Serie

Band 1 Luc – Fesseln der Vergangenheit
Band 2 Jay – Explosive Wahrheit
Band 3 Rob – Tödliche Wildnis
Band 3,5 Scott (Novelle)
Band 4 Dom – Stunde der Abrechnung
Band 4,5 Kalil (Novelle)
Band 5 Phil - Gefährliches Schweigen
Band 5,5 Hamid (Novelle)
Band 5,9 Luc & Jasmin – Explosive Weihnachten

DeGrasse-LKA/SEALs-Novellen

Einsame Entscheidung (Weihnachtsnovelle)
Tödliche Suche (Weihnachtsnovelle)
Joss – Fatale Entscheidung
Explosive Vergeltung

Black Cell

Band 1 Black Cell – Revenge

Heart Bay

Band 1 Letzte Hoffnung
Band 2 Mörderische Geschäfte
Band 3 Bedrohliche Vergangenheit
Band 4 Bristantes Wiedersehen

Jan Storm

Das Schweigen von Brodersby
Jagdsaison in Brodersby
Schatten über Brodersby
Falsches Spiel in Brodersby
Abrechnung in Brodersby

Fantasy Thriller

Wolf – Der Anfang
Wolf – Die Suche

Printed in Poland
by Amazon Fulfillment
Poland Sp. z o.o., Wrocław

19190561R00151